Janka Friedrich

Mohnblumenverliebt

Papier aus verantwortungsvollen Quellen
Paper from responsible sources
FSC® C105338

Impressum

Deutsche Erstausgabe Juli 2024

Janka Friedrich, c/o autorenglück.de
Franz-Mehring-Straße 15, 01237 Dresden
Du findest mich auf Instagram: jankafriedrich_autorin
Oder schreib mir eine E-Mail: janka.friedrich@gmx.de

Lektorat: Katharina Strzoda, katharina@lektorat-lieblingswort.de

Korrektorat: Sara Münster, pergament_und_federkiel@web.de

Covergestaltung: Constanze Kramer, coverboutique.de

Bildnachweise: ©cocomomo, ©Evgenia_art_art,
©Tanafortuna – shutterstock.com
elements.envato.com, freepik.com, Pixabay.com

ISBN Druck 978-3-759-23828-3

Herstellung und Druck über tolino media GmbH & Co. KG, München.
Printed in Germany

JANKA FRIEDRICH

Mohnblumenverliebt

Ein bezaubernder
Inselroman

Über dieses Buch

Meeresrauschen, Mohnblumenfelder und Möwenschreie
Cleo führt als Bankkauffrau ein bodenständiges Leben in Berlin. Doch als ihr Opa sie bittet, ihm bei den Vorbereitungen seiner Geburtstagsfeier zu helfen, holt ihre Vergangenheit sie ein.

Ihr Großvater wohnt auf Sandode, einer kleinen Ostseeinsel. Hier hat sie eine glückliche Kindheit verlebt, aber als junge Frau wurde ihr dort das Herz gebrochen – von Lasse, ihrer ersten großen Liebe.

Als Cleo zurückkehrt, fluten sie bittersüße Erinnerungen und ihr wird klar, wie sehr sie die zauberhafte Insel vermisst hat.

Dass ein riesiges Hotel errichtet werden soll, empört sie und schweißt sie und Lasse in ihrer Mission zusammen: die Natur der Insel zu retten. Langsam erblühen wieder zarte Gefühle zwischen den beiden. Bis Cleo Lasses Geheimnis lüftet …

Ein romantischer Second-Chance-Roman mit Ostsee-Inselflair.

JANKA FRIEDRICH
Mohnblumenverliebt
Ein bezaubernder Inselroman

Kapitel 1

Das Korn wogte im sanften Wind vor meinem Autofenster und zwischen den Halmen blitzten blaue Kornblumen hervor. Die Einladung zum gemeinsamen Kaffeetrinken bei meinen Eltern war so überraschend gekommen, dass ich gar nicht erst nach dem Anlass gefragt hatte. Mein zugebautes Wohnviertel hinter mir zu lassen und in den abgelegenen Ortsteil meiner Eltern zu fahren, war in dem Moment eine willkommene Flucht.

Während der Fahrt ließ ich mich von den aktuellen Charts im Radio ablenken und klopfte im Rhythmus der Melodie mit meinen türkisfarben lackierten Fingernägeln auf das Lederlenkrad. Ich ließ das Fenster herunter und meine blonden Haare wirbelten wild durcheinander wie an einem Tag am Meer, nur fehlte das Salz auf der Haut. Ein Lächeln umspielte meine Lippen, als ich die Strähnen zurückstrich, und ich meinte, das Rauschen der Wellen zu hören. In letzter Zeit passierte es mir oft, dass ich mich in eine Dünenlandschaft mit kreischenden Möwen im Hintergrund wegträumte, obwohl ich mir geschworen hatte, diesen Ort nie wieder aufzusuchen. Der Herzschmerz saß noch immer sehr tief. Mit konzentriertem Blick auf die Straße rutschte ich auf dem Sitz hin und her, sperrte den Wind mit einem Knopfdruck aus und somit auch meine Erinnerungen.

Keine zwanzig Minuten später rollte ich in die Einfahrt, stieg vor der elterlichen Garage aus, verzichtete auf das Klingeln und ging direkt durch den Garten auf die Terrasse, auf der meine Eltern schon auf mich warteten.

»Hallihallo«, begrüßte ich erst Mama und dann Papa mit einer herzlichen Umarmung.

»Schön, dass du uns spontan besuchen kommst«, sagte Mama und drückte mich sanft in den Gartenstuhl, als hätte sie Sorge, ich könnte wieder gehen. Kaum, dass ich saß, schenkte sie mir Kaffee ein und schob mir einen Teller mit frischen Waffeln hin. Fürsorglich war meine Mutter immer schon gewesen, aber heute empfand ich es als etwas übertrieben, zumal sie sehr nervös auf mich wirkte. Es musste also einen besonderen Grund geben, warum meine Eltern mich eingeladen hatten.

Die Sahne duftete fein nach Vanille, deshalb schaufelte ich mir mehrere Löffel davon auf die Waffel und verzierte sie zum Schluss noch mit heißen Kirschen. Ich brach mir ein beachtliches Stück mit der Kuchengabel ab und schob es mir zwischen die Zähne. Noch während ich mir das Gebäck auf der Zunge zergehen ließ, setzte meine Mutter zum Sprechen an.

»Wann warst du eigentlich das letzte Mal deinen Opa besuchen?«, fragte sie so unvermittelt, dass ich mich fast an einer Kirsche verschluckt hätte.

Hustend hielt ich mir die Hand vor den Mund und rang um Luft. Rein gedanklich eben erst vor circa zehn Minuten, als der Wind mit meinen Haaren gespielt hatte, aber die Wahrheit sah anders aus. Eigentlich musste sie es doch wissen. »An Omas Beerdigung«, entgegnete ich, ohne ihr in die Augen zu schauen, und sehnte mir ein anderes Thema herbei.

»Cleo, das ist drei Jahre her und du bist danach direkt nach Hause gefahren. Das zählt doch nicht«, warf Papa ein.

Plötzlich fühlte ich mich unwohl und die Sahne klebte unangenehm an meinem Gaumen. »Du weißt, warum.« Nun war mir der Appetit vergangen, sodass ich lustlos in dem Gemisch aus Teig, Sahne und Kirschen herumstocherte. »Opa kommt uns doch immer besuchen und außerdem telefoniere ich mindestens einmal im Monat mit ihm«, rechtfertigte ich mich und schob den Teller von mir weg.

»Opa schafft es nicht mehr, den weiten Weg auf sich zu nehmen. Er ist …« Mama wiegte ihren Kopf hin und her. »… gebrechlich geworden.«

»Er ist ja auch schon fast fünfundachtzig«, entgegnete ich. Mit aufgerissenen Augen sagte ich: »Er hat bald Geburtstag.«

Mama und Papa nickten einvernehmlich.

»Er wird ihn feiern, stimmts?«

»Sein sehnlichster Wunsch ist es, dass du früher anreist und ihn bei den Vorbereitungen unterstützt.«

Das war nicht ihr Ernst. Das konnten sie nicht von mir erwarten. Sie wussten doch, was damals vor fünf Jahren passiert war. »Ich? Aber wieso das denn? Mama, er ist doch dein Vater.«

»Leider hindern uns ein paar wichtige Termine daran, früher hinzufahren. Sonst würden wir das selbstverständlich machen. Wir kommen natürlich nach.«

Opa wohnte auf Sandode, einer Ostseeinsel zwischen der Halbinsel Zingst und der Insel Hiddensee. Früher hatte ich jede Ferien dort verbracht, jedes verlängerte Wochenende und jede freie Minute. Ich hatte es geliebt, den Stürmen zu trotzen, das Salz auf den Lippen zu schmecken, im Sommer baden zu gehen. Es gab sogar mal eine Zeit, da hatte ich gedacht, für immer dortzubleiben. Bis die Realität mich auf den Boden der Tatsachen zurückgeholt und meine Träume an einem Anker hatte untergehen lassen. Das war vor fünf Jahren gewesen, als mir mit fünfundzwanzig mein Herz auf bestialische Weise aus meiner Brust gerissen worden war.

Ich schluckte bei dem Gedanken, an den Ort zurückkehren zu müssen. »Was gibt es denn schon vorzubereiten? Ein bisschen Kaffeetrinken im Wohnzimmer. Wir können ja auch in den Garten gehen. Der ist ja groß genug. Das Essen lassen wir von einem Caterer kommen. Das kann man bequem vom Festland aus erledigen. Unsere Verwandtschaft ist ja recht übersichtlich.«

Meine Mutter sah mich mit unbewegter Miene an, als hätte sie mit meiner Antwort gerechnet. »Du kennst Opa. Er hat bestimmt alle Insulaner eingeladen.«

»Er hat alle eingeladen?«, wiederholte ich unnötigerweise. Mein Kopf schwirrte. Das bedeutete dann wohl auch … Kaum, dass Lasse vor meinem inneren Auge auftauchte, verscheuchte ich eilig das Bild. »Mutet er sich da nicht etwas zu viel zu? Was spricht denn gegen eine kleine, übersichtliche Feier? Wir helfen ihm beim Tischdecken, räumen danach auf und jeder geht dann seines Weges. Und wenn er noch etwas mehr Gesellschaft haben möchte, bleibt ihr einfach länger.«

Zwischen Papas Augenbrauen grub sich eine steile Furche, während sich seine Hautfarbe von gesund Rosa zu ungesund Rot färbte. »Cleo, jetzt werde endlich mal erwachsen.«

Beschwichtigend legte meine Mutter ihm die Hand auf seine, was ihn offensichtlich besänftigte. »Was Papa meint, ist, dass du die Vergangenheit ruhen lassen solltest.«

Blinzelnd musterte ich meine lächelnde Mutter. Ich fasste es einfach nicht, was meine Eltern gerade vom Stapel ließen. So gut es mir möglich war, atmete ich tief ein und wieder aus und versuchte, mich zu beruhigen. *Geh nicht darauf ein,* mahnte mich meine innere Stimme. »Er muss ja auch gar nicht feiern. Wenn Opa mag, nehme ich ihn ganz einfach mit nach Berlin, zeige ihm zum hundertsten Male das Brandenburger Tor und danach das Schloss Charlottenburg. Ich würde ihn sogar bis zur Fähre fahren und aufpassen, dass er einen Sitzplatz bekommt. Um ein Taxi würde ich mich auch noch kümmern, das ihn bis zur Haustür bringt. So haben wir das immer schon gemacht. Er weiß, wie das geht. Er ist doch kein kleines Kind mehr.«

»Im Gegensatz zu dir«, knallte mein Vater mir vor den Kopf, was ich mit einem Augenrollen quittierte.

»Cleo, es ist sein Wunsch, bei sich zu feiern.« Meine Mutter sah mich eindringlich an, bevor sie sich erhob und einen Briefumschlag hervorholte. Mit ausgestreckter Hand reichte sie mir das Kuvert. Ich zog den Inhalt heraus und betrachtete die Karte, auf der ein goldener Luftballon prangte. Es handelte sich um eine recht einfache, aber selbst gemalte Aquarellzeichnung. Tränen türmten sich hinter meinen Lidern auf, als ich die Einladung aufklappte und die zittrige Handschrift sah, die uns zu Opas Geburtstag einlud. Was war nur mit der sauberen geschwungenen Schrift passiert, die sein Markenzeichen gewesen war? Er hatte die Kunst der Kalligrafie beherrscht wie kein anderer. Opa war ein Künstler mit Leib und Seele und hatte jede Ecke der Insel auf Leinwand verewigt. Die See war stets sein bevorzugtes Motiv, sei es in aufgewühltem Zustand oder in stiller Ruhe. In kräftigem Rot, während des Sonnenuntergangs oder in düsterem Grau, während eines herannahenden Gewitters. Den Leuchtturm hatte er ebenfalls unzählige Male gemalt. Jeder Pinselstrich wurde zu einem Unikat und seine Gemälde erlangten überregionale Bekanntheit.

Schon als ich noch ein kleines Kind gewesen war, hatte er mir mit einer Engelsgeduld seine Leidenschaft nähergebracht und mir gezeigt, wie ich aus einfachen Blau-, Grün- und Beigetönen den Zauber des Meeres auf einer Leinwand festhielt. Später hatte ich die Malerei als Rückzugsort aus dem Alltag betrachtet. Ich liebte es, Farben neu zu mischen, mich ganz und gar hineinzuversetzen und mich darin zu verlieren, bis ich erst wieder im Hier und Jetzt auftauchte, wenn das Gemälde fertig war. Doch es war eine Leidenschaft geblieben. Ein Hobby, das mit der Zeit in Vergessenheit geraten war.

Ich war viel zu jung gewesen, um meinen Träumen Raum zu geben, deswegen war ich diesem Streitpunkt so gut es ging aus dem Weg gegangen und hatte als brave Tochter den Wunsch meiner Eltern befolgt, etwas Vernünftiges zu erlernen. Damals hatte ich mich sehr zur Freude meiner Eltern gegen ein Kunststudium und für eine Lehre zur Bankkauffrau entschieden. Damit – wie sie es mir immer gern gepredigt hatten – mein Lebensunterhalt gesichert war. Mein Plan war es eigentlich gewesen, mich nach der Ausbildung an einer Kunsthochschule einzuschreiben, doch dazu war es nie gekommen. Irgendwann war ich von den Mühlen des Systems verschluckt worden und hatte meine Leidenschaft zur Kunst mehr oder weniger vergessen. Heute malte ich nicht mehr. Genauer gesagt, seit dem Tag, als ich Sandode den Rücken gekehrt hatte.

Graue Häuserblocks mit stinkenden Hundehaufen an den Straßenseiten waren nicht meine Inspiration. Wie Opa bevorzugte ich die Natur in seiner grenzenlosen Weite und ständig wechselnden Stimmung. Zudem hatte ich viel zu wenig Platz, mich in meiner dreißig Quadratmeter kleinen Wohnung mit einer Leinwand auszubreiten und mich auf ein Bild einzulassen, das mehrere Tage, wenn nicht sogar Wochen brauchte, um fertiggestellt zu werden. Dementsprechend staubten in meinem Kellerabteil die Malutensilien ein.

Opa war stets zufrieden, wenn er einen Pinsel in der Hand hielt. Ich hingegen verkrampfte, sobald ein Kugelschreiber zwischen meinen Fingern klemmte oder ich auf den Bildschirm glotzte. Was sich in den letzten Monaten mehr und mehr verschlimmert hatte.

»Sag mal, Cleo«, holte Mama mich aus meinen Gedanken. »Wie ist es denn so bei dir an der Arbeit?«

Mein Blick rutschte weg von der verwackelten Schrift in ihr besorgtes Gesicht. »Wie soll es schon sein? Es fühlt sich super an, einen Bausparvertrag mit einer fünfundsiebzigjährigen Dame abzuschließen«, spöttelte ich und versuchte, so viel Sarkasmus wie möglich in meine Stimme zu packen. Immerhin hatte ich das alles nur für meine Eltern getan.

»Ach, Kind, sieh es doch positiv. Du verdienst gut und es mangelt dir an nichts. Abgesehen von einem …«

Gebieterisch hob ich den Arm, um sie zum Schweigen zu bringen. Wie konnte sie jetzt damit auch noch anfangen, mich auf mein Singledasein anzusprechen? Mir fiel es doch schon schwer genug, mir vorzustellen, nach Sandode zurückzukehren.

»Meinen Traumberuf konnte ich auch nicht erlernen. Das bedeutet aber nicht, dass ich unglücklich bin«, bemühte sich mein Vater mal wieder, mir seine Sicht der Dinge zu verdeutlichen.

Ich rollte mit den Augen. »Im Gegensatz zu mir liebst du es ja auch, als Finanzbeamter irgendwelche Steuererklärungen auf Richtigkeit zu prüfen.«

»Ich bin meinem Vater sehr dankbar, dass er mich in die richtige Richtung geschubst hat. Als Radio- und Fernsehtechniker ist heutzutage kein Geld mehr zu verdienen. Die Geräte werden doch lieber auf den Schrott gebracht, statt sie reparieren zu lassen. Ein Bundesbürger ist verpflichtet, seine Einkommenssteuer zu entrichten. Das ist nun mal so und es muss Leute geben, die das prüfen. Genauso wie du ein Konto eröffnest, wenn jemand eins haben will.«

Ich pikste mir nun doch wieder eine Kirsche auf die Zacken. »Dumm nur, dass man das heutzutage ganz bequem von zu Hause aus erledigen kann.«

»Ehrlich?« Meine Mutter riss entsetzt ihre Augen auf, als hätte ich ihr etwas von kleinen grünen Männchen erzählt, die nachts heimlich in Häuser einstiegen.

Ich zuckte mit den Achseln. »Natürlich.«

Mein Vater schmunzelte. »Die Zeiten haben sich nun mal grundlegend geändert, Schatz. Das nennt man Digitalisierung.«

Da gab ich meinem Vater absolut recht. Dieses Phänomen war in allen Branchen zu finden, nicht bloß bei Banken. Nur ein Ölgemälde, das musste noch von Hand und von einer lebendigen Person gemalt werden. Allerdings war ich mir sicher, dass auch das irgendwann vermutlich von einem Roboter erledigt werden konnte.

Seufzend schielte ich auf die Einladung meines Opas. »Hat er jedem so eine Karte geschrieben oder nur uns?«

»Er hat sie sogar auf der Insel jedem persönlich übergeben«, wusste meine Mutter zu berichten. Kaum war der Stolz in ihren Augen aufgeflammt, wandelte er sich auch schon wieder zu einer sanften Milde. »Spring bitte über deinen Schatten, Schatz. Wenigstens das eine Mal. Nicht jeder hat das Glück, fünfundachtzig Jahre alt zu werden. Wer weiß, wie oft er noch die Gelegenheit bekommen wird, seinen Geburtstag zu feiern.«

Meine Kehle schnürte sich zu und ein riesiger Batzen schlechtes Gewissen nistete sich zusätzlich in mir ein. Nur an seinem Ehrentag kurz mal vorbeizukommen, ihn in den Arm zu nehmen und dann wieder zu verschwinden, das hatte er nicht verdient. Ich sollte mehr Zeit mit ihm verbringen, nicht, dass ich es irgendwann bereuen würde. Ich musste mich überwinden, meinem Opa zuliebe. Auch wenn es mir unheimlich schwerfiel.

Ich seufzte tief. »Natürlich werde ich da sein und ihn bei den Vorbereitungen unterstützen. Aber ich muss das erst mit meinem Chef absprechen.«

»Opa wird sich riesig freuen.«

»Ehrlich gesagt, freue ich mich auch, mal wieder das Meer zu sehen«, sagte mein Vater und zwinkerte meiner Mutter verschwörerisch zu. »Dort haben wir uns kennengelernt«, flüsterte er ihr wie frisch verliebt zu, was sie ebenfalls schmachtend erwiderte.

Für Mama war es selbstverständlich gewesen, als junge Frau die Insel zu verlassen, um sich ein Leben auf dem Festland aufzubauen. Auf Sandode war es schwierig, einen für sie geeigneten Beruf zu erlernen. Und als sie in einer hiesigen Behörde ihren Platz als Bürokauffrau gefunden hatte, kam es für sie nie infrage zurückzugehen. Manchmal fragte ich mich, was wohl gewesen wäre, wenn die beiden auf der Insel geblieben wären. Ob sich alles anders entwickelt hätte? Ob ich vielleicht sogar noch mit Lasse zusammen wäre? Nein. Sicher nicht. Er hätte dennoch mit mir Schluss gemacht. So oder so. Weil er egoistisch war.

Gedankenversunken schlürfte ich an meinem längst erkalteten Kaffee und grübelte darüber nach, wo auf der Insel ein abgelegenes Plätzchen zu finden war, an dem ich mit Sicherheit niemandem begegnen würde. Schon gar nicht Lasse. Oder sollte ich seinetwegen sogar dorthin zurückreisen? Könnte ich Opas Einladung als Chance nutzen, endlich die Hintergründe zu verstehen, warum er die Beziehung beendet hatte? Vielleicht bedeuteten die Dünen in meinen Träumen und der salzige Geschmack der Tränen auf meinen Lippen, dass ich endlich abschließen musste.

Kapitel 2

Schon am nächsten Tag saß ich auf der Kante des Besucherstuhls vor dem pompösen Schreibtisch meines Chefs und knetete nervös meine Hände. Bevor ich die Gelegenheit gehabt hatte, Herrn Braun um ein Gespräch zu bitten, hatte er mich in sein Büro gebeten.

»Schön, dass Sie so schnell Zeit für mich gefunden haben, Frau Rosberg.«

»Ja, ich … ähm … wollte ebenfalls mit Ihnen sprechen.«

»Dann passt das ja wunderbar. Bitte, dann gebe ich Ihnen den Vortritt. Was liegt Ihnen auf dem Herzen?«

»Ich wollte Sie spontan um Urlaub bitten. Mein Großvater wird fünfundachtzig. Er wohnt auf Sandode und hat mich gebeten, etwas früher anzureisen und das Fest zu organisieren. In seinem jugendlichen Leichtsinn hat er die gesamte Insel eingeladen.«

Herr Braun lachte. »Ihr Großvater ist der Maler Arne Nielsen, nicht wahr? Das Bild in Ihrem Büro ist von ihm. Er hat unglaubliches Talent.«

»Ja, das stimmt.« Das Gemälde, von dem er sprach, stach direkt ins Auge, sobald man den Raum betrat. Das typische Dünenlandschaftsbild mit dem Meer im Hintergrund und einer Möwe strahlte eine authentische Lebendigkeit aus, die manche

Bankkunden immer wieder erstaunt davor stehen bleiben ließ. Des Öfteren wurde ich sogar gefragt, ob es berührt werden durfte, ohne von der Möwe geschnappt zu werden.

Herr Braun lehnte sich zurück und begann, den Kopf hin und her zu wiegen, ohne mich aus den Augen zu lassen, als versuchte er, Ähnlichkeiten zwischen meinem Opa und mir herauszufinden. Dabei hatte ich keine Ahnung, ob Herr Braun wusste, wie mein Großvater aussah.

»Haben Sie in irgendeiner Weise etwas davon abbekommen? Ich meine, von seinem Talent?«

»Ja, das würde ich schon sagen. Allerdings male ich nicht mehr. Dafür fehlt mir die Zeit. Die Arbeit nimmt mich doch sehr ein.«

Herr Braun überschlug seine Beine und nickte. Erst nach mehreren Atemzügen nahm er das Gespräch wieder auf. »Apropos Arbeit«, stieg er auf mein Thema ein. In seinem Gesicht erschien nun eine gewisse Anspannung. »In den letzten Wochen wurden fünfzig Prozent der von Ihnen abgeschlossenen Verträge von den Kunden storniert. Außerdem waren viele davon fehlerhaft ausgefüllt. Können Sie mir das erklären?«

Mein Herz rutschte in die Hose. Deswegen hatte der Chef mich zu einem Gespräch gebeten. Die Wendung traf mich unvorbereitet. Ich räusperte mich und straffte den Rücken. »Einen Widerruf muss man nicht begründen. Innerhalb von zwei Wochen hat man das Recht zurückzutreten.«

»Das stimmt, aber finden Sie es nicht merkwürdig, dass es so viele sind?«

Ich öffnete gerade schon den Mund, da schnitt Herr Braun mir das Wort ab. »Fühlen Sie sich in Ihrem Arbeitsbereich wohl?«

Oje. Daher wehte also der Wind. Fehlte nur noch die Frage: *»Wo sehen Sie sich in zehn Jahren?«* Ich schluckte schwer und suchte zwischen meinen Fußspitzen die richtige Antwort. Eigentlich wollte ich laut »Nein, tue ich nicht!« schreien, aber ich traute mich nicht. Jeder erwartete von mir, dass ich funktionierte, dass ich die Erwartungen erfüllte. In den Augen der Gesellschaft war ich eine fleißige Arbeitnehmerin, die ab acht Uhr morgens ihrer Arbeit nachging und um halb fünf nachmittags nach Hause ging. Eine, die in das Sozialsystem einzahlte und brav ihre Steuern entrichtete, welche mein Vater mit Argusaugen prüfte. So gehörte es sich doch. Millionen Menschen machten das so. Tag für Tag. Ganz bestimmt gab es auch welche, die unzufrieden mit dem waren, was sie leisteten, es aber aushielten. Wie ich, weil man es von mir verlangte. »Na ja. Mir fällt es schon schwer, Produkte zu verkaufen, hinter denen ich nicht ganz stehe. Aktien sind nach wie vor unsicher und wenn ein Rentnerpaar vor mir sitzt …«

»Verstehe«, unterbrach er mich mitten im Satz. »Ihr schlechtes Gewissen.« Herr Braun kippte mit seinem Oberkörper nach vorn und verschränkte seine Hände auf der Tischplatte. »Sie waren eine meiner Top Mitarbeiterinnen, als Sie nach Ihrer Ausbildung in meine Filiale gekommen sind.«

Ja, und wie ich das war. Zu dem Zeitpunkt war ich noch glücklich und voller Hoffnung gewesen. Als ich nach bestandener Prüfung auf die Insel gefahren war, um mit Lasse anzustoßen. Wir hatten gefeiert, bis die Schwarte krachte. Gemeinsam hatten wir Pläne geschmiedet und uns unsere Zukunft ausgemalt. Er wollte seinen Schreinermeister auf dem Festland machen und ich hatte vor, mich in der benachbarten Kunsthochschule einzuschreiben. Alles war bis ins kleinste Detail perfekt geplant gewesen, damit wir zusammen sein konnten.

Mein Blick verschwamm.

Aber dazu war es nie gekommen. Ich war ins Arbeitsleben abgetaucht, während er seine Meisterausbildung absolviert hatte.

Lasse und ich hatten uns, wenn es möglich war, meist an den Wochenenden auf Sandode getroffen und wunderbare Momente dort verbracht. Doch als ich ihm stolz verkündet hatte, dass mir eine stellvertretende Filialleitungsstelle angeboten wurde, hatte er aus heiterem Himmel die Beziehung beendet.

Meine Welt war zusammengebrochen. Ich konnte seine Entscheidung nicht nachvollziehen und hatte verzweifelt nach dem Grund gesucht. Aber sein Schweigen hatte mir verdeutlicht, dass es zwecklos war, danach zu fragen. Mit gebrochenem Herzen hatte ich lange an der Trennung geknabbert. Letztendlich hatte die Leitung ein anderer bekommen, weil ich zu jung und zu unerfahren gewesen war. So hatte ich mich mit dem Hintergedanken in die Arbeit gestürzt, vielleicht irgendwann einen Posten zu finden, der mich erfüllte. Doch auch das war nicht passiert. Nun war ich ausgebrannt, ohne Power, ohne Feuereifer. Das alles war weggeweht wie eine Sandburg im Wind. Doch trotz all dieser Enttäuschungen und unerfüllten Träume hatte ich mir ein Leben aufgebaut.

»Und woran liegt Ihre Antriebslosigkeit?«

»Der Wandel. Die Routine. Der Alltag«, sagte ich freiheraus. Die Einsicht, dass ich in meinem Beruf nie glücklich gewesen war und ich meine Leidenschaft für das Malen nicht ausleben konnte, dass Lasse mir nie den Grund gesagt hatte, aus dem er mit mir Schluss gemacht hatte, kamen dazu, aber das sagte ich nicht laut.

»Ihr Zeitkonto ist voll und Ihren Jahresurlaub haben Sie so gut wie gar nicht angerührt. Bevor Sie eventuell an einem Burnout erkranken, gewähre ich Ihnen selbstverständlich den Urlaub. Erholen Sie sich. Nehmen Sie sich die Zeit und gehen Sie in sich. In der Zwischenzeit werde ich mir überlegen, ob Sie in einer anderen Abteilung besser aufgehoben sind.«

Mein Herz machte einen Hüpfer. »Wirklich? Das wäre toll. Mir hat die Arbeit im Frontbereich auch immer ganz gut gefallen.« Verlegen biss ich mir auf die Lippe. Forderungen zu stellen, war jetzt vielleicht etwas zu viel verlangt, war ich doch froh, dass der Chef mir mal eben so freigegeben hatte.

»Ich werde Sie auf dem Laufenden halten.« Herr Braun erhob sich und reichte mir die Hand. »Dann wünsche ich Ihnen eine angenehme Zeit.«

Erstaunt schüttelte ich sie. »Soll das etwa heißen, Sie schicken mich heute schon in den Urlaub?«

»Genau«, entgegnete er lächelnd.

»Das geht nicht. Ich habe noch furchtbar viel zu tun. Außerdem müsste ich meiner Vertretung Dringlichkeiten zeigen.« Eigentlich hatte ich gedacht, dass ich zum Wochenende hin alles übergab, damit ich mit gutem Gewissen verreisen konnte.

»Dann schreiben Sie auf, was wichtig ist, oder besprechen Sie jetzt alles mit Frau Kaiser und Herrn Pflücker, die vertreten Sie ja.«

»Okay«, sagte ich, verwirrt darüber, dass ich so abkömmlich war.

In meinem Büro sortierte ich das Wichtigste und besprach den Rest mit meiner Kollegin. Als ich alles abgearbeitet und die Vorbereitungen abgeschlossen hatte, fielen mir zum ersten Mal seit Langem die Schultern herab. Erschöpft, aber glücklich ließ ich mich zurücksinken und betrachtete das Bild, das Herr Braun so gelobt hatte. Eine eigenartige Mischung aus Angst und kribbeliger Vorfreude ergriff mich. Ich konnte es kaum erwarten, mit Opa über Farben, Motive und die schönsten Plätze auf Sandode zu philosophieren. Das Gefühl könnte so unbeschwert sein, fast, als ob ich eine Möwe wäre, wäre da nicht Lasse. Wie würde er wohl reagieren, wenn wir uns begegneten? Lebte er überhaupt wieder dort?

Kapitel 3

Mit den Fingern umschloss ich die Reling und steckte die Nase in den weiten Himmel, der hier so viel blauer erschien als zu Hause. Die Sonne wärmte meine Haut und ein leicht salziger Film legte sich auf meine Lippen. Obwohl ich meine Haare zu einem festen Zopf zusammengebunden hatte, tanzten einzelne Strähnen wild vor meinen Augen umher. Mein Herz klopfte aufgeregt, als Sandode wie ein winziger Punkt mitten im Meer erschien und immer größer wurde. Je näher ich der Insel kam, umso unsicherer wurde ich, ob das alles eine gute Idee war. Zu allem Elend stieg eine leichte Übelkeit in mir hoch. Ich hoffte, es lag am Seegang und weniger an meiner Aufregung. Ob ich einfach sitzen bleiben und den Weg zurück nehmen sollte? Unschlüssig sah ich mich um. Besser nicht. Hinterher wurde ich noch als blinder Passagier überführt. Diese Aussicht ließ mich dann doch zu Sandode tendieren. Ich verbrachte die halbe Stunde bis zur Ankunft damit, auf das Meer zu starren und den Möwen dabei zuzuschauen, wie sie haarscharf über die Wasseroberfläche flogen, um sich einen Fisch zu erbeuten.

Geangelt hatte Lasse auch eine ganze Zeit lang, als wir noch kein Paar gewesen waren, um sich inspirieren zu lassen – wie er es altklug bezeichnet hatte.

Schließlich ertönte die Lautsprecherdurchsage, die ankündigte, dass wir anlegten. Die Gäste strömten aus der Fähre und verstreuten sich in alle Himmelsrichtungen. Mein Auto hatte ich wohlweislich auf dem Festland stehen gelassen, denn mit Opas Fahrrad aus dem Schuppen ließ sich die Insel problemlos erkunden. Ich schulterte meinen Rucksack und umfasste den Griff meines Trolleys. Ein letztes Mal atmete ich aus, ehe ich festen Boden unter den Füßen spürte.

Mein Abenteuer begann.

***

Ich ließ den Hafen mit seinem tristen Betonboden und dem hektischen Treiben der Angestellten, das so gar nicht zur Insel passte, rasch hinter mir und machte mich auf den Weg ins Dorf. Entlang des uralten Kopfsteinpflasters, auf dem einst Kutschen gerollt waren, standen reetgedeckte Häuser mit kunstvollen Schnitzereien an den Türen. So urig hatte ich Sandode gar nicht in Erinnerung, obwohl sich seit dem letzten Besuch dem Anschein nach nichts verändert hatte. Wahrscheinlich hatte ich die Bilder tief in meinem Kopf vergraben und jetzt kamen sie wieder zum Vorschein. Es war, als ob die Zeit in den Gassen stillstehen würde. Die Luft, die aus den Restaurants stieg, duftete herrlich nach Essen und die Sonne malte Schatten auf die weißen und verklinkerten Fassaden, während die Menschen freundlich und entspannt lächelten. Vielleicht war es nicht nur der Geburtstag, sondern die Sehnsucht nach dem Einfachen und der unsagbaren Ruhe, die mich hierher zurückführte?

Ich spazierte weiter in die Richtung, in der Opa wohnte, vorbei an den Apfelrosenhecken, deren orangefarbene Früchte im

Herbst malerisch hervorblitzen würden. Und als ich plötzlich ein Rauschen hörte, hielt ich unwillkürlich den Atem an. Zwischen dem Dünengras erstreckte sich das unendliche Meer. Eine Möwe glitt schwerelos darüber. Der Rucksack rutschte von meinen Schultern und ich ließ ihn neben dem Trolley stehen. Ganz von selbst führten mich meine Beine unweigerlich über den schmalen Pfad zum Strand, ohne dass ich mich dagegen wehren konnte. Abermals raubte mir der Anblick den Atem. Sanfte Wellen rollten an das Ufer und es schien, als würde mit jeder Brandung eine salzige Brise zu mir herüberschweben. Das Sonnenlicht reflektierte in silbernen Kreisen auf der Wasseroberfläche, die von wenigen Badegästen durchbrochen wurde. Der Horizont verschmolz mit dem Himmel zu einer unendlichen Weite, für die ich nur ein Wort hatte: Freiheit.

Plötzlich türmten sich Tränen hinter meinen Lidern auf. Die Eindrücke überrollten mich mit einer Heftigkeit, dass die Emotionen, die in mir tobten, einfach aus mir herausbrachen. Schniefend wischte ich mir die Tränen vom Gesicht und wandte mich ab. *Cleo, du musst jetzt stark sein,* redete ich mir gut zu und kehrte auf den Weg zurück. Ich marschierte weiter, an den Häusern vorbei, die sich alle ähnelten, nur dass die einen weiß gekalkt und die anderen mit rotem Klinker versehen waren. Meine Hand verkrampfte, als ich mich Lasses Elternhaus näherte, in dem wir nicht nur wild geknutscht hatten. Wie dumm, dass ich diese Strecke gewählt hatte und nicht die Schleife um das Dorf. Ich hätte es doch wissen müssen. Allerdings hätte ich dann das Meer nicht gesehen.

»Cleo?«, hörte ich nun eine Frauenstimme aus einem der oberen Fenster rufen. Ich verkrampfte noch ein wenig mehr, dennoch legte ich den Kopf in den Nacken. Es war Bente, Lasses Mutter. »Warte, ich komme runter.«

Sollte ich das wirklich tun? Warten? Ich könnte die Beine in die Hand nehmen und weglaufen. Aber das wäre sehr unhöflich, zumal wir immer ein gutes Verhältnis gehabt hatten. Wieso sollte sich das geändert haben? Sie war stets eine gute Zuhörerin gewesen, wenn meine Eltern auf dem Festland ihren Berufen nachgegangen waren und ich hier meine Ferien verbracht hatte.

Ehe ich mich's versah, stand Bente auch schon vor mir. Ihre wasserblauen Augen, die Lasses so ähnlich waren, leuchteten heute wie Kornblumen. Ihr Haar, das von einzelnen silbernen Fäden durchzogen war, hing ihr auf die Schultern und nur wenige Falten waren in der Zwischenzeit dazugekommen. »Du bist es wirklich.«

»Ja«, entgegnete ich und versuchte, genauso aufrichtig zu lächeln wie sie. Dann ging alles furchtbar schnell. Bente zog mich in ihre Arme und drückte mich so fest, dass ich ihr Kräutershampoo riechen konnte. Nach einer gefühlten Ewigkeit ließ sie mich los und räumte einen kleinen Abstand zwischen uns ein, ohne ihre Hände von meinen Schultern zu nehmen. »Du bist noch viel hübscher als früher.«

Meine Wangen fingen an zu bitzeln. »Danke, du hast dich auch kaum verändert.« Mit Ende fünfzig sah sie wie das blühende Leben aus. Wobei sich mir wiederum die Frage aufdrängte, ob und wie Lasse sich wohl in der Zwischenzeit verändert hatte.

Bente schürzte die Lippen und winkte ab. »An niemandem geht die Zeit spurlos vorbei. Auch nicht an mir. Die Schwerkraft wird mit dem Alter ganz schön hartnäckig.« Sie zog die Haut an den Wangen nach oben, sodass ihr Gesicht wie geliftet aussah.

Ich lachte. Ihre erheiternde Art nahm mir ein wenig die Furcht, die falsche Entscheidung getroffen zu haben und auf die Insel gekommen zu sein. Obwohl wir uns lange nicht gesehen hatten, fühlte es sich so an, als läge unsere letzte Unterhaltung gerade mal einen Monat zurück. Ich ließ meinen Blick über sie gleiten. Sie trug einen langen orangefarbenen Rock und ein türkisfarbenes Top. Immer schon mochte sie es bunt. Das hatte sich mit den Jahren wohl nicht geändert. »Nein. Ich meine es ernst. Du siehst richtig gut aus. Machst du noch Yoga?« Das würde ihren straffen Körper erklären.

»Jeden Morgen, bevor die ersten Gäste wach werden. Den Tag direkt mit dem Sonnenaufgang am Meer zu beginnen, fühlt sich immer wie ein Neuanfang an.« Bente musterte mich ebenfalls, so, als wollte sie meine Energieströme und energetischen Zentren messen. »Du siehst aus, als kommst du direkt von der Arbeit«, offenbarte sie mir, nachdem sie ihre Inaugenscheinnahme beendet hatte. »Früher hast du in deiner Freizeit fröhlichere Kleidung getragen.«

Verdattert schaute ich an mir hinunter. Ich trug eine knöchellange graue Anzughose und passend dazu eine luftige cremefarbene Bluse. In meinen schwarzen Absatzschuhen spiegelte sich die Sonne. Ein Outfit, das ich tatsächlich im Büro bevorzugte, hier auf Sandode passte der Look zugegeben nicht ganz. »Ich … ähm … habe auch ein paar Kleider dabei«, rechtfertigte ich mich.

Bentes Augenbrauen fuhren überrascht hoch. »Heißt das etwa, du bleibst länger?«

Sie hatte wohl meinen Koffer noch gar nicht bemerkt. Ich nickte mit einem zaghaften Lächeln.

»Lasse wird sich bestimmt freuen.«

An ihrem Gesichtsausdruck erkannte ich, wie viel Überwindung es sie gekostet hatte, seinen Namen in meiner Gegenwart zu nennen. Seine Entscheidung hatte sie damals genauso getroffen wie mich. Allerdings bezweifelte ich, dass Lasse sich über seine Ex-Freundin freuen würde.

»Dann ist er wohl wieder auf der Insel«, murmelte ich. Ob er sich seinen Traum von einer eigenen Schreinerei erfüllt hatte?

Das bedeutete wiederum, dass ich mich so schnell wie möglich damit abfinden musste, ihm zu begegnen.

»Natürlich ist er das. Für ihn gab es doch keine Alternative.« Bente lächelte, als wollte sie mir sagen, dass ich das doch eigentlich wissen müsste. Das tat ich auch, aber nach so vielen Jahren veränderten sich die Wünsche und Bedürfnisse. Eventuell hatte er eine Frau kennengelernt, die ihn von der Insel weggelockt hatte, weil sie mit der Einsamkeit nichts anfangen konnte.

»Du willst also deinen Großvater besuchen, das ist schön«, sagte Bente.

»Ja, ich greife ihm ein wenig unter die Arme wegen seines Geburtstags.«

»Ach, ja. Sein fünfundachtzigster. Wir haben ebenfalls eine Einladung bekommen.«

»Dann sehen wir uns ja.« Ob damit auch Lasse eingeladen war und kommen würde?

Ich nahm den Griff meines Koffers und hob die Hand zur Verabschiedung. Obwohl ich mich wirklich über das Wiedersehen mit Bente gefreut hatte, war es an der Zeit, endlich Opa in die Arme zu schließen. Meine Beine wurden allmählich schwer, was mir wiederum verdeutlichte, wie anstrengend die Reise gewesen war.

»Ganz bestimmt«, entgegnete sie.

Die Rollen des Trolleys wirbelten bereits trockenen Boden auf, als Bente mir hinterherrief: »Lasse ist sicherlich in seiner Werkstatt.«

Mein Herz stach in meiner Brust und gleichzeitig spürte ich ein unangenehmes Gefühl in mir aufsteigen, das sich nach Bitterkeit anfühlte. Er hatte bestimmt hart gearbeitet, um sich seinen Traum zu erfüllen. Einen Traum, in dem ich keinen Platz hatte.

Kapitel 4

Der vertraute Geruch von Verdünnung und Farbe stieg mir sofort in die Nase, als ich meine Wange gegen Opas Brust drückte.

»Mein Kind. Es so schön, dass du hier bist.«

»Ja, das finde ich auch«, sagte ich mit erstickter Stimme und blieb noch etwas länger in der Umarmung, um sie wirken zu lassen.

Nachdem wir uns voneinander gelöst hatten und ich feststellen musste, dass sein Haar mittlerweile so weiß war wie die Kumuluswolken über dem Meer, überrollte mich abermals das schlechte Gewissen, ihn so lange nicht besucht zu haben. In der Zwischenzeit war er etwas schlanker geworden. Nicht, dass er jemals dick gewesen wäre, aber der kleine Bauchansatz, der ihn so gemütlich gemacht hatte, war verschwunden. »Kochst du dir auch regelmäßig etwas zu essen?«, erkundigte ich mich beiläufig, ohne dass er Verdacht schöpfte, dass ich mir Sorgen um seinen Gesundheitszustand machte.

»Hedda stellt mir jeden Abend um siebzehn Uhr einen Teller selbst gemachtes Essen vor die Haustür«, sagte er, als ob ich das wissen müsste.

Erstaunt hob ich meine Augenbrauen. »Hedda? Du meinst Lasses Oma?«

Opa nickte.

»Okay. Warum übergibt sie dir das Essen nicht ganz einfach? Ihr seid ja keine Fremden.« Wie Opa war Hedda seit geraumer Zeit verwitwet und ganz bestimmt sehnte sie sich nach Abwechslung und netter Gesellschaft. Aber warum klingelte sie nicht bei ihm und sie aßen zusammen?

Opa zog seine Schultern hoch. »Vermutlich will sie mir nicht zur Last fallen oder mich stören. Sie ist immer sehr zurückhaltend. Dabei begegnen wir uns jeden Tag, wenn ich zum Friedhof gehe und deiner Großmutter eine Blume bringe.« Eine gewisse Wehmut überzog sein Gesicht. Ob es an der Tatsache lag, dass er an Oma dachte oder er an Heddas Zurückweisung litt, wusste ich nicht.

»Ach ja, ihr Haus liegt ja auf dem Weg. Über was redet ihr denn so?«, erkundigte ich mich mit großem Interesse.

»Eigentlich fragt sie mich nur, ob es mir geschmeckt hat.«

»Sonst unterhaltet ihr euch nicht?«

»Doch, natürlich. Ich frage sie daraufhin, wie es ihr geht und was sie so macht. Wenn sie mir das erzählt hat, lobt sie meine Blumen und verabschiedet sich.«

»Okay«, zog ich das Wort künstlich in die Länge.

Opa schmunzelte und legte mir die Hand auf den Arm, als wäre es unnötig, sich darüber den Kopf zu zerbrechen. »Lass uns in das Atelier gehen. Ich will dir etwas zeigen.«

»Nichts lieber als das.« Ungestüm lief ich voran, ohne daran zu denken, dass Opa länger brauchte, um hinter mir herzukommen. Sein Malstudio befand sich in seinem verglasten Wintergarten mit Blick auf das Meer, der lediglich von den mit Gras bewachsenen Dünen unterbrochen wurde. Auch hier empfing mich ein Gemisch aus Ölfarben und Terpentin. Es roch ein bisschen nach dem Holz der Leinwand und hier herrschte der Duft nach Kreativität, was das alles vollkommen machte.

»Schau, Cleochen. Das ist mein neuestes Werk. Ich werde es sehr wahrscheinlich ›versteckte Liebe‹ nennen. Was sagst du dazu?«

Mit schief gelegtem Kopf und dem Zeigefinger an meinen gespitzten Lippen betrachtete ich den Entwurf. Der Hintergrund war in Blau und Grau gehalten. Der Vordergrund war noch kaum auszumachen, doch die Skizzen ließen bereits eine Ahnung zu. »Diese dunklen Schattierungen, sie schlängeln sich durch das gesamte Bild. Das könnten Steine sein. Eine Art Weg. Und das da, diese grobe Zeichnung könnte eine Plastiktüte darstellen. Ich erkenne zwei davon. Eine kleinere und etwas weiter entfernt eine größere. Auf jeden Fall wird es eine Meerlandschaft werden. Hier, diese unterschiedlich langen Striche auf dieser Erhöhung könnten Dünengras sein. Möchtest du auf die Verschmutzung der Meere aufmerksam machen?«, fragte ich, ohne den Blick von den Skizzierungen zu nehmen.

»Du hast ein wirklich gutes Auge, mein Kind. Aber es sind keine Plastiksäcke.« Opa zwinkerte mir zu und wandte sich ab. Zwischen seinen Malerutensilien räumte er hin und her, als würde er etwas suchen.

Hm, vielleicht wurden es Seevögel. Mein Blick fiel derweil auf seine zur Hälfte ausgedrückten Farbtuben. Mir fiel auf, dass er viel mit Rot und natürlich auch mit Weiß arbeitete. Ha. Sicherlich würde er einen Sonnenuntergang malen.

Nun setzte er eine frische, unberührte Leinwand auf eine Staffelei, drückte eine Auswahl an hellen und dunklen Farben auf eine Mischpalette und übergab sie mir schließlich. »Was siehst du, wenn du an Sandode denkst? Überlege nicht lange. Fang gleich an.« Opa rückte etwas ab und legte seine Hände hinter seinen Rücken.

Ich war überrumpelt und gleichzeitig überfordert. Seit fünf Jahren hatte ich keinen Pinsel mehr in der Hand gehabt. Ich wusste noch nicht einmal, ob ich überhaupt noch einen Strich ziehen konnte. Etwas zögerlich steckte meinen Daumen in das Griffloch und tupfte mir helle Farbe auf den Pinsel. Sicherlich war es wie Fahrradfahren. Das verlernte man auch nicht. Großzügig bedeckte ich damit den unteren Teil der Fläche, ehe ich mit einem kräftigeren Blau fortfuhr. Mein Atem flachte ab und eine angenehme Ruhe bereitete sich in mir aus, während ich mal sanft, mal fest die Borsten über die Oberfläche führte. Manchmal schloss ich die Augen und ließ mich von meinem Atemrhythmus leiten. Ich spürte absolute Harmonie in mir aufsteigen, die sich in meinem ganzen Körper ausbreitete. Doch je höher ich malte, desto mehr verlor ich mich in der Unruhe meiner Gefühle. Die Farben wurden dunkler, die Linien verwischten. Meine Finger verkrampften und als ich fertig war, fühlte ich mich leer und ausgelaugt. Offenbar hatte ich doch einiges eingebüßt, vor allem in puncto Ausdauer. Enttäuscht senkte ich die Mischpalette und legte sie schließlich ab.

Opa deutete auf den unteren Teil des Gemäldes. »Angefangen hat alles mit Liebe zum Detail. Hier, diese Linien. Vielleicht Spuren einer Möwe, da einige Muscheln. Das Meer, das leise an den Strand schäumt. Aber je weiter du steigst, desto mehr tobt das Bild. Die Striche werden unruhiger und undeutlicher.« Opa wandte den Blick ab und deutete mit dem Finger auf den Fleck, an dem mein Herz schlug. »Erst wenn du Frieden schließt, wirst du wieder das sehen, was du einst gefühlt hast.«

Ich schluckte meine Tränen hinunter. Er hatte mich dazu gebracht, mein Innerstes zu offenbaren und hatte direkt ins Schwarze getroffen. Die Insel war für mich immer noch ein Feind, der mir mein Glück und meine Seele geraubt hatte, obwohl sie mir einst genau das geschenkt hatte.

Opas warme Hand lag nun schwer auf meinem Arm. »Es ist gut, dass du jetzt hier bist. Hier wirst du dich wiederfinden können. Du kannst jederzeit das Bild fertig malen.« Er nahm sich meinen Pinsel und wusch ihn aus. Danach legte er ihn zum Trocknen weg und sagte: »Ich setze mal Teewasser auf.«

Aber es ist fertig, wollte ich ihm hinterherrufen, doch die Tür war längst hinter ihm zugefallen. Ich legte den Kopf schief und betrachtete mein Werk, das mich ein wenig an einen grauen Herbsttag erinnerte.

Kapitel 5

In meinem Zimmer hatte sich nichts verändert. Die gleiche Blümchentapete wie einst klebte an den Wänden und ließ mich schmunzeln. Auch die Zimmereinrichtung im rustikalen Stil weckte Kindheitserinnerungen in mir. Es fühlte sich an, als wäre es erst gestern gewesen, dass Oma mich aus dem Bett gekitzelt und ich lachend bei Opa Schutz gesucht hatte, weil sie mich mit ihren knöchernen Fingern verfolgt hatte, als wäre sie eine Hexe. Ich vermisste sie furchtbar. Kein Wunder, dass Opa ihr jeden Tag Blumen brachte, ihm ging es bestimmt genauso.

Nachdem ich meine Sachen in den Schrank geräumt hatte und ich meinen Eltern ein Foto von mir und dem Zimmer per WhatsApp geschickt hatte, folgte ich der Teeeinladung. In der Küche räumte Opa gerade das Geschirr auf ein Tablett, das er ungelenk durch die offene Terrassentür tragen wollte.

»Warte, lass mich dir helfen.« Behutsam nahm ich ihm das Servierbrett aus der Hand und brachte es nach draußen. Dort deckte ich den Tisch, während ich aus dem Augenwinkel ein weißes Huhn über das Grundstück rennen sah, gefolgt von einem weiteren.

»Diese flinken Tiere schaffen es immer wieder auszubüxen.« Zielstrebig lief Opa durch das knöchelhohe Gras zu einem selbst gebauten Stall mit Freilaufgehege und Rückzugsort und scheuchte die drei Entkommenen hinein.

Ich runzelte die Stirn. »Seit wann hältst du Hühner?«

»Schon eine ganze Weile. Sie versorgen mich mit reichlich Eiern.« Opa pflückte einige Blätter von dem Apfelbaum, auf den ich als Kind immer gern geklettert war, weil ich von dort aus das Meer viel besser beobachten konnte. Jetzt als Erwachsene konnte ich auch so das Wasser sehen.

Opa legte Grünzeug in das Gehege und sofort pickten die Hennen danach. »Irgendwo muss es ein Schlupfloch geben, durch das sie auf die Straße gelangen. Gut, dass sie bisher immer unversehrt zurückgefunden haben.«

Bewundernd ließ ich meinen Blick über den Gartenbereich gleiten. »Der Stall hat bestimmt ein Heidengeld gekostet. Er sieht sehr stabil aus.« Ich rüttelte an der Konstruktion. Sie war bombenfest. »Aus dem Baumarkt kommt der doch sicherlich nicht.«

»Lasse hat ihn gebaut«, entgegnete Opa und durchbohrte mich mit seinem Blick, als versuchte er herauszufinden, was der Name in mir verursachte.

Sofort ließ ich das Holz los, als würde es in Flammen aufgehen. »Oh, ja. Hätte ich auch selbst draufkommen können.« Lasse verstand wirklich sein Handwerk.

»Deine Reaktion überrascht mich nicht.« Ein sanftes Lächeln umspielte seine Mundwinkel.

»Wieso das denn?«, fragte ich und folgte ihm zurück zur Terrasse.

»Soweit ich das in Erinnerung habe, wehrst du dich gegen alles, was mit Lasse zu tun hat. Was ja verständlich ist.« Stöhnend ließ er sich auf die Sitzauflage fallen. Der kurze Weg musste ihn sehr erschöpft haben.

Dieses Thema verursachte ein wehmütiges Ziehen in meiner Brustgegend, denn Opa hatte recht. Ich schenkte uns Tee ein.

»Auf dem Weg hierher habe ich Bente getroffen. Sie hat mir erzählt, dass Lasse eine Werkstatt hat«, sagte ich.

»Willst du ihm aus dem Weg gehen oder hast du vor, dich mit ihm zu unterhalten?«

»In erster Linie will ich dir bei den Geburtstagsvorbereitungen helfen.« Ich zwinkerte und kostete von dem Tee. Mmh. Vorsichtig stellte ich die Tasse wieder ab und traf auf Opas interessierten Gesichtsausdruck. Also fuhr ich fort. »Die Insel ist nicht besonders groß. Irgendwann werde ich Lasse begegnen. Ob ich will oder nicht. Und dann werde ich mit ihm auch reden, wie man das eben zwischen Erwachsenen so macht. Aber jetzt zu dir. Wo hast du denn vor zu feiern?«, wechselte ich das Thema.

Gerade als Opa zum Sprechen ansetzen wollte, wurde das Gartentürchen aufgeschoben und niemand Geringeres als Lasse schlenderte zum Hühnerstall.

Ich spürte, wie mein Blut in den Ohren rauschte, als tobte ein Unwetter über dem Meer. Mehrmals blinzelte ich, um sicherzugehen, dass ich mich nicht verguckte. Doch er war es tatsächlich. Nach fünf Jahren sah er immer noch genauso gut aus. Sein Rücken war breiter geworden und seine Oberarme muskulöser. Er trug sein dichtes braunes Haar an den Seiten kurz und das Haupthaar etwas länger. Ein Bartschatten zog sich entlang seines Kinns und bedeckte seine Wangen, was ihn verwegen aussehen ließ. Sein türkisfarbenes T-Shirt hob sich von seiner gebräunten Haut ab und seine Cargo-Shorts offenbarten seine stattlichen Beine. Ich musste schwer schlucken.

Offensichtlich fühlte er sich unbeobachtet. Mit geschmeidigen Bewegungen stellte er etwas mit dem Schraubenzieher an der Tür ein und prüfte sie, indem er sie öffnete und wieder schloss, und das mehrmals hintereinander. Selbst von den aufgescheuchten und gackernden Hühnern ließ er sich nicht stören.

Eher im Gegenteil. Die Tiere entlockten ihm ein Lächeln und zwischendurch redete er sogar mit ihnen. Mit seiner Mutter hingegen hatte er wohl seit meinem Eintreffen noch nicht gesprochen. Sonst hätte er diesen Ort doch mit ziemlicher Sicherheit gemieden, oder?

Meine Hände verkrampften, als er mit seiner Arbeit fertig war. Hoffentlich ging er gleich wieder, ohne uns zu bemerken.

Meine Hoffnung wurde sogleich im Keim erstickt. Opa winkte ihm so deutlich zu, dass selbst die Bewohner auf der anderen Seite der Insel es bemerkt haben müssten. »Lasse!«

O nein. Er hatte es tatsächlich getan. Ich war total unvorbereitet und offensichtlich nicht bereit.

Lasse hob den Kopf, aber nicht lang genug, um mich zu bemerken. Etwas lenkte ihn ab. Sein Handy schien ihn zu beschäftigen. Ohne den Blick von dem Gerät zu nehmen, kam er auf uns zu und je näher er kam, umso verrückter verhielt sich mein Herz in meinem Brustkorb. Mein Körper war auf Fluchtmodus eingestellt und alles in mir war zum Zerbersten angespannt. Als ich instinktiv aufstehen wollte, legte Opa seine Hand beruhigend auf meine und drückte sie sanft. Ein überstürztes Wegrennen war unmöglich.

Schließlich packte Lasse sein Smartphone weg und sah mich an. Sofort wurde mein Blick von seinen außergewöhnlichen hellblauen Augen gefangen genommen. Tausend Mal hatte ich mir in der Fantasie unser Wiedersehen ausgemalt. Tausend Mal hatte ich mir fest vorgenommen, ihn nichts von meinen Empfindungen außer ablehnende Kühle spüren zu lassen. Aber ich konnte nicht.

»Cleo?«, sagte er überrascht.

Obwohl er lediglich meinen Namen gesagt hatte, schob sich seine warme Stimme tief unter meine Haut. Mein Puls beschleunigte sich noch etwas mehr und mein Hirn hörte auf zu funktionieren. Ich war fassungslos, wie mein Körper auf Lasse reagierte. Offenbar hatte ich noch eine Schwäche für diesen Mann, der mein Herz in Stücke gerissen hatte.

Ich räusperte mich und legte mir eine Strähne hinter das Ohr. »Hallo, Lasse.«

»Seit wann bist du denn wieder auf Sandode?«

»Heute angekommen.« Mit seiner Mutter hatte er also tatsächlich noch nicht geredet.

Jetzt, da er so dicht vor mir stand, fielen mir seine Lachfältchen auf, die sich tief um seine Augen fächerten. Dass sein Rücken breiter geworden war, hatte ich schon bemerkt, und dass sich das auch auf seine Schultern und Brust auswirkte, raubte mir schier den Atem. Seine Kinnpartie war ebenfalls markanter geworden. Insgesamt strahlte er so viel Männlichkeit aus, dass mir ein verheißungsvolles Kribbeln durch den Unterleib schoss. Offenbar reichte noch nicht einmal mieses Verhalten, um nicht für diesen Mann zu schwärmen.

Er nickte und es schien ihm schwerzufallen, seinen Blick von mir zu nehmen. Vermutlich dachte er, ich wäre eine Halluzination.

»Wie geht es dir denn so?«, fragte er.

»Kann nicht klagen«, entgegnete ich knapp und versuchte, authentisch zu klingen, auch wenn es in Wahrheit ganz anders aussah.

Er nickte stumm und sagte dann an Opa gerichtet: »Tut mir leid, ich wollte euch nicht bei eurem Wiedersehen stören.« Mit zusammengezogenen Augenbrauen sah er auf die Uhr. »Eigentlich bist du doch um die Zeit immer unterwegs.«

Opa lachte. »Tja, manchmal muss man Prioritäten setzen. Für meine Enkelin lass ich sogar den Gang auf den Friedhof sausen.«

Erschrocken hielt ich die Hand vor den Mund. »Aber, Opa. Wegen mir musst du doch deine Gewohnheiten nicht ändern.«

»Wir gehen später gemeinsam hin, was sagst du dazu?«

Auch wenn ich wahrscheinlich meine Oma noch mehr vermissen und die Tränen wie ein Wasserfall aus mir heraussprudeln würden, stimmte ich mit einem Nicken zu.

Lasse deutete mit seinem Daumen über die Schulter. »Die Tür sollte jetzt nicht mehr so einfach aufgehen, aber falls doch, sag mir gern Bescheid.« Als er sich bereits abgewandt hatte, rief Opa ihn zurück.

»Warte, ich habe noch was für dich.«

Überrascht hob Lasse seine Augenbrauen, während Opa im Haus verschwand.

In der Zwischenzeit stand auch ich auf und rückte den Stuhl unter den Tisch. Verlegen strich ich meine Klamotten glatt und wünschte mir, ich hätte etwas Hübscheres und weniger Strenges angezogen. Lasse liebte es, wenn ich im Sommer Kleider trug. Hatte es geliebt, verbesserte ich mich. Früher einmal.

Eine eigenartige Atmosphäre schwebte nun zwischen uns, die ich nicht so recht einzuordnen wusste. Sicherlich war ihm unser Zusammentreffen genauso unangenehm wie mir. Nach so vielen Jahren des Schweigens hatte ich so viel zu sagen und doch hatte ich keine Ahnung, womit ich anfangen sollte.

»Dann bleibst du länger?«, durchbrach er die schreckliche Stille.

»Ja, ich habe mich extra beurlauben lassen. Es ist ja eine Weile her, dass ich Opa das letzte Mal besucht habe. Manchmal merkt man gar nicht, wie schnell die Zeit vergeht, wenn die Arbeit einen so extrem einnimmt. Aber was sag ich, du weißt sicher, wovon ich rede.« So eine Werkstatt entstand ja nicht von heute auf morgen. Mit Sicherheit hatte er kaum Zeit zum Atmen gehabt.

Die Ernsthaftigkeit, die plötzlich in seinen Zügen lag, ließ mich erschauern. »Das dachte ich mir, dass dich deine Arbeit abhält. Bist du allein angereist oder sind deine Eltern auch mitgekommen?«

»Die kommen nach«, sagte ich und runzelte die Stirn, als ich seine Erleichterung im Gesicht sah. Das Verhältnis zu meinen Eltern war nie besonderes harmonisch gewesen und nach der Trennung war es nicht besser geworden. Aber wen wunderte es? Immerhin hatte er mir das Herz gebrochen.

Noch ehe ich etwas erwidern konnte, trat Opa mit einem Eierkarton zu uns. »Hier, mein Junge. Die sind ganz frisch von heute Morgen.«

»Danke dir, Arne.« Lächelnd nahm er ihm die Stiege ab und streifte meinen Blick. »Ich will dann los und euer Wiedersehen nicht länger stören. Außerdem habe ich zu Hause zu tun.« Lasse lief schon voran, drehte sich aber noch einmal zu uns um. »Das Abendessen ist gerettet. Es gibt Rühreier.«

»Lass es dir schmecken!«, rief Opa ihm hinterher.

Und dann war er durch das Gartentürchen verschwunden und außer dem leisen Gackern der Hühner war nichts zu hören.

Lasse zu begegnen, war anders, als ich mir vorgestellt hatte. In meiner Fantasie trug er eine Halbglatze und sein Bierbauch hing ihm über dem Bund seiner Hose. An seine Beine klammerten sich mindestens drei Kinder von irgendeiner Urlauberin. Aber er sah nie so gut aus, dass er eigentlich in ein Hochglanzmagazin gehörte oder nach Hollywood. Ich hasste mich dafür, dass ich ihn so attraktiv fand und dass mein Herz in seiner Gegenwart noch immer in Aufruhr geriet.

»Was ist jetzt, Cleochen? Wollen wir Oma besuchen?«

Ich formte meine Lippen zu einem aufrichtigen Lächeln und nickte. Auf dem Friedhof fand ich ganz bestimmt den Frieden, den ich jetzt gerade so dringend brauchte.

Kapitel 6

Bevor wir uns auf den Weg machten, knipste Opa zwei langstielige Rosen ab, die an einem Rankgitter an der Hauswand emporwuchsen. Ich steckte meine Nase in die zartrosafarbene Blüte. Sie duftete süß und fruchtig zugleich wie die selbst gemachten Marmeladenbrote meiner Oma, die sie mir immer dann mit besonders viel Liebe zubereitet hatte, wenn ich mir das Knie aufgeschürft hatte. Meist passierte das, wenn Lasse und ich uns gegenseitig beweisen mussten, wer ohne Festhalten am längsten Fahrrad fahren konnte. Aber sobald sie mir ein Kinderpflaster mit lustigen Bildern auf die Wunde geklebt hatte, war der Schmerz vergessen. Wie oft wünschte ich mir, ein solches Pflaster gäbe es auch für kaputte Herzen.

Mit Stock und Hut und natürlich der Blume in der Hand lief Opa neben mir her den unebenen Weg entlang. In einvernehmlichem Schweigen genossen wir das herrliche Wetter und die leichte Brise, die uns um die Nase wehte, sodass ich Lasse vergaß. Meine Schultern fielen herab und ich fühlte mich eigentümlich geborgen zwischen den Häusern, die mir so vertraut waren. Mir gefiel, dass alles wie früher aussah. Hier und da waren die Fassaden mit Farbe aufgefrischt, doch viele Häuser hatten die robusten Klinker, die jedem Wetter standhielten und kein Alter zeigten.

Vor einem der Häuser buddelte Hedda in ihrem Blumenbeet.

»Schönen guten Tag, Hedda.« Opa hob seinen Hut an, so wie man das zu früherer Zeit gemacht hatte.

Während mein Herz wegen der niedlichen Geste dahinschmolz, erschrak Hedda und ruckte hoch. Als sie uns entdeckte, überzog eine leichte Röte ihr Gesicht, ähnlich der Farbe der Himbeeren an den Sträuchern.

»Arne«, grüßte sie und wischte sich mit den verschmutzten gelben Handschuhen über ihre Stirn. Unter ihrer welligen Kurzhaarfrisur blitzten goldene Ohrringe hervor, die so gar nicht zu ihren Gummistiefeln passten. Hedda wirkte für ihr Alter erstaunlich fit und elegant. Ihre schlanke Figur verdankte sie vermutlich den regelmäßigen Yoga-Übungen, die sie zusammen mit ihrer Tochter durchführte. Wenn ich mich nicht täuschte, war sie mindestens achtzig Jahre alt, aber dennoch vitaler als manch jüngere Person.

Ihre feinen Lippenfältchen glätteten sich, als sie mich erkannte. »Cleo! Was für eine Überraschung. Wie geht es dir?« Mit ausgestreckten Armen kam sie auf mich zu und zog mich an ihre Brust.

Von ihrer überschwänglichen Begrüßung überrascht, erwiderte ich: »Ganz gut, danke.«

Sie nahm wieder etwas Abstand zu mir und begutachtete mich von oben bis unten, als wäre ich ein wertvolles Kunstobjekt. »Die Büroluft hat dich blass gemacht und du siehst dünn aus. Bestimmt liegt das an deiner Verantwortung, die du jeden Tag mit dir herumschleppen musst.«

Ich war kurz verblüfft über ihre Aussage. Verantwortung hatte ich selbstverständlich, keine Frage. »Es ist auszuhalten«, flunkerte ich und steckte demonstrativ meine Nase in den Himmel. »In ein paar Tagen hat die Sonne mich ganz bestimmt ein wenig gebräunt.«

Hedda nickte und blieb mit ihrem Blick bei den Blumen in unseren Händen hängen. Plötzlich erschien eine gewisse Traurigkeit auf ihrem Gesicht und jegliche Freude darüber, mich wiederzusehen, verschwand. »Da hast du dir ja wieder eine besonders schöne Rose für Lenke ausgesucht.«

»Danke«, entgegnete Opa und drehte sie etwas verträumt in seiner Hand. »Das Essen gestern war ganz vorzüglich«, sagte er nach einem kurzen Zögern, als wäre ihm der Satz erst jetzt eingefallen.

Hedda senkte ihren Blick und klopfte sich etwas Erde von den Knien. Auf ihren Lippen erschien ein zaghaftes Lächeln. »Dann wünsche ich euch einen schönen Tag.« Obwohl wir ihr noch zugewandt waren, kehrte sie uns den Rücken zu, als hätte sie genug von uns.

Ich runzelte die Stirn. Das war alles? Wieso versuchte Opa nicht, das Gespräch am Laufen zu halten? Hatten wir ihr irgendwie zu verstehen gegeben, dass wir dringend wegmussten?

Opa hob wieder seinen Hut an, obwohl Hedda sich längst ihren Erdbeeren gewidmet hatte. »Auf Wiedersehen, Hedda.«

»Auf Wiedersehen, ihr zwei«, sagte sie in die Pflanzen.

Seltsam, wie die beiden miteinander umgingen. Sie benahmen sich wie Zwölfjährige, die sich nicht eingestehen wollten, dass sie sich mochten. Und da fiel es mir wie Schuppen von den Augen. Hedda war verliebt in meinen Opa.

»Das nächste Mal lauerst du ihr auf, wenn sie dir wieder Essen vor die Tür stellt, und bittest sie herein«, sagte ich, als wir uns dem Friedhof näherten.

»Wenn sie Lust auf meine Gesellschaft hat, kann sie jederzeit klingeln.«

Seufzend rollte ich mit den Augen. »Es ist doch offensichtlich, dass sie verunsichert ist und nicht recht weiß, wie sie sich verhalten soll.«

Opa verlangsamte seine Schritte und blieb schließlich stehen. »Wieso?«

Ich zuckte mit den Achseln. »Hedda ist verliebt in dich.«

»Verliebt? In mich? Ich bin doch viel zu alt.«

»Liebe kennt kein Alter«, widersprach ich vehement und nahm wieder unser Tempo auf. »Eine Ablehnung wäre sicher schmerzhaft für sie. Darum traut sie sich nicht, dir zu sagen, dass sie dich mag.« Ich kickte mit der Fußspitze einen Stein weg. Unerwiderte Gefühle. Davon konnte ich ein Lied singen.

»Ehrlich gesagt, habe ich schon ganz oft überlegt, sie mal auszuführen. Aber ich glaube, sie hängt noch sehr an ihrem Wilfried.«

»Genauso wie sie denkt, dass du Oma hinterhertrauerst.«

»Glaub mir, Cleo, wenn ich irgendwie die Zeit zurückdrehen könnte oder ich einen Wunsch frei hätte, dann würde ich Oma lebendig machen. Aber das kann ich nicht. Deine Großmutter ist jetzt drei Jahre tot und ich vermisse sie wirklich sehr. Das bedeutet jedoch nicht, dass ich mich anderen Frauen gegenüber verschließe.«

»Dann zeig Hedda dein Interesse und lad sie ein.«

Opa blieb vor dem eisernen Tor zum Friedhof stehen und deutete hinein. »Erst muss ich sie um Rat fragen.« Er zwinkerte und schob die schwere Tür auf. Ich folgte Opa zum Grabstein meiner Oma und hakte mich bei ihm unter. Die Stille und die ehrfürchtige Atmosphäre erfüllten mich sofort. Kleine Vögelchen tollten im Geäst der Bäume und zwitscherten lautstark. Ihrem fröhlichen Gesang lauschend, spürte ich, wie es mir die Traurigkeit ein wenig nahm. Als wir vor dem hellen Marmorkreuz stehen blieben, hielt ich kurz inne und legte meine Blume zu den anderen, während Opa es mir gleichtat und die verwelkten einsammelte. Eine Welle der Liebe erfüllte mich und blähte mein Herz auf. Ich dachte an die Marmeladenbrote und die endlosen Sommer und war dankbar, dass sie mich so lange begleitet hatte. Gleichzeitig schämte ich mich, nach der Beerdigung viel zu schnell gegangen zu sein. Ganz fest kniff ich meine Lider zusammen, faltete meine Hände zum Gebet und entschuldigte mich stumm bei ihr, dass ich zu wenig Kraft gehabt hatte, Opa in seiner Trauer beizustehen, weil ich doch selbst so viel zu verarbeiten gehabt hatte.

Eine sanfte Brise streichelte meine Wange, die mir versicherte, dass Oma mir längst verziehen hatte. Ich lächelte und wischte mir eine Träne aus dem Augenwinkel.

Wir blieben noch einen kurzen Moment, bis wir schließlich aufbrachen. Opa entsorgte rasch die vertrockneten Blumen und wir kamen wieder auf die Straße, deren Zustand marode war.

»Bei uns wäre es eine Zumutung, die vielen Löcher einfach im Asphalt zu lassen.«

»Die Gemeinde diskutiert aktuell, sie auszubessern. Auf dieser Wiese dort …« Opa deutete mit seinem Stock auf eine weitläufige Grasfläche, die mit roten Mohnblumen, blauen Kornblumen sowie Margeriten übersät war. »… soll ein Feriengebiet für die betuchteren Gäste entstehen. Mit einem kleinen Golfplatz, Tennisplätzen und dem ganzen Schnickschnack.«

»Was? Das können die doch nicht machen. Das ist ja … Insektenmord!« Die Hände in die Hüften gestemmt blieb ich vor dem Blumenmeer stehen und sah den vielen Bienen, Käfern, Schmetterlingen und anderen Krabbeltieren dabei zu, wie sie von Blüte zu Blüte schwirrten und an den Stängeln herumwuselten. Aber ein ähnliches Bild erschien plötzlich vor meinem geistigen Auge. Lasse und ich und natürlich auch noch andere Kinder waren hier immer auf Grashüpferjagd gegangen. Manchmal den ganzen Tag, bis es dunkel wurde. Früher einmal hatte ich gedacht, dass auch meine … Ich ließ den Satz offen und blinzelte eine stille Träne weg.

Also drohte sich doch hier einiges zu verändern. Aber wer wollte aus diesem idyllischen und ökologischen Plätzchen einen Naherholungsort machen? Doch nicht die Einheimischen? Nein, Leute, die sich die Taschen noch voller machen wollten, als sie ohnehin schon waren. Leute, die keinen Bezug zu der Insel hatten. Investoren!

»Wer ist denn eigentlich Bürgermeister?«, fragte ich und kreierte bereits Plakate in meinem Kopf, die gegen den Bau waren.

»Jan Flemming.«

Mein Kiefer fiel hinab. »Jan? Du redest von Jan Flemming, der immer der Bestimmer unserer Bande sein wollte?« Sobald wir nicht nach seiner Pfeife getanzt hatten, hatte er uns vorgeworfen, wir würden ihn wegen seiner Fülle ärgern, was absoluter Quatsch war, denn es lag nicht an seiner Kleidergröße, sondern an seiner Art zu führen. Zudem mussten wir ihn täglich daran erinnern, dass in unserer Gruppe kein Anführer nötig war, weil wir alle gleichberechtigt waren und Entscheidungen stets demokratisch getroffen wurden. Und ausgerechnet so einer war Bürgermeister?

Ich hielt kurz inne. »Aber Jan ist doch auch *ausgewandert,* weil er Politikwissenschaften studieren wollte. Oh«, entschlüpfte es mir. Dann war er wohl zurückgekommen.

»Es war ein Heimspiel für Jan, als er kandidiert hat. Letztendlich macht er seine Arbeit gut. Wir haben Fördermittel bekommen, mit denen er der Insel frischen Wind einhauchen möchte.«

»Opa. Jan will an unser Ökosystem. Was hat das mit guter Arbeit zu tun?«

Auf Opas Gesicht erschien ein besänftigendes Lächeln. »Die Baugenehmigung ist doch noch gar nicht durch.«

»Na, Gott sei Dank!« Ich seufzte erleichtert und streckte eine Gebetshand gen Himmel.

»Freu dich nicht zu früh. Es gibt einige Befürworter. Es schafft Arbeitsplätze.«

»Das Einzige, was er damit sichert, ist der Massentourismus. Autos werden hier fahren, die ...«

Aus dem hohen Gras kam ein Häschen gehüpft. Es blieb vor uns stehen, wackelte mit der Nase, schlug einen Haken und war wieder zwischen den Blumen verschwunden. »... wehrlose Kaninchen überfahren. Uns hat doch nie etwas gefehlt. Die meisten Insulaner vermieten ihre Ferienwohnungen und können davon leben. Selbst du mit deiner Kunst.«

Er lächelte nur milde, als würde ihm mein Einsatz, die Insel zu verteidigen, gefallen, ging aber nicht weiter darauf ein. »Bisher hat doch ein Hotel gereicht, wieso sollte sich das ändern?«

»Weißt du, Cleochen. Früher einmal in deinem Alter hätte ich wie du aufgebracht reagiert. Wahrscheinlich hätte ich den damaligen Bürgermeister am Ohrläppchen über seinen Schreibtisch gezogen und ihm erklärt, was er der Insel antun würde.«

»Was spricht dagegen, dass du das mit Jan machst?« Bei dem Gedanken, wie mein vierundachtzigjähriger Opa einen gut fünfzig Jahre jüngeren Mann über ein Büromöbel zog, ließ mich kichern.

Opa lachte ebenfalls und setzte unseren Spaziergang fort. Fast schon theatralisch seufzend sagte er: »Tja, leider haben sich die Zeiten geändert. Wenn ich das heute machen würde, hätte ich sicherlich eine Anzeige am Hals. Aber sind wir doch mal ehrlich, Cleochen. Ich werde fünfundachtzig. Falls das Hotel überhaupt so gebaut werden sollte, bekomme ich das wahrscheinlich gar nicht mehr mit. Jetzt sind andere dran, die sich mit solchen Dingen rumschlagen müssen.«

»Opa! Rede doch nicht so einen Unsinn. Du hörst dich ja an, als wäre deine Zeit abgelaufen.« Sicher, Großvater war nicht mehr der Jüngste, aber dafür fit, wenn man von seiner zittrigen Hand absah. Selbst die Frauen flogen auf ihn, oder wenigstens Hedda. Hieß es nicht, dass Liebe im Alter die geistige und körperliche Gesundheit förderte? Wenn er sich auf Hedda einlassen würde, wären die nächsten zwanzig Jahre gesichert. Das klang verheißungsvoll. Ob ich da etwa nachhelfen sollte?

»Irgendwann wird der Zeitpunkt kommen, da ich mit deiner Oma wiedervereint bin.«

»So schnell wird das nicht passieren. Außerdem, wen soll ich denn besuchen, wenn du nicht mehr da bist?«

»Um hierherzukommen, brauchst du mich doch nicht.«

»Natürlich waren du und Oma immer der Grund«, widersprach ich vehement. Lasse selbstverständlich auch, nun aber nicht mehr.

Opa lächelte und schob das Gartentürchen auf. Ich hatte gar nicht bemerkt, dass wir schon zu Hause angekommen waren. »Ach, Cleochen. Es freut mich, dass du so denkst und mir die Gewissheit gibst, dir mehr als nur ein Ferienzuhause gegeben zu haben. Aber egal, wie sehr du dich wehrst, nach allem, was geschehen ist, werden dich die Liebe und die Zugehörigkeit zu dieser Insel immer wieder zurückbringen. Auch wenn ich nicht mehr da bin.«

»Ganz sicher nicht, wenn Jan ein Hotel baut und Sandode zu einem Massentourismusmagnet wird.«

»Dann liegt es an dir, das zu verhindern.« Opa legte mir die Hand auf den Arm und lächelte. Als wäre er abgelenkt worden, ging sein Blick an mir vorbei. »Jetzt sind die Hühner schon wieder ausgebüxt.«

Während Opa hinter den Büschen nachsah, sickerte allmählich sein Satz in mein Bewusstsein und hinterließ eine bedeutungsvolle Wendung in mir. Da war ich wohl zum richtigen Zeitpunkt zurückgekommen.

Kapitel 7

Am nächsten Tag fand ich Opa vor seiner Staffelei wieder, die er am Grundstücksende platziert hatte. Er trug seinen alten ausgefransten Strohhut und es schien, als würde er gedanklich in dem Gemälde stecken.

Ich sah in den wolkenlosen Himmel, der an ein Postkartenmotiv erinnerte, und beobachtete, wie eine Möwe über unseren Köpfen kreiste. Kreischend landete sie auf einem spärlich mit Dünengras bewachsenen Sandhügel, der das Grundstück vom Strand abgrenzte. Es wirkte alles so friedlich, sodass ich den Tag am liebsten hier verbringen würde.

»Ich bin wirklich schon sehr gespannt, was du uns mit dem Bild sagen willst.« Mir fiel seine zittrige Hand auf und dass einige Striche unsauber waren, aber ich beließ es dabei. Der Tag hatte erst angefangen, es war zu früh, um dunkle Wolken aufziehen zu lassen.

»Was hast du denn heute so vor?«, erkundigte Opa sich, ohne den Blick von der Leinwand zu nehmen.

Jan Flemming besuchen und ihn zur Rede stellen, aber das sagte ich nicht laut. »Wir sollten uns über die Location unterhalten.«

Opa fuhr herum, was mir ein Lächeln entlockte, denn auf seinem Gesicht stand ein großes Fragezeichen geschrieben.

»Ich meinte damit eine Lokalität, wo du die Feier ausrichten möchtest. Zum Beispiel am Leuchtturm oder du mietest das Dorfgemeinschaftshaus.«

»Ach so. Dass ihr junges Volk aber auch immer so viele englische Wörter benutzt. Auf keinen Fall möchte ich eingesperrt in irgendeinem dunklen Raum feiern. Ich brauche die frische Brise in meinem spärlichen Haar.« Demonstrativ hob er seinen Hut an und offenbarte seinen schlohweißen Schopf.

Ich kicherte. »Das dachte ich mir. Mir würde der Leuchtturm gut gefallen. Du hast ihn ja ganz oft als Motiv benutzt.« Da fiel mir etwas ein. »Vielleicht sollte ich ihn mal genauer unter die Lupe nehmen, ob er auch wirklich infrage kommen könnte. Um Platzprobleme brauchst du dir dort jedenfalls keine Sorgen zu machen.« Zwinkernd nahm ich ihm den Pinsel ab, tupfte etwas von der schwarzen Farbe auf die Borsten und fuhr ganz vorsichtig über eine verwackelte Stelle, die eindeutig dort nicht sein sollte. Mit viel Geschick schaffte ich es, eine winzige Möwe zu zeichnen, die in Richtung Horizont flog.

Er lächelte anerkennend, nahm mir aber den Pinsel wieder ab. »Vor ein paar Wochen hat dort eine Hochzeit stattgefunden. Mit allem Tamtam. Soweit ich weiß, muss man eine Feier dort anmelden. Der Einfachheit halber habe ich die Gäste in meinen Garten eingeladen. Er ist doch perfekt.«

Eine Hochzeit beim Leuchtturm? Lasse und ich hatten in einem Anflug von Romantik darüber gesprochen, wie traumhaft es wäre, sich dort das Ja-Wort zu geben. Rückblickend und mit der Einsicht, dass er niemals uns damit gemeint haben könnte und es so weit nie gekommen war, hatte es wohl an der Magie des Sonnenuntergangs gelegen, den wir uns kurz vorher eng aneinandergekuschelt angesehen hatten.

»Überleg mal, Opi. Die vielen Gäste müssen vielleicht auf die

Toilette und wenn es regnet, passen die doch alle nicht in dein Wohnzimmer. Ich frage mal in der Gemeinde nach oder schaue im Internet, was das so kostet. Hast du dir eigentlich schon Gedanken über das Essen gemacht?«, fragte ich und richtete meinen Blick auf einen Mann, der am Strand Treibholz auflas. Ich schirmte die Augen mit der Hand ab. Es war Lasse. Sofort starteten die Schmetterlinge in meinem Bauch einen Freudentanz. Innerlich gab ich jedem einzelnen von ihnen einen Tritt, damit sie aufhörten.

Opa folgte meinem Blick. »Heute Nacht hat es draußen gestürmt. Lasse geht dann immer auf Schatzsuche.« Er unterlegte das Wort *Schatzsuche* mit Gänsefüßchen.

Heute Nacht hatte es Sturm gegeben? Davon hatte ich nichts mitbekommen. Mein Schlaf hier auf Sandode glich dem eines Babys. Aber dass Lasse noch immer nach dem Bernsteinzimmer suchte, fand ich etwas seltsam. Früher war er gern nach aufgewühltem Seegang an den Strand gegangen und hatte nach angespültem Treibholz, Muscheln und natürlich Bernstein gesucht. Er konnte das den ganzen Tag machen, ohne dabei viel zu reden. Im Reden war er ja ohnehin nie gut gewesen, jedenfalls was das Beenden einer Beziehung anbelangte. Wenn es um belanglose Dinge gegangen war wie das Restaurieren eines alten Tisches oder Stuhles, dann konnte er philosophieren und sich darin verlieren wie ich, wenn ich an der Staffelei stand. War er denn nie erwachsen geworden? Verständnislos schüttelte ich den Kopf.

»Dann schaue ich mir jetzt mal den Leuchtturm an«, sagte ich und riss mich von Lasse los.

»Du kannst das Fahrrad nehmen.«

Kurz überlegte ich, ob ich das Angebot annehmen sollte. Dankend lehnte ich ab. »Das nächste Mal vielleicht. Ich will mir alles genau ansehen.«

»Wie du meinst«, entgegnete Opa und versank wieder in seinem Werk.

Drinnen packte ich mir ein paar Dinge in den Rucksack und steckte mir eine kleine Wasserflasche in die dafür vorgesehene Seitentasche. Heute trug ich ein knielanges Spaghettiträgerkleid und passend dazu Riemchensandalen. Perfekt für so einen herrlichen Sommertag. Ich trat wieder nach draußen und verabschiedete mich von Opa, der mich mit einem »Viel Spaß« bedachte. Bevor ich durch das Gartentürchen ging, schaute ich nach den Hühnern.

Ein schneeweißer Hahn thronte selbstbewusst in der Mitte des Geheges und imponierte den um ihn herum gackernden Hennen. Das Federkleid seiner Verehrerinnen war hellbraun und rötlich, eins schillerte sogar bunt. Ich war froh, dass sie unversehrt in ihre Behausung zurückgekehrt waren, ohne von einem Auto zu Frikassee verarbeitet worden zu sein. Viel Verkehr war hier ja nicht. Opa lebte an einer der abgelegensten Stellen des Ortes und niemand verirrte sich hierher. Es sei denn, die- oder derjenige hatte sich verfahren. Aber die Urlauber, die sich auskannten, ließen ohnehin ihre Autos auf dem Festland. Und das sollte sich nicht ändern. Auch kein Jan Flemming sollte daran rütteln!

Ich klemmte meine Daumen zwischen die Schlaufen meines Rucksacks und stiefelte los. Das Meer zu meiner Rechten ließ ich links liegen und eigentlich hätte ich einen anderen Weg einschlagen müssen, um zum Leuchtturm zu gelangen. Doch als hätten meine Beine ihren eigenen Willen, durchquerte ich das Gebiet mit den altehrwürdigen Häusern, das etwas einsam auf einer Anhöhe lag und fast ausschließlich den Urlaubern vorbehalten war. Die Grundstücke waren riesig und niemand konnte dem Nachbarn ins Wohnzimmer schauen, dafür erstreckte sich der Blick bis an den Horizont. Ehrfürchtig blieb ich stehen und ließ den Wind durch meine Haare fahren, während ich das endlose Meer in mich aufnahm.

Ob es hier auch dann noch friedlich wäre, wenn unweit ein Hotel erbaut werden würde? Von hier aus hatte ich einen einzigartigen Blick auf den langen Strand, der gut besucht, aber nicht überfüllt war. Sonnenanbeter und Wasserratten hatten ihren Spaß. Irgendjemand ließ sogar einen Drachen steigen. Sandode war der Inbegriff von Entschleunigung und Abgeschiedenheit. Ein Geheimtipp für diejenigen, die nichts weiter als Ruhe suchten. Wie sollte das beibehalten werden, wenn die Insel einem Tourismusboom ausgesetzt wäre? Würden die Besucher die Schönheit und den Frieden überhaupt respektieren?

Traurig über dieses Szenario sog ich die salzige Luft ein, verinnerlichte die Aussicht und nahm den Spaziergang wieder auf.

Während ich gedankenversunken auf meiner Lippe kaute und mir einen Plan machte, wie ich das Bauvorhaben verhindern könnte, erschien eine typische Mauer aus glatt geschliffenen, runden Steinen vor meinen Augen. Mein Blick wanderte automatisch weiter auf das Anwesen der Dahlems, die einst ein gut florierendes Gestüt bewirtschaftet und es bereits vor Jahren aufgegeben hatten. Schon damals wollte das ältere Ehepaar den Hof mit den Stallungen verkaufen.

Lasse und ich waren oft an dem großen Reetdachhaus mit dem angrenzenden Gebäude vorbeispaziert und hatten uns vorgestellt, wie es wäre, es zu bewohnen. Wir schwelgten in unseren albernen und fast schon kindlichen Fantasien und hatten uns über die vielen Möglichkeiten unterhalten, die es uns bieten würde. Immer wieder hatten wir ernsthaft darüber geredet, aber den Schritt hatten wir nie gewagt. Und dann war das Stellenangebot und gleichzeitig das Ende unserer Beziehung gekommen.

Ob das Gut in der Zwischenzeit verkauft worden war? Auf Zehenspitzen reckte ich den Hals, um mehr zu erfahren. Das Haus sah unbewohnt aus. In den Sprossenfenstern hing eine Folie, was auf eine Renovierung hindeutete. Wem es jetzt wohl gehörte? Den Kindern der Dahlems? Die wohnten doch in München, soweit ich wusste. Vielleicht war aber einer von ihnen zurückgekommen und richtete es sich gemütlich ein. Oder sie boten es später als Ferienwohnung an.

Ich löste mich von dem Hof und folgte dem schmalen Pfad, neben dem das Heidekraut wie ein Teppich wuchs, bis zum Platz vor dem Leuchtturm. Ich legte den Kopf tief in den Nacken und sah den weiß-rot gestrichenen Turm hoch. Die Farbe platzte an vielen Ecken ab. Oje, der benötigte dringend einen frischen Anstrich. Als ich mit meiner Begutachtung fertig war, erweckte ein neu gebautes und mit dunklem Klinker verkleidetes Gebäude meine Neugier. Was war denn mit dem alten windschiefen Bretterverschlag passiert? Auf einer schweren Glastür zog sich das mit Milchglasfolie aufgeklebte Wort *Leuchtturmcafé*. Entschieden, das Gebäude genauer unter die Lupe zu nehmen, zog ich an der Tür. Sie war verschlossen. Kurzerhand drückte ich die Stirn gegen das Glas und schirmte mit der Hand das Licht ab. Ich sah eine lange Tafel und Stühle. Der Raum war hell gehalten, die Wände weiß gestrichen und der Boden mit aschgrauem Belag versehen. Ideal für Feierlichkeiten. Ich war sofort verliebt. Aber warum war es geschlossen? An so einem Tag.

»Kennst du wohl noch nicht.«

Erschrocken fuhr ich herum. »Lasse!« Seine Anwesenheit bescherte mir ein eigenartiges Kribbeln in meinem Körper, das bis in die Haarspitzen zog. In meiner Überraschung merkte ich gar nicht, dass ich ihn von oben bis unten bewundernd musterte. Er trug ein dunkelblaues, mit kleinen Löchern übersätes T-Shirt und eine robuste Arbeitshose mit Seitentaschen an den Beinen. Auf seiner Schulter balancierte er einen dicken gräulichen Stamm, der mit Kupferhaken versehen war.

Mich räuspernd fuhr ich mir über den Arm, als hätte er mich bei einem Streich ertappt. »Hi, ja … Das Café ist mir tatsächlich fremd. Es sieht sehr hübsch aus.«

»Seit Neuestem kann man sich hier trauen lassen und wer es einfach haben will, kann gleich hier feiern. Auch Sandode muss mit der Zeit gehen.« Lasse kramte daraufhin in seiner Hosentasche. Er zog einen Schlüssel heraus und kam mir so nahe, dass ich seinen holzigen, herben Duft wahrnahm. Er erinnerte mich an früher, an faule Sonntage auf der Couch und entspannte Strandtage am Meer.

»Darf ich mal?«, holte er mich aus meiner Erinnerung.

Hastig rückte ich ab, damit er aufschließen konnte. »Gehört das Café dir?«, fragte ich und folgte ihm, ohne dass er mich dazu aufgefordert hatte. Staunend sah ich mich um. Sogar eine kleine Theke befand sich etwas versteckt in einer Nische. Es sah aus, als wäre es mehr für Feiern als für den täglichen Betrieb ausgelegt.

»Nein. Ich habe den Raum nur mit kleinen Akzenten ausgestattet und den Fußboden verlegt. Das Gebäude wurde aus Fördermitteln der Gemeinde gebaut. Das Alte war baufällig und wäre vermutlich beim nächsten Sturm eingestürzt.«

Das war es also, was Opa meinte, als er davon gesprochen hatte, der Insel frischen Wind einzuhauchen. Ich gab zu, dass dieses Projekt gelungen war. Doch das rechtfertigte nicht, jedes freie Grundstück zu bebauen.

Lasse hielt den Stamm an die Wand und machte sich mit einem Bleistift Markierungen. Lässig klemmte er sich den Stift hinter das Ohr und stellte das Holzstück vor seinen Füßen ab. Auf der Theke, die mir eben noch ins Auge gefallen war, lag ein orangefarbener Plastikkoffer. Er öffnete ihn und beförderte ein Werkzeug zutage, das er mit einem passenden Bohrer präparierte. Dann ging alles ganz schnell. Ein lautes Surren ertönte ein paarmal hintereinander, bevor er die Löcher mit Dübeln bestückte.

Fasziniert sah ich ihm dabei zu, wie er mit fließenden Bewegungen seine Arbeit verrichtete und zum Schluss Schrauben in die vorgefertigten Löcher schraubte. Mehrmals justierte er sie nach, bis er sein Werk perfekt fand und den Stamm aufhängte. Zufrieden stemmte er die Hände in die Seiten und legte den Kopf schief.

Eine Garderobe aus Treibholz.

»Melli war die Erste, die ihre Trauung hier gefeiert hat«, verriet er, während er seine Utensilien zusammenräumte.

»Melli? Melanie Schuster?«, fragte ich erstaunt. Wow. Wenn er mir auch noch erzählte, dass sie Jan geheiratet hatte, dann wäre jetzt der Zeitpunkt gekommen, die Weltordnung infrage zu stellen.

Genauso wie Lasse war sie Insulanerin und wir hatten ein recht gutes Verhältnis gehabt.

»Sie heißt jetzt Stöcker. Sie hat Lars auf dem Festland kennengelernt. Bei einem Lehrgang.«

Lars also. Nicht Jan. »Und wohnen sie auch dort?«

»Tatsächlich konnte Melli Lars dazu ermutigen, hierzubleiben. Die beiden arbeiten für die Gemeinde.«

»Unter Jan«, purzelte es sofort aus mir heraus, sodass ich mich auch schon darüber ärgerte. Ich wollte nicht gleich auf das sensible Hotelthema kommen, da ich nicht wusste, wie Lasse dazu stand. Es war nicht von der Hand zu weisen, dass er durch den Hotelbau Aufträge an Land ziehen könnte.

Lasse hob verwundert die Augenbrauen. »Du bist gut informiert.«

»Opa hat mir einiges berichtet und nebenbei erzählt, was Jan vorhat.« Ganz vorsichtig tastete ich mich an ihn heran, aber mehr als ein vages Nicken ließ er sich nicht entlocken. Deswegen lenkte ich von dem Bürgermeister ab zu seiner Arbeit.

»Das sieht wirklich sehr maritim aus«, gratulierte ich ihm zu seinem geschmackvollen Stil, aus Altem Neues zu kreieren.

»Danke«, entgegnete er aufrichtig und fing an, alles wieder einzusammeln.

»Ich mag die Location und diese schlichte Ausstattung. Aber irgendwie fehlt noch das i-Tüpfelchen.« Mehrmals drehte ich mich im Kreis und sah mich um. »Es könnte etwas mehr Farbe gebrauchen. Nur ein bisschen.«

Lasse hob den Blick und ließ ihn wach durch den Raum wandern, bevor er sich wieder seinem Werkzeug widmete. »Ich weiß, was du meinst. Den Gedanken hatte ich auch schon. Ein Bild wäre ganz gut.« Er schloss den orangefarbenen Koffer und hob ihn auf. Für einen Moment fixierte er mich ausdruckslos. »Da du ja nicht mehr malst, werde ich mal Arne fragen, ob er sich vorstellen kann, eins anzufertigen. Das muss ich aber vorher abklären lassen.«

Er hatte es mit so triefendem Vorwurf gesagt, dass mir der Mund aufklappte und ich für einen Moment sprachlos war. Meine Stirn krauste sich und das Blut rauschte viel zu schnell durch meine Venen. Was sollte das denn jetzt? Ich brauchte einen Moment, bis sich mein Sprachzentrum wieder in Bewegung setzte, während Lasse in Richtung Tür lief. »Wie kommst du darauf, dass ich nicht mehr male?«

Lasse befand sich bereits auf der anderen Seite des Raumes und sah auf den Boden. Schnaubend fuhr er sich über den Nacken.

»Früher hast du überall Farbe an dir kleben gehabt. Auf deiner Haut, in deinen Haaren, auf deinen Klamotten. Du hast keinen Nagellack getragen, weil deine Finger ohnehin bunt waren.«

Ich sah an mir hinab und spreizte die Finger. Sie waren sauber und gepflegt. Meine Fingernägel leuchteten türkis wie ein polierter Edelstein. »Ich kann ja schlecht wie ein betupftes Osterei bei der Arbeit erscheinen. Man erwartet ein bestimmtes Auftreten von mir.«

Lasse sah mich unverwandt an und unter seinen Bartstoppeln bewegte sich sein Kiefer. »Natürlich und du erfüllst es mit bestem Gewissen«, sagte er mit Sarkasmus, dass in mir die Wut hochkochte.

»Vielleicht bin ich ja auch nur einfach erwachsen geworden«, brauste es aus mir heraus. Aber nicht nur, dass Lasse sich über mein Erscheinungsbild echauffierte, etwas anderes stieß mir bitter auf. »Sag mal, bist du irgendwie sauer auf mich?« Wie konnte er das sein? Er hatte damals eine eindeutige Entscheidung getroffen. Irgendwann hatte ich gelernt, sie zu akzeptieren. Er hatte mir das Herz gebrochen und jetzt tat er so, als wäre er das Opfer!

Regungslos stand er mir gegenüber, als hätten ihn die Worte tief verletzt. Nach einer Weile kam endlich Bewegung in ihn. Fahrig fuhr er sich durch die Haare. »Tut mir leid. Ich habe irgendwie nicht mit dir gerechnet.«

Als ich zu ihm ins Freie trat, schloss er den Eingang wieder ab.

Ich sah ihn fassungslos an. »Hast du wirklich gedacht, ich lasse dich einfach so davonkommen? Meinst du nicht, dass ich Fragen habe?«

»Nach fünf Jahren? Ehrlich gesagt, nein.«

Er sagte es so freiheraus, dass ich es ihm glauben musste. Mein Herz schlug heftig in der Brust und jeder Atemzug brannte bei den in mir aufsteigenden Tränen. »Du hättest wissen können, dass ich zu Opas Geburtstag komme.«

»Ich dachte, du lässt dich nur mal kurz blicken und haust dann ab, wie du es bei der Beerdigung deiner Oma gemacht hast.« Wieder gab er sich so vorwurfsvoll, dass ich einen Schritt zurückwich und ihn skeptisch musterte. Meine überstürzte Abreise war ihm doch sicherlich recht gewesen, oder etwa nicht? Er hatte doch wohl nicht von mir erwartet, dass ich zu ihm gehen, Hallo sagen und über das Leben plaudern würde, als wäre nichts gewesen. Es war mir schon schwer genug gefallen, eine Rose auf Omas Grab zu legen.

»Das war so abgesprochen, weil ich sonst die letzte Fähre verpasst hätte und ich am nächsten Tag arbeiten musste«, rechtfertigte ich mich.

In seinen Augen rollte eine bedrohliche Gewitterwolke heran. »Hätte ich mir ja denken können, dass dir die Arbeit mal wieder wichtiger war.« Er wandte sich von mir ab und schob die Schiebetür seines weißen, mit großer Schrift beklebten Transporters auf. *Schreinermeister Lasse Hinrichs. Kompetent, schnell, gut,* las ich. Seine Handynummer war ebenfalls sichtbar dort abgedruckt und hatte sich nicht geändert.

Er legte den Koffer zu den anderen Werkzeugen und schob die Tür schwungvoll wieder zu. Dann baute er sich vor mir auf, überkreuzte die Arme vor der Brust und sah mich unverwandt an.

Der Wind frischte etwas auf, sodass ihm eine Strähne seines von der Sonne ausgeblichenen Haars in seine Stirn fiel. Fast hätte ich sie reflexartig aus seinem Gesicht gestrichen, so wie ich es früher immer getan hatte, doch ich konnte mich gerade noch zurückhalten.

»Cleo«, sagte er nun etwas versöhnlicher. »Es ist so viel Zeit vergangen. Was nützt es jetzt, irgendwelche Vorhaltungen oder Schuldzuweisungen zu machen? Ich wette, du hast ein tolles Leben als Filialleiterin. Wahrscheinlich verdienst du fett Kohle und machst Urlaub auf den Malediven oder sonst wo. Sandode ist für dich doch nur ein Ausflug in den Sandkasten. Wenn es dir zu klein und zu langweilig wird, geht's wieder in die große weite Welt.« Lasse ließ seinen Arm wie einen Flieger schräg nach oben steigen, dabei pfiff er.

Was mein Ex-Freund gerade frei weg von der Leber behauptete, war das Allerletzte und führte mir vor Augen, dass er mich überhaupt nicht kannte. »Ich habe die Stelle doch gar nicht bekommen.«

Er ließ seinen Arm langsam sinken. »Was?«

»Ja, ich war noch zu jung.«

»Dann hast du eine andere bekommen? Eine bessere?« Er stellte seine Frage so nachdrücklich, als müsste ich ihm recht geben.

Ich schüttelte den Kopf. »Nein. Ich verkaufe Bausparverträge und Aktien und alles, was dazugehört. Aber ich habe kein Team unter mir, wenn du das meinst.«

In seiner Mimik war nichts, rein gar nichts zu lesen. Er starrte mich lediglich an.

Allmählich machte ich mir Sorgen. »Lasse? Geht es dir gut?« Automatisch griff ich an meine Seitentasche und zog die Wasserflasche hervor. Fürsorglich schraubte ich sie auf und bot sie ihm an. Es war ein heißer Tag und die Sonne brutzelte regelrecht vom Himmel. Noch dazu trug er eine sehr robuste Arbeitshose, in der sich wahrscheinlich die Hitze staute. Hoffentlich bekam er keinen Sonnenstich.

Er kniff seine Lider zu und schüttelte leicht den Kopf, als wäre er aus einem tiefen Traum erwacht. »Nein. Danke, mir geht's gut. Mir ist nur gerade etwas Wichtiges eingefallen. Ich muss los.«

»Okay«, gab ich zurück und schraubte die Flasche wieder zu.

Sportlich sprang er auf den Fahrersitz und startete den Motor. Eine Weile starrte er durch die Windschutzscheibe, bevor er den

Kopf zu mir drehte. »Melli ist übrigens für die Vermietung des Cafés zuständig.« Mit diesen Worten schloss er die Tür und rollte weg.

Seltsam. Wieso hatte er so überrascht getan, als ich ihm von der vereitelten Stelle erzählt hatte? Hatte er sich denn nie über mich erkundigt? Nicht ein Mal? Mein Hals brannte furchtbar und ich spürte Tränen hinter den Lidern aufsteigen. War ich ihm so gleichgültig gewesen? Gut, ich gab es zu, jegliche Informationen über ihn hatte ich ja auch gemieden, weil ich ein nervliches Wrack gewesen war, sobald sein Name gefallen war. Es war eine Art Selbstschutz gewesen. Nachdem er die Beziehung so mühelos beendet hatte, hätte er sich aber gewiss leicht nach meinem Befinden erkundigen können, oder? Aber warum hätte er das machen sollen? Ich war ihm ja egal gewesen.

Kapitel 8

Einen Moment starrte ich ins Leere, bevor ich entschied, an den Strand zu gehen, der sich unweit des Leuchtturms befand. Lasses feindselige Aussage, dass ich nicht mehr malen würde, saß tief und verletzte mich. Er war mitunter ein Grund gewesen, warum ich meiner Leidenschaft nicht mehr nachging.

Die Sandalen baumelten an meinem kleinen Finger, während ich schnurstracks zum Meer lief. Der weiche Sand massierte meine Sohlen und je näher ich der Brandung kam, desto fester und nasser wurde er. Kleine heranrollende Wellen bedeckten meine Füße und hinterließen eine angenehme Kühle. Ich schloss die Augen und atmete tief ein und wieder aus. Die schaumbedeckten Wellen kitzelten meine Zehen und ließen mich Lasse und die Begegnung endlich vergessen. Automatisch sackten meine Schultern herab und ich genoss das angenehme Gefühl auf meiner Haut. Irgendwann öffnete ich wieder die Lider und richtete meinen Blick auf den Horizont. Wehmütig erinnerte ich mich daran, wie oft ich früher hier gewesen war und einfach nur dem Wellenspiel zugeschaut hatte. Manchmal, wenn ich meinen Eltern aus dem Weg gehen oder nur allein sein wollte, weil Opas Haus für die ganze Familie zu klein war. Mit fünfzehn Jahren, als ich endlich allein reisen konnte, wurde alles anders. Die Aufregung war groß, als Mama und Papa mich in den Zug gesetzt hatten, der mich zur Fähre geführt hatte. Sie selbst konnten sich so viel Urlaub gar nicht leisten, bei dreißig Tagen im Jahr. Das war auch das erste Mal gewesen, dass ich mehr in Lasse gesehen hatte als einen Sandburgenkonkurrent oder jemanden, der mich aus Spaß erschreckte. An jenem Tag hatte er vor mir gestanden, ohne lästige Zahnspange, mit kürzeren Haaren und breiterem Rücken. Obwohl ich mich für Jungs gar nicht interessiert hatte, hatte er dafür gesorgt, dass die berühmten Schmetterlinge in meinem Bauch eine Party gefeiert und ich in seiner Gegenwart merkwürdige Herzklopfmomente verspürt hatte. In den drei Monaten, in denen wir uns nicht gesehen hatten, hatte er sich in einen Mann transformiert und ich mich zu einer Frau.

Eine gedrehte Muschel rollte direkt vor meine Füße. Ich hob sie auf und verstaute sie gut im Rucksack. Entschlossen, den Weg fortzusetzen, richtete ich mein Augenmerk nach vorn und sah ein Paar mit einem Kinderwagen auf mich zukommen. Erst als die zwei auf meiner Höhe waren, erkannte ich, wer die beiden waren.

»Melli?«

»Cleo?«, jauchzte sie und ehe ich »Ja, ich bin's« sagen konnte, fand ich mich in ihren Armen wieder.

»Du siehst toll aus. So … schlank«, sagte sie, nachdem wir uns losgelassen hatten. In ihrer Stimme klang ein wenig Wehmut mit.

Melli trug ein locker fallendes Kleid, das ihre Pfunde bedecken sollte. Ihre Hüften waren im Gegensatz zu früher ausladender und im Allgemeinen war sie fülliger, was ihr unheimlich gut stand. Ihre Wangen waren prall und leuchteten wie ein reifer Apfel. Ihre Schwangerschaft hatte eindeutig Spuren hinterlassen und wie es aussah, litt sie darunter. Früher einmal hatte sie mit ihrer Top-Figur jedem Jungen den Kopf verdreht.

Aus dem Kinderwagen kam ein leises, zufriedenes Brabbeln, was mich veranlasste, hineinzuschauen. Was ich dort sah, ließ mein Herz dahinschmelzen. Ein Paar leuchtend blauer Augen strahlte mich an. Das lediglich in einen Body gehüllte Baby strampelte und grinste aus seinem zahnlosen Gesicht.

»Melli. Was für eine Überraschung. Ich gratuliere dir. Ich wusste gar nicht, dass du Nachwuchs bekommen hast.« Warum hatte mir Lasse das vorenthalten?

»Es ist ein Junge. Wir haben ihn Lian genannt. Er ist jetzt sechs Monate alt.« Melli unterbrach sich kurz und deutete auf den Mann neben ihr. »Das ist übrigens Lars.«

Lars war vielleicht einen halben Kopf größer als Melli, dabei war sie selbst gerade mal etwas über eins fünfundsechzig. Sein T-Shirt spannte über seinem Bauch, der von zu wenig Sport zeugte und an einigen Stellen seines Hinterkopfes lichtete sich sein Haar. Seine braunen Augen erinnerten an einen liebevollen Teddybären, den man gern knuddelte. Lars war ganz bestimmt ein Familienmensch, keiner der Macho-Typen, auf die Melli als Teenager so abgefahren war.

Freundlich streckte er mir seine Hand entgegen und ich schüttelte sie. »Freut mich. Ich bin Cleo.«

»Lars. Freut mich ebenfalls.«

Seine Stimme klang dunkel und angenehm. Auch wenn Lars nicht meinem Geschmack entsprach, war er mit Sicherheit ein Musterbeispiel an Ehemann.

»Ich gratuliere euch auch zur Hochzeit. Wie ich gehört habe, habe ich sie knapp verpasst.« Innerlich biss ich mir auf die Zunge. Ich wollte nicht vorwurfsvoll klingen, weil ich keine Einladung bekommen hatte, die ich absolut nicht erwartet hatte. Denn ich hatte nicht nur der Insel den Rücken gekehrt, sondern auch denjenigen, die mir nahegestanden hatten. Kein Wunder also, dass sie nicht an mich gedacht hatte.

»Vor guten zwei Wochen. Eigentlich wollten wir noch warten, bis Lian etwas größer ist. Aber bei der Planung der Taufe haben wir kurz entschlossen unsere Hochzeit miteingebunden.« Melli zwinkerte, als wollte sie mir damit beweisen, wie ausgefuchst sie war.

»Zwei Fliegen mit einer Klappe. Ihr habt euch ein wirklich schönes Ambiente ausgesucht mit dem Leuchtturmcafé.«

Melli riss überrascht die Augen auf. »Du hast davon erfahren?«

Innerlich zuckte ich zusammen. Sollte ich ihr sagen, dass ich bereits auf Lasse gestoßen war und er mir einiges brühwarm erzählt hatte? Die Entscheidung nahm mir ein weinerliches Klagen aus dem Kinderwagen ab. Lians Faust steckte zur Hälfte in seinem Mund und er sog daran. Er wirkte nun gar nicht mehr fröhlich. »Er hat bestimmt Hunger«, erklärte ich sein Unwohlsein, obwohl ich von Säuglingen gar keine Ahnung hatte.

Melli schüttelte den Kopf. »Nein. Er bekommt Zähne und außerdem ist jetzt Schlafenszeit. Sobald der Kinderwagen stehen bleibt, öffnet er die Augen.«

Ein schlechtes Gewissen überkam mich. Auf gar keinen Fall wollte ich Lian um seinen Schlaf bringen. »Dann will ich euch auch nicht länger aufhalten. Wir sehen uns ja ganz bestimmt noch.«

»Wie wäre es, wenn ich schon mal mit ihm weitergehe? Dann könnt ihr euch in aller Ruhe austauschen«, schlug Lars vor und gab Melli einen Kuss auf den Mund, obwohl sie ihm noch gar kein Okay gegeben hatte.

»Vielen Dank«, raunte sie ihm mit verklärtem Blick hinterher, als Lars bereits ein paar Schritte gegangen war. »Ich beeile mich!«, rief sie ihm etwas verspätet nach.

Ich kicherte. Wenn ich ihr vor zehn Jahren prophezeit hätte, dass sie einen Mann mit wenig Haarwuchs und Bierbauch heiraten würde, hätte sie mich wahrscheinlich in der Ostsee ertränkt.

»Lars scheint nett zu sein«, sagte ich zu ihr, damit ich endlich ihre Aufmerksamkeit bekam. Es funktionierte.

»Er trägt mich auf Händen«, entgegnete sie immer noch verklärt. »Aber sag mal, woher wusstest du, wo wir gefeiert haben?« Ihr verliebter Ausdruck wechselte zu einem schelmischen Lächeln und verriet mir, dass sie etwas ahnte.

Hach, Mist. Und ich dachte, Lian hätte sie von der Frage abgehalten. Das war wohl ein Trugschluss. Für einen Moment überlegte ich, ob ich Opa vorschieben sollte. Immerhin hatte er mir erzählt, dass vor Kurzem erst eine Hochzeit dort stattgefunden hatte. Allerdings hatte er mir die wichtigsten Details vorenthalten. Nämlich, dass es sich um Melli gehandelt hatte. Ich spürte, wie meine Ohren heiß wurden. »Zufällig bin ich auf Lasse gestoßen«, sagte ich schließlich und inspizierte meine Fingernägel. Irgendwann würde der Name ohnehin fallen. Warum nicht gleich alles hinter mich bringen?

»Er sieht gut aus, nicht wahr?«

Das war ihre erste Frage, die ihr in den Sinn kam? Nicht: *Wie war euer erstes Zusammentreffen nach all den Jahren?* Oder: *Empfindest du noch etwas für ihn?*

Dennoch war dem nichts entgegenzusetzen. Er hatte mich immer schon mit seiner Aura begeistern können und selbst jetzt wickelte er mich mit seinem Aussehen um den Finger, trotz seines miesen Verhaltens. »Äh … doch, ja. Kann man so sagen.« In Mellis Mimik las ich, dass mein Versuch, gelangweilt zu klingen, sie nicht überzeugen konnte. »Eigentlich bin ich wegen Opa etwas früher angereist«, wechselte ich das Thema, nur ignorierte Melli einfach den Köder, den ich ihr hingeschmissen hatte.

»Wie war denn das Wiedersehen mit Lasse?«

Nun also doch. »Na ja. Wie das von zwei Leuten, die sich lange nicht gesehen haben.«

»Dann seid ihr euch in die Arme gefallen, wie wir das eben gemacht haben?« Sie zwinkerte und verpasste mir versöhnlich einen leichten Hieb auf den Arm.

»Haha. Nein. Es hat sich seltsam angefühlt. Anders, als ich es mir vorgestellt habe.« *Mit sehr viel mehr Herzklopfen und Schmetterlingen,* fügte ich in Gedanken hinzu, was ich aber schön für mich behielt.

»Dann hat er dir bestimmt voller Stolz erzählt, dass er sich ein Haus mit Werkstatt gekauft hat. So wie in der Werbung.«

Ich kannte den ironischen Werbespot der Sparkasse, in dem sich zwei Schulkameraden wiedertrafen und sich beide mit Luxusgütern übertrumpften. Aber nein, das hatte er mir vorenthalten. »Jetzt fehlt ja nur noch die perfekte Unternehmergattin an seiner Seite.«

Melli zuckte mit den Achseln. »Eine Freundin hat er jedenfalls nicht«, posaunte sie heraus, als würde es mich auf irgendeine Weise interessieren. Was nicht der Fall war. »Danke für die Information, aber es kann mir egal sein«, sagte ich trotzig, obwohl sich ein kleiner Teil in mir freute.

Melli sah mich skeptisch an, als wollte sie mir sagen: *Wer's glaubt, wird selig.* Stattdessen kamen ihr diese Sätze aus dem Mund: »Wenn du länger bleibst, können wir ganz bestimmt mal etwas zusammen machen. So wie früher, weißt du noch? Was für schöne Momente wir hatten. Wir waren so frei und unbeschwert.« Melli klang ganz verträumt, als würde sie die Zeit vermissen und sofort dahin zurückreisen wollen.

Da musste ich ihr wohl den Wind aus den Segeln nehmen. Klar, ich hatte vor, mit Lasse zu reden, aber zu mehr war ich nicht bereit. Kein vertrautes Zusammensein und in Erinnerungen schwelgen. Das verkraftete ich nicht. Allerdings schoss mir ein Gedanke durch den Kopf. »Richtig lustig wäre es, wenn Jan auch mit dazukommt. Er ist ja jetzt Bürgermeister.«

Mellis Gesichtszüge rutschten ab, was mir deutlich zeigte, wie sie zu ihm und seinem Vorhaben stand. »Irgendwie spooky, wenn ich bedenke, wie er immer den Boss hat raushängen lassen und er uns seine Meinung aufdrängen wollte. Mich wundert es nicht, dass er seine Berufung in dem Job gefunden hat. Er plant, einen gigantischen Hotelkomplex zu errichten.«

»Ich hab davon gehört. Was denkst du darüber?«

»Die Restaurantbetriebe werden davon bestimmt profitieren.«

Sie war eine Fürsprecherin? »Das glaube ich nicht. Das Hotel bietet doch sicherlich All-inclusive an und Eis für die Kids bis zum Gefrierschock. Nein. Die Gastronomen werden eher in die Röhre gucken.«

»Mhm. Vielleicht hast du recht«, entgegnete sie, ohne wirklich Interesse zu zeigen. Vermutlich steckte sie gedanklich bereits bei ihrem Baby und hörte mir nur mit einem Ohr zu.

»Du sitzt doch an der Quelle und bekommst einiges mit, was die Planungen anbelangt.«

Mellis Lippen waren nur noch ein schmaler Strich. »Die Entwürfe werden in Ausschüssen diskutiert, an denen ich nicht teilnehmen darf. Zurzeit befinde ich mich außerdem in Elternzeit.«

»Oh, dann bist du gar nicht für die Vermietung des Leuchtturmcafés zuständig?« Lasse hatte mir da wohl eine Fehlinformation gegeben, obwohl er wissen musste, dass Melli ein Baby bekommen hatte.

»Doch, doch. Das mache ich ganz nebenbei von zu Hause aus.«

»Der Raum wäre perfekt für Opas Fünfundachtzigsten.«

Stirnrunzelnd holte sie ihr klingelndes Handy hervor. »Laut Einladung findet die aber bei ihm zu Hause statt«, sagte sie mit Blick auf das Display und nahm das eingehende Gespräch an. Nach einer kurzen Unterhaltung steckte sie das Telefon wieder weg. »Lian braucht mich. Sein Zahn quält ihn wohl so sehr, dass

Lars jetzt mit dem Latein am Ende ist. Besser, ich gucke mal nach ihm.«

»Und dem Baby«, fügte ich schmunzelnd hinzu.

Melli prustete los und ich tat es ihr gleich.

Nachdem wir uns die Lachtränen aus den Augenwinkeln gewischt hatten, wurde meine Freundin etwas melancholischer. »Ich freue mich so, dass du für länger hier bist. Damit habe ich wirklich nicht gerechnet. Heute hast du jedenfalls bewiesen, dass dir Sandode doch nicht so egal ist.« Sie kramte in ihrer Handtasche und kritzelte etwas auf ein abgerissenes Papierstück.

Ich betrachtete den Fetzen genauer und stellte fest, dass es sich scheinbar um ihre neue Handynummer handelte.

Als hätte sie es nun furchtbar eilig, lief sie los. Nach ein paar Schritten drehte sie sich noch einmal um. »Ruf mich an, ja?«

»Ganz sicher!«, rief ich und fragte mich, wie sie darauf kam, dass mir Sandode gleichgültig war. Denn das stimmte doch gar nicht. Der einzige Grund, warum ich der Insel ferngeblieben war, war Lasse. Ich ließ den Blick über das Meer und die Dünen schweifen, hinter denen sich Opas Haus versteckte, und schmeckte das Salz auf meinen Lippen. Das alles hatte ich verdrängt und doch so vermisst. Es war allerhöchste Zeit, zu beweisen, wie sehr mein Herz an der Insel hing.

Kapitel 9

Am nächsten Tag saßen Opa und ich auf dem Freisitz und genossen das schöne Wetter. Von irgendwoher kreischte eine Möwe und das Dünengras raschelte im leichten Wind. Wohlig streckte ich die Nase in den Himmel und schloss die Lider. Es waren Geräusche, die ich nur mit der Insel in Verbindung brachte und die mir das Gefühl gaben, frei atmen zu können. Sie erinnerten mich an meine Kindheit, an meine Jugend, an die Freiheit und daran, wie sehr ich dieses Fleckchen Erde vergötterte.

Ich wollte nicht, dass sich irgendetwas hier veränderte, dass sich Urlauber über die Insel hermachten und ihren Müll zurückließen. Die Vorstellung, dass sich Gruppen zum Saufgelage treffen würden, hinterließ einen bitteren Geschmack in meinem Mund.

»Sind sich die Inselbewohner eigentlich im Klaren darüber, was ein Hotel für Probleme mit sich bringt? Umweltverschmutzung zum Beispiel. Die Wiese ist außerdem ein wichtiger Ort für Zugvögel im Herbst. Viele Kraniche machen genau dort Rast. Wo sollen sie denn hin, wenn alles nur noch aus Beton besteht? Es ist wirklich ärgerlich. Jeder spricht über Nachhaltigkeit und Umweltbewusstsein, aber wenn es darum geht, Geld zu verdienen, dann ist das Thema vergessen.« Traurig schüttelte ich den Kopf. »Es muss doch irgendwas geben, damit das verhindert wird.« Gedankenverloren schaute ich zum Gehege. Wieder einmal sah es verlassen aus. »Wo sind eigentlich die Hühner?« Ich erhob mich und suchte das gesamte Grundstück ab.

Opa sah sich genauso ratlos um. »Sie sind schon wieder stiften gegangen.«

»Sollten wir versuchen, sie einzufangen?«

»Aber nein. Bisher haben sie es immer von allein und unbeschadet hierhergeschafft. Trotzdem können wir ja einen kleinen Rundgang machen? Vielleicht entdecken wir sie.«

»Das ist eine gute Idee. Lass uns zum Leuchtturm gehen. Ich kann mir total gut vorstellen, dort zu feiern.«

»Ach, Cleochen, ich habe die Einladungen doch schon verteilt mit dem Hinweis, dass die Feier hier stattfindet.«

»Natürlich, Opi. Ich möchte, dass du dich wohlfühlst, aber es schadet ja nicht, nach Alternativen zu gucken. Das letzte Wort hast selbstverständlich du.«

***

Wir liefen an den blühenden Vorgärten und den Apfelrosenhecken vorbei in Richtung Leuchtturm. Opas Spazierstock klickte im Takt seiner Schritte und hin und wieder richtete er seinen Hut. Das Möwengeschrei war hier ungefähr so präsent wie das Hupen im Berufsverkehr. Ich konnte gar nicht anders, als immer wieder die schwere salzige Luft tief einzuatmen. Automatisch entspannte ich. Gelegentlich achtete ich darauf, ob uns die Hühner vielleicht begegneten, doch das taten sie nicht.

Als wir den schmalen Pfad erreichten, befürchtete ich, Opa könnte sich abmühen, aber er war noch sehr flink für sein Alter. Wir hatten kaum den Platz erreicht, da nahm mein Herz noch einmal richtig Anlauf, während meine Schritte langsamer wurden. Lasse stand lässig im Schatten an einen Baum gelehnt und fixierte sein Handy. Ein leichtes Schmunzeln umspielte seine Lippen und er strich sich seine Haare aus der Stirn, die ihm in die Augen fielen. Mit wem er wohl chattete? Mit einer Frau? Auch wenn Melli mir versichert hatte, er hätte keine Freundin, bedeutete das ja nicht, dass er keine Kontakte pflegte.

Heute trug er Shorts statt seiner Arbeitshose. Auch das löchrige T-Shirt hatte er gegen ein blütenweißes Polohemd getauscht, was seine sommerliche Bräune hervorhob. Wie es aussah, war er diesmal privat hier, was mir vor Augen hielt, dass er vielleicht sogar ein Date hatte. So ein Mist aber auch, dass sich geradewegs meine Knie zu Wackelpudding verwandelten, als Opa schon zum Gruß anhob.

»Hallo, Lasse«, grüßte Opa meinen Ex-Freund.

Sein Kopf ruckte hoch und als er uns sah, steckte er sein Handy weg. »Hallo. Was führt euch denn hierher?«, fragte er und kam auf uns zu. Er vergrub seine Hände tief in den Taschen und richtete seinen Blick auf mich, als erwartete er von mir die Antwort.

»Cleo hat mir vorgeschlagen, den Geburtstag hier zu feiern.« Opa drehte sich nachdenklich einmal um seine eigene Achse. »Platz ist definitiv vorhanden«, murmelte er vor sich hin.

»Ich könnte euch einen Pavillon leihen und Schirme. Damit seid ihr für jegliche Wetterbedingungen gewappnet, auch vor der Sonne.« Die ganze Zeit über sah mich Lasse unverwandt an, was mich aus dem Konzept brachte und es mir schier unmöglich machte, ihm Widerstand zu leisten.

Opa kratzte sich am Hinterkopf. »Hach, das habe ich gar nicht bedacht. Was ist, wenn das Wetter nicht mitspielt?«

»Dafür ist ja das Café gut«, gab ich zu bedenken und lächelte.

»Außerdem soll es beständig bleiben«, beruhigte Lasse meinen Opa und hielt die Nase in den Himmel. Es dauerte nicht lange und sein Blick verweilte wieder auf mir.

Gerade als ich nun doch zu protestieren anheben wollte, dass er sich seinen Pavillon sonst wo hinschieben konnte, kam Hedda auf uns zu. Als sie uns erkannte, erschien eine leichte Röte auf ihrem faltigen Gesicht, aus der ich schloss, dass sie wirklich in Opa verknallt war. Etwas ungelenk tastete sie über ihre wellige Kurzhaarfrisur. »Arne, was für eine Überraschung. Guten Tag, Cleo.«

Ich hob kurz die Hand. »Hallo.«

»Hedda«, grüßte Opa wieder souverän mit erhobenem Hut.

Aus dem Augenwinkel heraus sah ich, dass Lasse sein Grinsen zu verstecken versuchte.

Ich musste unbedingt herausfinden, wie lange das schon zwischen den beiden ging.

»Ich habe mir Sorgen um dich gemacht.« Opa klang bekümmert, gar beunruhigt.

»Aber warum denn?«, wollte Hedda wissen.

»Ich habe deine Kochkünste vermisst«, gab er freiheraus zu.

Richtig. Gestern Abend gab es eine riesige Schüssel Rührei, von ihm selbst zubereitet. Ich hatte gar nicht daran gedacht, dass ja Hedda eigentlich für Opa kochte.

»Oh«, entfuhr es knapp ihrem von Falten umgebenen Mund. »Ich dachte, weil Cleo bei dir zu Besuch ist …« Sie ließ den Satz offen und ihr Blick fiel auf seine Hand.

»Warst du schon auf dem Friedhof? Du hast ja gar keine Blume dabei.«

Der Zeitpunkt war gekommen, sich zu verkrümeln, denn die Unterhaltung nahm eine unerwartete Wendung. Oder wenigstens war sie ausgedehnter als gewöhnlich.

Ich tat, als hätte mein Handy sich gemeldet und täuschte einen eingehenden Anruf vor. »Entschuldigt mich«, bat ich, während ich einen kurzen Blick auf Lasse warf, dessen Stirn gerunzelt war.

Kaum, dass ich den schmalen Pfad eingeschlagen hatte und die windschiefen Bäume passierte, tauchte ein Schatten neben mir auf. Ich drehte meinen Kopf mit Handy am Ohr und sah direkt in Lasses grinsendes Gesicht.

»Du kannst jetzt aufhören, so zu tun, als würdest du telefonieren.«

»Wie kommst du darauf?« Verblüfft steckte ich das Telefon weg und ging direkt auf das Meer zu, dessen Wellen mich wie eine Melodie riefen.

»Dein Display war so dunkel wie die Nacht, als du angeblich angerufen worden bist. Es war offensichtlich, dass du einen Vorwand gesucht hast, um sie allein zu lassen.«

Die Lippen geschürzt schlüpfte ich aus meinen Sandalen und empfing die sanften Küsse der heranrollenden Wellen. Fast hätte ich laut aufgejauchzt, doch ich konnte mich im letzten Moment zurückhalten. Wäre ich allein gewesen, hätte ich meiner Begeisterung freien Lauf gelassen.

»Es ist doch offensichtlich, dass Hedda in meinen Opa verliebt ist, und irgendwie dachte ich, es wäre schön, wenn die beiden sich mal an einem anderen Ort austauschen. So kommt vielleicht eine andere Atmosphäre auf und ihre Unterhaltung beinhaltet mehr als: ›*Wie geht es dir? Wie hat es dir geschmeckt? Eine schöne Blume hast du dir da wieder ausgesucht.*‹« Als wäre ich in die jeweilige Person geschlüpft, hatte ich die Sätze mit schauspielerischem Geschick wiedergegeben, sodass Lasse sich vor Lachen den Bauch hielt. Sein Gelächter war so ansteckend, dass auch ich mit einstimmte. Für einen Moment fühlte es sich wie früher an, als wir wegen unseres gemeinsamen Humors minutenlang lachen konnten.

»Wie lange geht das schon so?«, fragte ich und richtete den Blick aufs Meer.

Lasse ließ sich ausreichend Zeit für seine Antwort. »Seit 'nem guten Jahr vielleicht.«

Der Satz hörte sich eher nach einer Frage statt nach einer Aussage an. Verwundert hob ich eine Augenbraue. »Du weißt es nicht?«

»Am Anfang habe ich dem Ganzen keine große Beachtung geschenkt, aber mittlerweile …«

»… benehmen sie sich wie Zwölfjährige«, fiel ich ihm ins Wort und lachte wieder.

»Nein, selbst die stellen sich reifer an.«

Und so standen wir hier an einem Ort, der uns schon immer verbunden hatte, und grinsten uns an.

Was für eine absurde Situation.

Stumm musterten wir uns, als wollten wir herausfinden, was in dem Kopf des jeweils anderen umhergeisterte. Eine winzige Spur von Zuneigung meinte ich in seinen blauen Augen zu erkennen. Mir brannten so viele Fragen auf der Zunge, doch keine davon wollte aus mir heraus. Tief in mir drin sammelte ich den Mut, den ich brauchte, um der Wahrheit auf den Grund zu gehen. Denn jetzt, da er so vor mir stand und meine Lippen betrachtete, als wären sie mit Sahne betupft, fiel es mir umso schwerer zu verstehen, warum er damals die Entscheidung getroffen hatte.

Etwas streifte meinen Fuß, sodass ich mich aus seinem intensiven Blickkontakt löste und nachschaute, was genau gegen meinen Knöchel schwamm. Mit gerunzelter Stirn bückte ich mich und hob die Plastikflasche auf.

»So eine Sauerei«, schimpfte Lasse und nahm mir schließlich den Unrat ab. Aus seiner Hosentasche holte er einen zusammengefalteten Beutel und versenkte darin den Müll.

»Was meinst du, wird hier herumliegen, wenn Jan seinen Plan durchzieht, dieses Hotel bauen zu lassen?«

Wie auf Knopfdruck fuhr sein Kopf hoch. »Ich bin davon ausgegangen, dass es dir egal ist.«

»Da täuschst du dich. Die Insel liegt mir sehr am Herzen. Immer schon. Die Umstände haben es mir nicht leicht gemacht, hierherzukommen.« Dass er der Grund war, brauchte ich ihm doch nicht zu erklären. Ich senkte meinen Blick und hoffte, er würde von selbst etwas dazu sagen, doch die Hoffnung wehte wie eine vom Wind erfasste Feder davon. Sein Kiefer arbeitete unaufhörlich und aus dem Augenwinkel sah ich, wie seine Finger um die Griffe der Tasche verkrampften.

Wenn ich jetzt anfing, ihm meine Vorwürfe um die Ohren zu hauen, würde er sicherlich das Weite suchen. Nein! Die Gelegenheit war ungünstig. Er brauchte mehr Zeit, sich mit der Situation abzufinden, dass ich wieder hier war. Irgendwann würde der Moment kommen, da er mir den Grund offenbaren würde. Nach dem langen Warten würden ein paar Tage mehr auch keinen Unterschied machen. Was ich außerdem wissen wollte, war seine Meinung zum Hotelprojekt und das passte gerade viel besser, als alte Geschichten aufzuwärmen. »Wir müssen einen Weg finden, Jan zu stoppen. Wir könnten die Naturschutzbehörde kontaktieren. Bestimmt gibt es auf der Wiese irgendwelche vom Aussterben bedrohten Tiere. Am besten, wir verteidigen die Fläche. So wie das die Klimaaktivisten machen.«

Lasse hörte mir aufmerksam zu und je weiter ich mich hineinsteigerte, umso mehr bogen sich seine Mundwinkel nach oben. »Willst du dich an einen Baum binden?«

Ich runzelte die Stirn. »Da gibt es doch gar keine. Nein, ich dachte da eher an …« Hastig überlegte ich, wie wir das Grundstück besetzen könnten. »Zelte. Wir errichten ein Zeltdorf.«

Seine Augen nahmen abnorme Größe an und seine breite Brust vibrierte. »Ein Zeltdorf? Allen Ernstes?«

Ich zuckte mit den Achseln. »Fällt dir etwas Besseres ein?« Die Idee war doch gar nicht so verkehrt. Sich an Blumen festzukleben war ja jetzt keine Alternative.

»Dein Engagement in allen Ehren, Cleo. Aber du vergisst, dass es einige Befürworter für das Projekt gibt. Anna zum Beispiel pendelt jeden Tag aufs Festland, um dort zu arbeiten. Ein Hotel bedeutet Arbeitsplätze und weniger Aufwand für die Pendler.«

»Anna«, murmelte ich und erinnerte mich an eine schlaksige Blonde mit dicker Hornbrille und glänzender Zahnspange zur Kinder- und Jugendzeit. Sie gehörte genauso zu unserer Clique wie Jan und Melli. Später hatte sie ihre Brille gegen Kontaktlinsen getauscht und hatte eine Lehre in einem Hotel direkt an der Küste gemacht. Anna hatte ich bestimmt länger als zehn Jahre nicht mehr gesehen. Innerlich haute ich mir die Hand gegen die Stirn. Und jetzt war sie Verfechterin, gar Unterstützerin von unserem Bürgermeister. Etwas lauter als gewollt, schnaubte ich und sah stur auf meine Füße. Wenn Anna die einzige war, war das zu verkraften. Allerdings sollte ich realistisch sein und mit noch mehr Unterstützern rechnen. Während ich in meinen Gedanken hing, spürte ich Lasses Hand auf meinem Arm. Die Berührung hinterließ ein angenehmes Prickeln auf meiner Haut und führte dazu, mich in seinen Augen zu verlieren. Sie strahlten so viel Wärme und Mitgefühl aus, dass ich Trost darin fand, obwohl ich aus Erfahrung wusste, dass sie auch verletzen konnten.

»Der Bau ist doch noch gar nicht genehmigt.«

»Wann wird die Entscheidung getroffen?«, fragte ich entschieden und ich fühlte mein Herz schneller schlagen.

Stirnrunzelnd sah er mich an, als wäre ihm meine Entschlossenheit fremd. Nun zog Lasse seine Hand wieder zurück und auf eigenartige Weise hatte ich das Gefühl, abgewiesen zu sein.

Damals hätte ich vielleicht genauso selbstbewusst reagieren sollen, als er mit mir Schluss gemacht hatte. Doch in jenem Moment hatte ich mich wie vor dem Kopf gestoßen gefühlt und war wie gelähmt gewesen.

»Ich glaube, nächste Woche Mittwoch.«

Mittwoch. Heute war gerade mal Sonntag. Was wiederum bedeutete, dass niemand mehr im Rathaus war. Dann müsste ich mich so lange gedulden, wenigstens bis morgen.

Lasse deutete meinen Blick wohl richtig. »Was hast du vor?«, fragte er mit besorgter Miene.

»Mich um das Wohl von Sandode kümmern. Dem Anschein nach macht es ja keiner.« Augenzwinkernd warf ich einen Blick auf die Uhr und wandte ihm den Rücken zu. »Wir sollten Opa und Hedda langsam einsammeln. Wir haben sie lange genug allein gelassen.«

Kapitel 10

Die ganze Nacht über hatte ich keinen Schlaf gefunden. Stundenlang hatte ich mich von einer Seite zu anderen gewälzt und mir Gedanken darüber gemacht, wie ich das Vorhaben stoppen könnte. Doch musste ich mir stets ins Gedächtnis rufen, dass ich meine Hauptaufgabe, Opas Geburtstag zu organisieren, nicht vernachlässigen durfte. Irgendwann fiel ich in einen wirren Traum, in dem ein Brautpaar ohne Gesicht mit ganz vielen Sägespänen beworfen wurde.

Mit dem Hahnenschrei saß ich kerzengerade im Bett. Obwohl ich mich freute, dass die Hühner es wohl unversehrt nach Hause geschafft hatten, wünschte ich mir, der Hahn hätte um eine spätere Uhrzeit Beethovens Sinfonie gekräht. Ich brauchte einen Moment, um meine Lider ganz zu öffnen. Gleißendes Licht drang durch den schmalen Spalt des Vorhangs, was auf schönstes Sommerwetter hindeutete. Mit Schwung schob ich erst den Vorhang beiseite und öffnete dann das Fenster. Ein Schwall taufrischer Luft, gemischt mit einer Prise Salz, verteilte sich in den Lungenflügeln und weckte meine Lebensgeister. Wie ich es erwartet hatte, lag die Ostsee wie ein glatter Spiegel vor mir. Ein Fischerboot schaukelte in den Weiten des Meeres, gefolgt von einer Schar hungriger Möwen, die auf Frühstück hofften. Auf dem noch wenig besuchten Strand stieg Bente vor ihrer Yoga-Gruppe in den herabschauenden Hund. Schmunzelnd sah ich einem Mann zu, wie er sich abmühte, ohne dabei umzufallen. Ich wollte nicht starren, deswegen wanderte mein Blick etwas tiefer in den Garten in den leeren Hühnerstall. Gerade noch rechtzeitig sah ich das Gefieder des letzten ausbüxenden Huhns durch das Gebüsch huschen. Weg war es und von den anderen keine Spur. Das konnte doch nicht wahr sein. Kaum da, schon wieder weg.

Im Bad gönnte ich mir eine schnelle Dusche und schlüpfte in mein leichtes pastellfarbenes Sommerkleid. Fünf Minuten später hüpfte ich die Treppe hinunter. Obwohl ich wirklich keine schöne Nacht gehabt hatte, trotzte ich nur so voller Tatendrang.

Opa saß auf der Terrasse und schlürfte an seinem Kaffee, dessen Duft mich herausgelockt hatte.

»Guten Morgen, Cleochen. Du bist aber schon früh wach heute.«

Ja, ich wollte keine Zeit verlieren, um Jan an seinen Ohren über den Schreibtisch zu ziehen. Doch diese Aussicht behielt ich erst mal für mich. Stattdessen sagte ich: »Beethoven hat lautstark seine Truppe zusammengepfiffen, um sich auf einen gemeinsamen Kreuzzug zu begeben, dass ich davon wach geworden bin.«

Opa schaute mich über den Rand seiner Tasse hinweg an und schob dabei seine Augenbrauen zusammen.

Das sah so lustig aus, dass ich kichern musste.

»Wer ist Beethoven?«, fragte er nun und stellte seine Tasse akkurat auf dem Untersetzer ab.

Ich zuckte mit den Achseln. »Na, der Hahn.«

»Seit wann haben meine Hühner Namen?«

»Seit heute«, antwortete ich breit grinsend. »Aber noch nicht alle. Sie machen nämlich die Gegend unsicher.«

Als hätte Opa jetzt erst verstanden, worum es ging, drehte er sich dem Stall zu und murrte: »Irgendwann werde ich sie zu einer leckeren Suppe verarbeiten.«

»Dann gibt es aber keine Bio-Eier mehr.« Hungrig griff ich nach einem Brötchen und schnitt es auf. »Apropos Essen. Wir sollten dringend über die Speisen reden. Außerdem brauche ich noch die Anzahl der Gäste. Du hast ja sicherlich nicht die ganze Insel eingeladen, oder?« In Opas Augen blitzte der Schalk auf, was mich doch sehr beunruhigte und mich tief in den Stuhl rutschen ließ.

»Nein, da kann ich dich beruhigen. Nur die Einheimischen.«

Ich vergaß zu atmen. »Aber selbst wenn wir nur die Insulaner einladen, kommen wir doch schon auf knapp fünfhundert.« Konnte Opa sich das überhaupt leisten? Und gab es hier einen Caterer, der so viele Gäste bewirtete? Ich musste mir dringend eine Übersicht über potenzielle Dienstleister verschaffen.

Auf Opas Gesicht zeichnete sich ein Grinsen ab. »Beruhig dich. Es werden ungefähr einhundertfünfzig werden.«

Erleichtert atmete ich aus und schaute auf die Uhr. Da ich sowieso noch zur Gemeinde wollte, um mir einen Termin bei Jan zu besorgen, würde ich bei dem heimischen Metzger nachfragen.

»Kann ich mir heute das Fahrrad nehmen?«, fragte ich und knabberte nebenbei an meinem Marmeladenbrötchen.

»Natürlich. Jederzeit.«

Kurz überlegte ich, ob ich Opa auf Hedda ansprechen sollte und ob sie sich für heute verabredet hatten, aber ich beließ es dabei. Denn nachdem Lasse und ich gestern unsere Großeltern wieder eingesammelt hatten, war Opa sehr schweigsam und in sich gekehrt gewesen. Ob Hedda genauso still war, wusste ich nicht.

***

Mein Kleid flatterte gegen meine Beine und meine Haare flogen wie ein Schweif nach hinten. Auf dem Rad fühlte ich mich wie ein Kind, so frei und unbeschwert, nur mit tausend Aufgaben im Gepäck. Bevor ich den Weg zu Jan einschlug, drehte ich eine Extrarunde zu der Wiese, die es verdient hatte, weiterhin eine große Artenvielfalt zu beherbergen. Nach nur fünf Minuten kräftigem Strampeln und brennenden Waden blieb ich schließlich vor dem blühenden Kleinod stehen. Es wimmelte nur so von Insekten, Bienen und Schmetterlingen. Das Kaninchen hoppelte sogar wieder zwischen den quietschgelben Butterblumen hindurch. Bei dem Gedanken, dass dieses Feld zukünftig nur aus Beton bestehen könnte, zog sich mein Herz zusammen, was mir wiederum vor Augen hielt, schnell zu handeln. Hastig sprang ich wieder auf das Rad und fuhr diesmal auf dem kürzesten Weg zum Rathaus.

Auf dem im Stil eines Kaffeemühlenhauses errichteten Gebäude stand in großer Schrift *Gemeinde* geschrieben. Es musste einen frischen Anstrich bekommen haben, denn die Fassade leuchtete weiß wie eine angespülte Muschel. Auch das Dach war in der Zwischenzeit mit roten Ziegeln neu gedeckt worden. Den Kopf tief in den Nacken gelegt, haderte ich plötzlich mit mir. Vielleicht hätte ich besser vorher anrufen sollen. Unschlüssig sah ich mich um und entdeckte ein Hinweisschild, auf dem ein Fahrstuhl abgebildet war, das mir sagte, dass sich der barrierefreie Eingang um die Ecke befand. Ein lautes Summen ertönte und wie von Geisterhand öffnete sich die Tür, als wollte sie mich hineinbitten. Wow, sogar vollelektrisch. Das gab es früher noch nicht. Ob sich drinnen auch so viel verändert hatte? Ich wollte es herausfinden und ging hinein.

Als ich ungefähr sechs Jahre alt gewesen war, war ich mit meiner Mutter im Einwohnermeldeamt gewesen, um eine Bescheinigung abzuholen. Dort hatte es nach Teppich und Matrizenpapier gerochen. Ich erinnerte mich noch gut an die Verwaltungsdame mit den aufgebauschten blonden Haaren und ihrem zischelnden Sprachfehler. Ihre schmalen Lippen, die in einem kräftigen Rot geschminkt gewesen waren, schienen unaufhörlich zu plappern, was es meiner Mutter schwierig gemacht hatte, sich höflich, aber bestimmt zu verabschieden, zumal die Dame uns zum Grundbuchamt weitergeschickt hatte.

Meine Sandalen verursachen eigentlich keine Geräusche beim Laufen, dennoch hinterließen sie ein leises Hallen auf dem kühlen grauen Steinboden. Vor einem Wegweiser blieb ich stehen.

- Kämmerei Raum 11 E
- Bürgerbüro Raum 5 E
- Vorzimmer Bürgermeister 2 OG

Dort musste ich hin. Ich lief die Treppen hinauf, ließ die erste Etage links liegen und kam zu guter Letzt im zweiten Obergeschoss an. Rechts vom Flur reihten sich Türen aneinander, die allesamt verschlossen waren. Vor Kopf erwartete mich eine Glaswand, hinter der eine dunkelhaarige Frau vor einem Bildschirm saß. *Wittlich* stand an dem Türschildchen. Der Name war mir völlig unbekannt. Hach, Mist, wenn es bloß jemand gewesen wäre, den ich kannte. Ich hätte auf die guten alten Zeiten pochen können und in Erinnerungen geschwelgt, falls ich ungelegen gekommen wäre. Aber so.

Tief ausatmend, als stünde ich vor einem Vorstellungsgespräch, strich ich mein Kleid glatt und straffte den Rücken. Mit pochendem Herzen ging ich auf die Tür zu und klopfte. Jetzt gab es kein Zurück mehr. Meine Hände schwitzten, obwohl es sich lediglich um die Vorzimmerdame handelte und nicht um den Vorstandsvorsitzenden einer riesigen Bank.

»Herein«, kam es höflich aus dem Zimmer.

Während ich langsam die Tür aufschob, erhob sich die mir fremde Frau. Sie setzte ein freundliches Lächeln auf und strich sich ebenfalls, wie ich es eben gemacht hatte, ihren Bleistiftrock glatt und richtete ihre Bluse.

»Guten Tag. Mein Name ist Cleo Rosberg. Ich hätte gern Jan gesprochen. Ich meine Herrn Flemming.«

»Oh, das tut mir leid, Herr Flemming ist gerade nicht zu sprechen.«

»Es ist wirklich sehr dringend.«

»Er hat eine wichtige Besprechung«, rechtfertigte sie sich, ohne ihre professionelle Freundlichkeit zu verlieren.

Aus dem angrenzenden Büro, das nur durch eine Tür getrennt war, drangen lautes Lachen und Freudenschreie herüber. Eine Stimme klang eher nach einem Fußballkommentator als nach einem Angestellten, der gerade zurechtgewiesen wurde. Kurz darauf ertönte abermals Gelächter.

»Ganz schön hitzig dadrinnen.« Ich deutete in die Richtung, in der die wichtige Unterredung stattfand, und verschränkte zusätzlich die Arme vor der Brust.

Frau Wittlich verlor offensichtlich mehr und mehr ihre Selbstsicherheit, als nach dem Jubel ein lauter Pfiff ertönte und dann ein »Fuck!« folgte.

Ihr professionelles Lächeln entglitt ihr nun völlig.

»Richtig bürgerfreundlich, der Jan«, sagte ich mit triefendem Sarkasmus.

»Kennen Sie sich denn? Weil Sie ihn beim Vornamen nennen.«

»O ja, von früher. Ich bin immer in den Ferien hier zu Besuch gewesen, bei meinem Großvater, Herrn Nielsen.« Eigentlich machte ich das nie, den Bekanntheitsgrad meines Opas auszuspielen, aber was sein musste, musste sein.

Um Frau Wittlichs Nase schimmerte es plötzlich ganz grün. »Warten Sie einen kurzen Moment. Ich melde Sie an.«

Ihre Pumps gaben ein Geräusch ab, das mich an den Spazierstock meines Opas erinnerte. Der zierliche Körper schlüpfte durch den schmalen Türspalt.

Eine gespenstische Stille legte sich nun über mich. Ich nutzte sie und trat an das Fenster, um einen Blick nach draußen zu erhaschen. Unbeschreiblich, diese Aussicht. Direkt auf das Meer. Davon konnte ich nur träumen.

Die Tür öffnete sich wieder und ich fuhr erschrocken herum, als hätte ich etwas Verbotenes gemacht.

Ein großer dunkelhaariger Mann mit ergrauten Schläfen kam auf mich zu und stellte sich so dicht vor mich, dass ich sein Parfüm wahrnahm. Die dunkle Note wirkte etwas aufdringlich und zu schwer für die sommerliche Leichtigkeit, die draußen herrschte. Er stemmte seine Arme in die Hüften und musterte mich mit seinen grünen Augen, die immer schon etwas Mystisches verbreitet hatten.

Ich schluckte trocken. Zugegebenermaßen hatte dieser Jan mit Jan aus der Vergangenheit nichts mehr gemein. Er war attraktiv und sexy in seinem kurzärmligen Hemd, das in dem Bund seiner Jeans steckte.

»Cleo!«

»Hi, Jan«, sagte ich so selbstsicher, wie es mir möglich war, und hob kurz die Hand.

Jans wohlgeformte Lippen grinsten unentwegt. »Ehrlich gesagt, habe ich eher mit dem Weihnachtsmann gerechnet als mit dir. Ich habe mitbekommen, dass du hier bist, aber dass du mich besuchen kommst … das hätte ich im Leben nicht gedacht.«

»Mir geht es ähnlich, wer hätte damit gerechnet, dass du mal die Insel *regierst.*«

Jan schürzte die Lippen. »In unserer kleinen Clique habt ihr mir ja nie die Gelegenheit gegeben.« Etwas arrogant ließ er seinen Blick durch den Raum schweifen. »Aber jetzt habe ich es geschafft. Elena, bring uns zwei Tassen Kaffee, bitte.« Zu mir gewandt sagte er: »Komm, ich zeige dir mein Büro.« Jan legte seine Hand auf meinen Rücken und schob mich vorsichtig, aber bestimmt durch die Tür.

Der Raum war riesig und mit einem hellgrauen Filzteppichboden versehen, der farblich zu seinem Schreibtisch passte und auf dem ein recht großer Bildschirm stand. Haufenweise Blätterstapel türmten sich neben der Tastatur auf. Hier wirkte alles viel schlichter, als ich es vermutet hatte, und weniger pompös, als zu Jan passen würde. Aber wir befanden uns ja auch in der Gemeinde und nicht in der freien Wirtschaft, in der sich der CEO mit Luxusgütern überschüttete. Und sich nebenbei mit attraktiven Damen schmückte.

Mein Blick glitt weiter zu einem gerahmten Foto, das neben dem Telefon stand. Darauf war eine bildhübsche Frau mit blondem Haar und einer Figur zum Niederknien zu sehen. Ihr Lächeln war so perfekt, dass sich ein jeder in sie verlieben musste.

»Das ist Merrit. Meine Lebensgefährtin. Sie ist Dänin und gerade bei ihrer Familie«, sagte er mit einem Hauch Wehmut in der Stimme.

»Sie ist hübsch«, entgegnete ich. Ich wusste, dass es sich um eine alberne Floskel handelte, aber mir fiel gerade nichts Besseres ein, außerdem entsprach es der Wahrheit.

In dem Moment, als Jan mich mit einer Geste bat, Platz zu nehmen, balancierte Frau Wittlich ein Tablett ins Büro. Sie servierte uns die Kaffeetassen auf Untersetzern und reichte uns dazu sogar eine Schale mit Butterplätzchen. Ich sah Jan an, wie sehr er es genoss, sich von vorne bis hinten von seiner Vorzimmerdame betüdeln zu lassen.

»Wir sind sehr glücklich«, sagte er, was schon in eine Schwärmerei überging, die mir etwas zu viel war.

»Das freut mich wirklich sehr.« Ich griff nach der Tasse und trank, damit mir nichts versehentlich entschlüpfte, was mir hinterher leidtun würde. Immerhin war ich hier, um von dem Hotelprojekt abzuraten.

»Die Trennung von Lasse muss ein harter Schlag für dich gewesen sein. Ihr wart ja das Traumpaar schlechthin.«

Wie so oft erstarrte ich, sobald Lasses Name fiel. Ich versuchte, mir nichts anmerken zu lassen. »Das ist Schnee von gestern.« Ich winkte ab und tat, als würde es mich nicht mehr belasten. »Du, weswegen ich heute hier sitze. Mir ist zu Ohren gekommen, dass du einen Hotelkomplex auf der Mohnwiese errichten willst.«

Mit einem wohlwollenden, aber aufgesetzten Gesichtsausdruck drückte Jan seinen Rücken in die Lehne seines Chefsessels und wippte. »Mittwoch geht's in die Gremien und wird zur beschlossenen Sache.«

»Hast du eigentlich 'ne Ahnung, was das für die Insel bedeutet?«, fragte ich in ernstem Tonfall.

Jan ließ sich so gar nicht von mir beeindrucken. »Ja, natürlich. Der Bau schafft Arbeitsplätze und zieht die Touristen an. Die Geschäfte und Kleinunternehmen profitieren.«

War ja klar, dass er damit versuchte zu punkten. »An die Tierwelt denkst du gar nicht?«

»Natürlich tun wir das. Es gibt ausgewiesene Flächen, auf die die Tiere ausweichen können.«

»Hoffentlich verstehen die Vögel die Hinweisschilder und umkreisen die gesperrte Wiese, ehe sie sich auf dem dafür vorgesehenen Gebiet niederlassen.«

»Warum so zynisch, Cleo?«

»Ganz einfach, weil ich Sorge habe, dass die Touristen das nicht würdigen und die Vögel bei der Brut stören.«

»Die Naturschutzgebiete sind gut gekennzeichnet. Die Gäste werden sich daran halten. Ich vertraue ihnen.«

»Wir haben dort immer Grashüpfer gefangen.« Vielleicht konnte ich ihn mit melancholischen Erinnerungen weich kriegen.

»Cleo!« Er lachte, dass sein ganzer Körper bebte. »Wie lange ist das her? Zwanzig Jahre oder mehr? Warum hältst du nur so sehr an dem Vergangenen fest? Ja, in der Regel behält man die positiven Aspekte und die negativen verdrängt man. Nichtsdestotrotz hast du dich Jahre nicht blicken lassen und stellst jetzt alles infrage?«

Ärgerlicherweise begriff ich gerade, dass ich mich auf das Gespräch mit Jan so überhaupt nicht vorbereitet hatte und mir nun die Argumente fehlten. Was hatte ich mir auch dabei gedacht? Dass ich pfeifend und gut gelaunt in sein Büro ging, ihm meine Belange vortrug und er nickend alles durchwinkte? Ich hätte es wissen müssen, dafür kannte ich Jan und seine Allüren schon viel zu lange. Während ich hastig nach anderen Erklärungen suchte und mein Blick über die riesigen Aktenberge glitt, fiel mir eine beigefarbene Mappe auf, aus der ein Papierbogen herauslugte. *Amt für Bodenmanagement, Flurstück Hasenhain.* Moment mal. War das nicht die Gemarkung der Wiese, über die wir uns hier gerade unterhielten? Direkt daneben lag eine weitere Akte mit der Bezeichnung *Naturschutzbund* und noch eine weitere auf dem *Grundbuchamt* stand. Mein ganzer Körper geriet in Aufruhr. Mit Sicherheit befanden sich darin wichtige Informationen über die Beschaffenheit des Bodens und möglicherweise noch ganz andere

Dinge, die von Bedeutung waren. Ich war schon drauf und dran, nach den Dokumenten zu greifen, als Jan wohl meinen wachen Blick richtig deutete.

Mit einem Ruck beugte er sich nach vorn und sammelte die von mir heiß begehrten Auskünfte einfach vor meinen Augen ein. Dann drückte er einen Knopf seiner Telefonanlage und rief seine Vorzimmerdame. »Elena, komm doch gerade mal.«

Wie er das gesagt hatte, so bossmäßig. Innerlich verdrehte ich die Augen.

Keine zwei Atemzüge später erschien Frau Wittlich im Türrahmen und ging auf Jan zu, der ihr die Unterlagen bereits entgegenhielt.

»Die müssen noch mal auf Richtigkeit geprüft werden. Guck, ob alles vollständig ist.«

Auf Frau Wittlichs eigentlich glatter Stirn zeigten sich plötzlich zahlreiche tiefe Falten. Sie wollte gerade zum Sprechen anheben, da schnitt Jan ihr das Wort ab. »Lass sie einfach bei dir liegen. Ich kümmere mich gleich darum, wenn ich mit Cleo fertig bin«, fügte er etwas energischer hinzu, als wäre ihm unsere Unterhaltung zu viel.

Wenn ich mit Cleo fertig bin? Auf was für einem Höhenflug war der denn? Im Gegensatz zu seinem Äußeren, das sich über die Jahre hinweg zum Positiven entwickelt hatte, war sein Charakter arschig geblieben.

Frau Wittlich schloss sichtlich verwirrt die Tür hinter sich.

Jan erhob sich mit einem süffisanten Lächeln und sah aus dem Fenster, das ebenso zum Meer zeigte. Er verharrte für meinen Geschmack etwas zu lange in der Position, bis er sich mit vor der Brust verschränkten Armen wieder mir zuwandte. »Interessant, wie sich das Blatt gewendet hat. Früher wurden meine Vorschläge und Initiativen einfach ignoriert.«

»Ja, weil sie scheiße und oft mit Ärger verbunden waren.« Allmählich platzte mir die Hutschnur. »Der alten Enna irgendwo im Haus einen vergammelten Fisch zu verstecken, nur weil sie dich beim Apfelklauen in ihrem Garten erwischt hatte, war auch ein bisschen übertrieben gewesen.«

Jan zuckte unbeeindruckt mit den Schultern. »Sie hatte nun mal die besten und dicksten. Und außerdem war sie mit ihren knapp neunzig kaum noch in der Lage, sich allein aus dem Sessel zu erheben.«

»Dennoch ist sie mit ihrem Stock hinter dir her.«

Bei der Erinnerung musste Jan tatsächlich schmunzeln und ein wenig Melancholie zeichnete sich auf seinem Gesicht ab. »Ich gebe zu, dass meine Ideen nicht ganz ausgereift waren, aber heute ist das anders. Außerdem waren es alberne Kinderstreiche.« Schneller als gedacht, rutschte seine Miene wieder ab und er zeigte sich als Oberhäuptling.

Dann brachte es wohl nichts, wenn ich ihm noch weitere misslungene Scherze in Erinnerung rief.

»Das Projekt steht, komme, was da wolle. Es ist gut für die Gemeinschaft der Insel. Hast du dir eigentlich mal Gedanken darüber gemacht, wie es sich entwickelt hätte, wenn es hier damals schon attraktive Arbeitsangebote für dich und deine Eltern gegeben hätte?« Er ließ sich etwas Zeit weiterzusprechen, was mir die Möglichkeit gab, auf seine Frage zu reagieren. Sein kühler Blick ließ mich allerdings regelrecht erstarren.

»Dann hätten sie sich möglicherweise dazu entschieden zu bleiben und du wärst nicht nur während der Ferienzeit hierhergereist. Und du wärst vielleicht sogar noch mit Lasse zusammen.«

Etwas zu ruckartig stand ich auf und ballte die Hände zu Fäusten. Ich spürte meinen Herzschlag in der Kehle und in den Ohren pochen. Am liebsten hätte ich ihm eine schallende Ohrfeige verpasst, aber ich hatte noch nie einen Menschen geschlagen und ich wollte heute nicht damit anfangen. Tief in mir drin wusste ich, dass es sich hier lediglich um eine Rache handelte, wofür auch immer. Vielleicht hatten wir ihn viel zu oft spüren lassen, dass er *nur* geduldet worden war.

»Du bist so ein Arschloch, weißt du das?«

»Nun, ich bin es nicht, die verzweifelt vor mir steht und ein Flurstück vor Baggern retten will.«

»Ich habe dich nicht gewählt«, kam es aus mir herausgesprudelt.

»Tja, aber die Mehrheit schon.« Er legte den Kopf schief und zeigte mir etwas, das einem Lächeln gleichkam. »Abgesehen davon dürfen auch nur Wahlberechtigte ein Kreuzchen setzen. Und du gehörst ja nicht dazu.«

Mir wurde speiübel. Die Unterhaltung hatte ich mir ganz anders vorgestellt. Mit langen Schritten durchquerte ich den Raum und Frau Wittlich erschrak, als die Tür hinter mir polternd ins Schloss fiel. Mein Blick heftete sich sofort auf die Mappen, die sie eben noch von Jan in die Hand gedrückt bekommen hatte und die nun greifbar auf dem Schreibtisch lagen.

Hatte er etwas zu verbergen oder warum hatte er es so eilig gehabt, sie vor mir zu verstecken? Was könnte Wichtiges drinstehen?

»Auf Wiedersehen, Frau Wittlich«, sagte ich so freundlich, wie es mir möglich war. Sie konnte ja nichts für ihren Chef.

»Wiedersehen«, hörte ich noch, gedämpft durch die Glaswand, ehe ich die Treppen hinunterjoggte.

Kapitel 11

Draußen stützte ich mich auf den Knien ab, als hätte ich einen Rekord im Sprinten aufgestellt. Die frische Luft tat mir gut und die leichte Brise umschmeichelte meine Wange wie die tröstende Hand meines Opas. Allerdings herrschte ein heilloses Durcheinander in meinem Kopf.

»So ein …« Hach, es machte die Situation nicht besser, wenn ich ihn ständig mit Schimpfwörtern betitelte. Entschieden, diesen Ort zu verlassen, hatte ich schon einige Schritte zurückgelegt, als mir siedend heiß einfiel, dass ich mit dem Fahrrad gekommen war. Ich schnappte es mir und strampelte ohne jegliches Ziel los. Je mehr ich über den Verlauf des Gespräches nachdachte, umso mehr ärgerte ich mich über mich selbst, nicht entschlossener reagiert zu haben. Wer war er, dass er zu wissen meinte, dass es mit Lasse funktioniert hätte, wenn es hier mehr Arbeit gegeben hätte? Mein Hals brannte und Tränen stiegen hinter meinen Lidern auf, sodass die Sicht verschwamm und ich beinahe in ein Schlagloch fuhr. Knapp konnte ich den Krater umfahren und blieb mit wackeligen Beinen stehen. Ich brauchte einen Moment, um mich zu sammeln. Schniefend schob ich das Rad ein ganzes Stück und dachte noch immer über das Gespräch nach. *»Nun, ich bin es nicht, die verzweifelt vor mir steht und …«*, äffte ich Jan nach, was dazu führte, dass sich meine

Schleusen nun ganz öffneten. »So ein Arsch«, schimpfte ich doch, obwohl ich es mir verboten hatte. Ich setzte sogar noch einen obendrauf und schlug auf die Lenkstange. In meiner Wut schwang ich mich wieder auf den Sattel, trat fest in die Pedale und wischte mir umständlich über das feuchte Gesicht, als ich ein leises Gackern vernahm. Augenblicklich schnellte mein Kopf in die Richtung und ich stoppte. Ich befand mich bei dem ehemaligen Gestüt der Dahlems. Behutsam stieg ich ab und stellte das Rad an der Mauer mit den glatt geschliffenen Steinen ab. Leise schlich ich zu den Geräuschen, die hinter einer riesigen Hecke entsprangen. Mit den Armen versuchte ich, mir zwischen dem Gestrüpp freie Sicht zu verschaffen, und irgendwie gelang es mir, hindurchzukriechen. Als ich auf der anderen Seite angekommen war, befreite ich mich zunächst von Blättern, Blütenstaub und diversen Krabbeltieren. Puh, du meine Güte. Ich fühlte mich zwanzig Jahre zurückversetzt, als wir ständig durch das Unterholz geklettert waren und die Insel auf vergrabene Schätze durchforstet hatten.

Das Gackern holte mich ins Hier und Jetzt zurück auf das parkähnliche Grundstück, auf dem ich mich gerade befand. Es war riesig mit einer majestätischen Trauerweide in der Mitte, der ich heilende Kräfte zusprechen würde, wenn ich noch ein Kind wäre. Genau unter diesen tief hängenden Ästen scharrten Beethoven und sein Gefolge, als gehörten sie hierher. Die Hände in die Hüften gestemmt beugte ich mich über sie und schimpfte. »Was macht ihr denn hier?«

»Das wollte ich dich auch gerade fragen.«

Ich erstarrte. Da mir sofort klar war, dass keines der Hühner geantwortet hatte und ich die Stimme sehr wohl kannte. Im Zeitlupentempo drehte ich mich um. »Lasse«, sagte ich und meinte es gleichzeitig als Frage.

Da stand er wieder vor mir in seinem löchrigen T-Shirt, mit seiner dicken Arbeitshose und seinem vom Wind zerzausten Haar und sah mich an, als wäre ich ein Gespenst. »Gehst du mit den Hühnern spazieren?«

»Äh … nein. Ich bin zufällig hier vorbeigekommen, habe sie gehört und hier gefunden.«

»Aha«, entgegnete er lediglich, als wollte er mir nicht ganz glauben und wartete auf eine zusätzliche Erklärung.

Mir wurde nun ein wenig mulmig zumute, als mir aufging, dass wir uns auf einem fremden Grundstück aufhielten. »Ich sollte besser gehen und die Hühner auch. Nur habe ich keine Ahnung, wie ich sie nach Hause transportieren soll.«

»Die finden den Weg so zurück. Aber sag mir doch erst einmal, warum du geweint hast.«

Ach herrje, bestimmt war meine Mascara total verschmiert und wahrscheinlich leuchtete meine Nase wie die eines Clowns. Genauso waren vermutlich meine Augen rot unterlaufen, als hätte ich eine Woche keinen Schlaf bekommen. Hastig versuchte ich, mit den Fingern alle Spuren zu beseitigen.

»Arne droht immer nur mit der Hühnersuppe. Er wird sie nicht kochen.«

Mir entschlüpfte ein kehliges Lachen, während ich noch immer die verräterischen Spuren wegwischte. Wie süß von ihm, dass er mich aufzuheitern versuchte. Seine Anwesenheit tat mir gerade so gut und ich war froh, ihn hier getroffen zu haben, auch wenn es mir schwerfiel, ihm die Sache mit Jan zu erzählen. Es war einfach zu lange her, dass ich ihm mein Herz ausgeschüttet hatte. Ich wusste gar nicht, ob er ein guter Zuhörer geblieben war oder ob er sich wie Jan dazu entschlossen hatte, wegen seines beruflichen Erfolges arrogant auf andere hinabzuschauen. Frei nach dem Motto: Ich habe es geschafft und du nicht. Der Besuch bei Jan hatte mich derart emotional berührt, dass mein Kinn sofort zu zittern begann und ich den Tränen freien Lauf ließ.

»Cleo, was in aller Welt ist bitte passiert?«

Ich spürte Lasses Hand auf meinem Arm und seinen mitfühlenden Blick auf meinem Gesicht. »Ich war bei Jan«, gab ich schließlich zu.

Das Wort *Warum* stand ihm regelrecht auf die Stirn geschrieben. Fehlte nur, dass er beschwörend die Hände in die Höhe gehalten hätte. »Möchtest du darüber reden?«

Obwohl ich eben noch mit mir gehadert hatte, mir bei ihm den Frust von der Seele zu reden, nickte ich. »Was mache ich denn mit Beethoven und seinem Gefolge?«

»Du hast den Hühnern Namen gegeben?«

»Bisher nur dem Hahn.« Was war denn so ungewöhnlich daran? Haustieren gab man doch einen Namen. Das machte man bei Katzen und Hunden auch.

Um Lasses Mundwinkel zuckte es verdächtig. »Du hast dich überhaupt nicht verändert. Weißt du noch, als wir den untergewichtigen Igel gefunden haben? Es hat keine Minute gedauert und du hast ihn Stachel genannt.«

Natürlich erinnerte ich mich. Wir hatten Stachel der alten Enna überlassen. Sie hatte nicht nur eine Igelauffangstation, sie hatte jedes verletzte Tier mit Hingabe gesund gepflegt. Jeden Tag waren wir mit dem Rad hingefahren, um nach dem Rechten zu schauen und ihn mit Katzenfutter aufzupäppeln. Enna war eine gute Seele gewesen und jeder wusste sie zu schätzen, außer Jan, der nur auf ihre Äpfel scharf gewesen war. Und wieder rollten Tränen in Bahnen meine Wangen hinunter.

»Ich schließe nur rasch ab und dann gehen wir zu mir, okay? Und um die Hühner brauchst du dir keine Sorgen zu machen. Die finden den Weg ohne dich zurück wie jeden Tag.«

Als wir über das riesige Grundstück liefen und uns dem Gutshaus näherten, überkam mich die Frage, ob vielleicht sogar Lasse das Anwesen gekauft hatte, das er gerade für sich renovierte.

»Aber der Hof gehört doch nicht dir, oder?« Nachdem mir der Satz bereits unüberlegt über die Lippen gekommen war, ärgerte ich mich auch schon über die schlecht formulierte Frage und biss mir auf die Wangeninnenseite. Es hörte sich so an, als würde ich es ihm nicht gönnen oder es ihm nicht zutrauen.

Sein Kopf fuhr herum. Es schien, als würde er sich für seine Antwort extralange Zeit lassen, doch nach einer gefühlten Ewigkeit verneinte er. »Mir hat leider das nötige Kleingeld gefehlt. Das Nebengebäude wäre die ideale Werkstatt gewesen und die Stallungen ein perfekter Lagerplatz.«

Wir blieben vor dem Haus stehen und Lasse sprang sportlich die acht Stufen zur Haustür hoch und verriegelte sie gewissenhaft. Danach schlenderten wir weiter.

»Ich renoviere gerade das Untergeschoss«, erzählte er. »Momentan verlege ich neue Böden.«

»Lass mich raten. Es handelt sich um Parkett.«

Er wiegte den Kopf hin und her und grinste. »Die Besitzer wollen es stilecht und haben sich für Dielen entschieden.«

Die nächsten Meter legten wir schweigend zurück. Seine Anwesenheit fühlte sich so verdammt vertraut an und doch so fremd. Ich war ein klein wenig enttäuscht, dass mein Fahrrad eine Barriere zwischen uns erschaffen hatte, die mir unsere Trennung aufzeigte.

»Wir sind da.« Lasse blieb vor einem Gartentürchen stehen und hielt es mir gentlemanlike auf. Es quietschte wie damals, als wir Stachel in einem Karton zu Enna gebracht hatten. Mein Mund klappte auf. »Gehört dir jetzt Ennas Haus?«

Ein eigentümliches Funkeln erschien in seinen Augen. »Und ihre Apfelbäume.«

Kichernd hielt ich mir die Hand vor dem Mund. »Es sieht noch genauso aus wie früher«, stellte ich erstaunt fest, während Lasse mich durch den Garten lotste. Das urige Reetdachhaus mit den grünen Fensterläden, deren Farbe an manchen Stellen abblätterte, strahlte so viel Gemütlichkeit und Charme aus, dass ich mich gleich willkommen fühlte.

Auch hier im Garten hatte sich nichts verändert. Enna hatte damals schon viel Wert auf eine Wildblumenwiese gelegt, fast so, als hätte sie erahnen können, wie es in der Zukunft um unsere Insektenwelt stehen würde.

»Enna wäre gegen den Hotelbau gewesen, das weiß ich genau«, murmelte ich und konnte meine Traurigkeit, dass sie nicht mehr bei uns war, schlecht verbergen.

»Trinkst du deinen Kaffee noch mit Milch?«, fragte Lasse, während er die Terrassentür aufschob.

Ich nickte und ließ es mir nicht nehmen, ihm zu folgen. Unter mir knarrten die Dielen, die dem Anschein nach genauso alt waren wie das Haus, nur sahen sie wie neu aus. Die weiß gestrichenen Wände brachten die freigelegten Balken besonders zur Geltung und der Ofen im Wohnzimmer schuf im Winter sicherlich eine gemütliche Atmosphäre. Obwohl ich mich nur ein- oder zweimal drinnen aufgehalten hatte, war mir in Erinnerung geblieben, dass die Küche einst ein separater Raum gewesen war. Lasse musste eine Wand entfernt haben, um Wohn- und Essbereich zu vereinen. Es hatte ihn bestimmt viel Mühe und genauso viel Arbeit gekostet, dem alten Haus einen so modernen Touch zu verpassen.

Die Inneneinrichtung zog mich in ihren Bann, sodass mir entgangen war, wie Lasse mir einen Kaffee unter die Nase hielt.

Dankend nahm ich ihm die Tasse ab und ließ mich von dem Wetter nach draußen locken. Es war merkwürdig, obwohl ich nur zu Gast war, bewegte ich mich frei, als würde ich schon immer hier ein- und ausgehen. Vermutlich lag es an der Tatsache, dass ich das früher auch tatsächlich getan hatte, wenigstens was den Garten anbelangte. Auf der Terrasse entdeckte ich einen ausrangierten Strandkorb, der einst am Strand die Urlauber vor der Sonne geschützt hatte. Eine unübersehbare sechzehn war in dunkelblauer Farbe auf dem hellen Geflecht zu erkennen. Als würde er nach mir winken, setzte ich mich hinein. Ich schloss die Augen und gab mich der unsagbaren Ruhe hin, die mich für den Moment alles vergessen ließ.

»Jetzt erzähl mal von deiner Begegnung mit Jan.«

Ich spürte, wie das Polster neben mir nachließ und Lasses Wärme in mich kroch. Seine Berührungen und die Reste seines Aftershaves vernebelten meine Sinne, sodass ich meine Gedanken sortieren und mir in Erinnerung rufen musste, warum ich hier eigentlich saß.

Die Nase im Pott Kaffee, überlegte ich, wie ich am besten anfing, ohne in Tränen auszubrechen. Ich versuchte es mit Humor. »Die Begegnung war so, dass ich mir für einen kurzen Augenblick überlegen musste, ob ich mich mit schlechtem Gefängnisessen abfinden kann.«

Lasses Gesicht war mir nun so nahe, dass ich schon seinen Atem auf meiner Haut spüren konnte. Er grinste von einem Ohr zum anderen. »Wie ich an deinem Kleid sehen kann, hast du dich gegen eine Bluttat entschieden. Es sei denn, du hast alle Beweise sorgfältig vernichtet.«

Ich lachte. »Nein, meine Erziehung hat mich dazu gebracht, ihn lediglich ein Arschloch zu nennen.«

»Das lässt er doch gar nicht mehr an sich heran. Aber wenn es dich erneut packt, kannst du darauf zählen, dass ich dir ein Alibi gebe.«

»Danke, ich werde dich daran erinnern.«

Und dann saßen wir einen Moment schweigend nebeneinander. Viel zu oft nippte ich an meinem Becher, um Zeit zu schinden. Mir fiel es unheimlich schwer, das Thema auf unsere gescheiterte Beziehung zu lenken. Dabei war der Zeitpunkt doch perfekt, oder? Niemand störte uns, keiner hörte zu. Vielleicht war dieser Moment der einzige, in dem wir allein waren.

Ich nahm meinen ganzen Mut zusammen und holte Luft. »Jan hat angedeutet, dass du und ich möglicherweise noch ein Paar wären, hätte es hier damals mehr berufliche Möglichkeiten gegeben.«

Lasse schnaubte. »Das hat er allen Ernstes gesagt? Er nimmt uns als Vorwand und benutzt uns als Berechtigung für einen Hotelbau?« Ächzend vergrub er sein Gesicht in den Händen. Er blinzelte, als er es wieder freigab. »Das nächste Mal gebe ich dir kein Alibi, sondern werde herausfinden, wie es um die medizinische Versorgung in den Krankenhäusern steht.«

Ich gluckste und freute mich über seinen Einsatz, mich zu verteidigen. »Gewalt ist auch keine Lösung«, erinnerte ich ihn schmunzelnd und legte meine Hand auf sein Bein.

Sogleich fuhr Lasses Kopf erneut herum und sah mich an, mit nichts als Zuneigung in seinem Blick.

Was ich in seinen Augen las, schnürte mir die Kehle zu und veranlasste mich, meine Hand von ihm zu nehmen.

»Cleo, es tut mir so unendlich leid, was damals passiert ist. Wenn ich gewusst hätte, wie sich alles für dich entwickelt hat, dann …«

Ich schluckte rau. »Was dann? Hättest du dich doch nicht von mir getrennt? Empfindest du Mitleid mit mir, weil ich letztendlich die Stelle nicht bekommen habe? Also darauf kann ich gern verzichten.«

Lasse schüttelte gekränkt den Kopf. »Cleo, es gibt ein paar Dinge, die dir nicht gefallen werden, wenn ich sie dir sage. Aber nach all den Jahren und jetzt, da du wieder hier bist, denke ich, solltest du erfahren, dass ich viel zu unreif reagiert habe.«

Der Kaffee hinterließ einen bitteren Geschmack auf meiner Zunge und klebte unangenehm an meinem Gaumen. Wie lange hatte ich darauf gewartet, endlich einen Grund zu bekommen, und plötzlich war ich mir nicht mehr sicher, ob ich ihn überhaupt hören wollte. Mich räuspernd erhob ich mich und dort, wo ich eben noch an meiner Schulter wohlige Wärme verspürt hatte, breitete sich eine Gänsehaut aus. Das Gefühl, dass es doch eigentlich eh schon längst zu spät und der Zeitpunkt verpasst war, siegte über den Wunsch, endlich die Gründe für sein damaliges Handeln zu erfahren. Als würde ich frösteln, schlang ich mir die Arme um die Taille und überquerte die Wiese. Wo kamen auf einmal die Zweifel her? Wovor hatte ich Angst? Dass die Wahrheit mich erschrecken könnte?

Vor einem Nebengebäude blieb ich stutzig stehen. Es handelte sich um ein gemauertes Gebäude mit Fachwerk. Es hatte nur wenige Fenster und ein großes Tor, in dem eine kleine Tür integriert war. Alles deutete darauf hin, dass es sich um kein Wohnhaus handelte. »Ich kann mich gar nicht daran erinnern, dass Ennas Grundstück so groß war.«

Lasse war mir gefolgt und stellte sich direkt neben mich. Er verschränkte die Arme vor der Brust und lächelte triumphierend. »Die Scheune war mit Efeu und Grünzeug überwuchert, dass sich fast niemand an das Gebäude erinnern konnte. Diesen Teil des Grundstücks hat Enna irgendwann aufgrund ihres Alters einfach zuwuchern lassen und ich habe es aus dem Dornröschenschlaf geweckt.«

Wie aufregend das wohl gewesen sein musste. Ich stellte mir gerade vor, wie Lasse sich mit einer Sichel durch das Dickicht geschlagen hatte, und musste grinsen. »Hast du darin deine Werkstatt?«

Wieder dieses triumphierende Lächeln, das ihn so attraktiv und anziehend machte.

»Möchtest du sie gern sehen?«

Ich nickte, sodass meine Haare mitschwangen.

Als er die Tür aufschob, kam mir gleich der typische Geruch von Sägespänen entgegen, den ich sofort mit Lasse in Verbindung brachte. Er duftete stets danach und ich hatte es geliebt, übrig gebliebene Krümelchen aus seinem Haar zu zupfen.

Ein riesiger Tisch mit eingebauter Säge befand sich auf der rechten Seite, sobald man den Raum betrat. Latten sowie unbehandeltes Holz waren in einem langen Regal sauber übereinandergestapelt. Auf der gegenüberliegenden Seite lag ein kleiner Ausstellungsraum hinter einer verglasten Wand, in dem sich ein Schreibtisch und ein zugeklappter Laptop befanden.

»Darf ich?«, fragte ich, während ich bereits auf dem Weg dorthin war.

»Natürlich.«

Ich trat in den kleinen Raum, der sauber und gepflegt aussah. Vor dem Schreibtisch blieb ich stehen. Sanft strich ich mit den Fingerkuppen über die Oberfläche, die aus vielen zusammengesetzten Hölzern bestand. Bei näherem Hinsehen war deutlich zu erkennen, dass es sich um Treibholz handelte.

Ich begab mich weiter auf Entdeckungsreise. An der Wand stand ein Regal, dessen Hölzer Ecken und Kanten aufwiesen. Es schien, als würde jede einzelne Kerbe eine eigene Geschichte in sich tragen, die an einem kalten Wintertag vor einem knisternden Kamin erzählt werden wollte. Eine besonders auffällige Dekoration zog jedoch meine gesamte Aufmerksamkeit auf sich. Zwei aneinandergelehnte Treibholzelemente, die gemeinsam ein Herz ergaben, waren stabil in einem wurzelähnlichen Holzstück verankert. Es war wunderschön. Ehrfürchtig ließ ich meine Fingerkuppen darüberfahren. Es fühlte sich seltsam glatt an, obwohl es unbehandelt und rau aussah. Mein Herz quoll über, denn das rechte Herzstück hatten wir einst gemeinsam am Strand gefunden, nachdem es von einem heftigen Sturm angespült worden war. Lange hatten wir das passende Gegenstück gesucht, was nahezu aussichtslos erschien. Doch Lasse war es gelungen. Ohne mich.

»Es ist unverkäuflich«, hörte ich ihn hinter mir sagen.

»Du hast es noch«, raunte ich, ohne den Blick von dem Herz zu lassen.

»Ich habe nichts weggeworfen, was ich jemals gefunden habe. Alles, was das Meer ausspuckt, verarbeite ich.«

Dann suchte er gar nicht das Bernsteinzimmer, sondern sammelte angespülte Hölzer, die er zu Unikaten machte.

Nun drehte ich mich um und wir standen so dicht beieinander, dass ich seine goldenen Punkte in den Iriden erkennen konnte. Lasse sah mich an, als würde er mich gern küssen wollen. Plötzlich entstand diese Atmosphäre zwischen uns. Ein Knistern wie bei zwei Verliebten.

O nein. Cleo! Nicht noch einmal. Lasse darf dich nicht wieder verletzen. Ich räusperte mich und schaffte einen großen Abstand zwischen uns, als mir ein Gemälde auffiel, das über seinem Bürostuhl hing. Ein Landschaftsbild, auf dem ein wolkenverhangener Himmel, das Meer im Hintergrund und eine Wiese voller Mohnblumen im Vordergrund zu sehen waren. Eine Windmühle versteckte sich ganz rechts im Bild und war nur zu erahnen. Ich legte den Kopf schief. »Ist das ein Monet?«

Lasse lachte leise. »Nein. Auf der Rückseite sind zwar Initialen und ein Datum zu sehen, aber nichts Bekanntes. Ich habe es hier in der Scheune gefunden. Es lag verstaubt in einer Kiste unter anderem wertlosen Zeugs versteckt.« Er deutete über uns. »Der ehemalige Heuboden hat noch einiges für den Sperrmüll. Wenn ich endlich Zeit finde, werde ich mein Büro nach oben verlagern, damit ich mehr Platz für meinen Ausstellungsraum habe. Meinen Bauantrag auf einen Anbau hat die Gemeinde abgeschmettert. Dabei wären es gerade mal sechzig Quadratmeter gewesen. Auf einer Etage.«

Nun wurde ich hellhörig. »Wieso ist er nicht genehmigt worden?«

»Wegen der Feldhamster. Die sind vom Aussterben bedroht. Eine NABU-Wandergruppe ist hier zufällig mal durchgewandert und hat diese Tierchen gesichtet. Weißt du, ich bin wirklich ein Tierfreund und es liegt mir fern …«

Ich hörte ihm überhaupt nicht mehr zu. Mir ging nur eins durch den Kopf: Wieso lebten auf Lasses Grundstück Feldhamster und auf anderen nicht? Das war doch total absurd. In meinem Kopf ratterte es und ich sah regelrecht die Akte mit der Aufschrift *Naturschutzbund* auf Jans Schreibtisch liegen. War dies etwa der Grund, weshalb Jan so plötzlich darauf bedacht war, die Unterlagen wegzuschaffen? Weil hier Feldhamster lebten, die jegliche Bauvorhaben stoppen konnten? Unwillkürlich ballte ich die Hände zu Fäusten. Er wollte etwas vertuschen. Ich war mir sicher.

»Gibt es dazu irgendwelche Beweise? Ich meine, hast du das schriftlich?«

Lasse zuckte mit den Achseln. »Nur, dass man mir die Baugenehmigung abgelehnt hat wegen der Tiere. Da kam irgendwann mal ein Brief.«

»Wann war das denn? Jetzt erst vor Kurzem?«

»Nein, das liegt bestimmt schon fast zwei Jahre zurück, als ich das Haus gekauft habe.« Über Lasses Kopf schwebte ein Fragezeichen.

»Findest du es nicht merkwürdig, dass man dir deine sechzig Quadratmeter verbietet und ein Hotel nicht, das eine Fläche von mehreren tausend hat?«

Lasse runzelte die Stirn. »Jetzt, wo du es sagst, schon. Aber, ehrlich, Cleo. Die Idee, den Heuboden zum Büro zu machen, gefällt mir sowieso viel besser und ist auch kostengünstiger als ein Anbau. Außerdem dauert so ein Rechtsstreit Jahre. Ich will gegen den Bescheid gar nicht angehen. Dafür fehlen mir die Nerven.«

»Das sollst du auch gar nicht. Es geht hier um eine ganz andere Sache.« Sein fragender Blick veranlasste mich, ihm die Sache mit den Dokumenten haarklein zu erzählen. Ich erklärte, was ich glaubte, aus welchen Gründen Jan das getan hatte, und zwar, dass er davon sicherlich profitierte oder gar jemanden unterstützte. Nur wer das sein könnte, war mir noch unklar.

Geduldig hörte Lasse zu, bis ich meine Geschichte beendet hatte. Nach einem furchtbar langen Moment, in dem ich dachte, er würde mich in eine Psychiatrie einweisen wollen, sagte er schließlich: »Cleo, kann es sein, dass du dich da gerade in etwas reinsteigerst? Jan ist ein Arsch. Ja, er dreht Dinge, die gewiss zu seinem Vorteil sind. Aber warum sollte er Auflagen missachten, die ihn den Job kosten könnten? Das würde er niemals tun.«

Ach, Mist. Wie recht er doch hatte. So weit würde er es niemals kommen lassen, oder? Es war zum Verzweifeln. Dennoch traute ich Jan nicht. Er verbarg etwas. Ich war mir so sicher.

»Selbst wenn. Wie willst du ihm denn beikommen? In sein Büro einbrechen und nach diesen Unterlagen suchen?« Lasse deutete meinen Blick wohl richtig und riss seine Augen auf. »O nein, Cleo. Mach keinen Scheiß.«

»Irgendeiner muss es doch tun, wenn ihr zu feige seid und einfach zulasst, dass hier Massentourismus entsteht.« Auf der

Suche nach weiteren Gründen, dieses Projekt scheitern zu lassen, sah ich mich um und fand einen Anreiz. »Treibholz ist mittlerweile als Urlaubserinnerung sehr beliebt.« Da hatte ich wohl einen wunden Punkt getroffen. Sein Kiefermuskel zuckte, während seine Lippen zu einem schmalen Strich zusammengepresst waren.

»Aber warum? Warum willst du dich in Gefahr bringen, erwischt zu werden?«

Was sollte ich ihm antworten? Dass ich noch nicht über ihn hinweg war und ihn noch liebte? Oder dass mir die Insel am Herzen lag? »Weil es mir sinnvoll erscheint, damit etwas Gutes zu tun.«

»Und das kannst du zu Hause nicht?«, fragte er bedächtig.

Traurig schüttelte ich den Kopf.

Vorsichtig nahm er mein Handgelenk, an dem meine Uhr befestigt war, und las die Zeit ab. »Schon so spät«, stellte er enttäuscht fest, was wohl so viel bedeutete, dass er wegmusste.

»Pass auf dich auf, okay?«

»Sicher.«

Kapitel 12

Schon ziemlich früh am Dienstag stand ich an der Staffelei mit dem Pinsel in der einen und der Mischpalette in der anderen Hand und überarbeitete mein Erinnerungsbild von Sandode, das ich am Anreisetag für Opa angefertigt hatte. Ich malte mehr Kontur hinein, kleine Details in Form von fliegenden Möwen und harmlosen Schäfchenwolken, sodass der graue Schleier wich. Obwohl ich tief in das Werk eingetaucht war und ich mich voll und ganz darauf fokussierte, schweiften meine Gedanken immer wieder zu Jans Vertuschungsversuch, falls es sich um einen handelte. Mir ging es nicht aus dem Kopf, dass bei den Genehmigungen Unterschiede gemacht wurden. Die einfachste Lösung, um dem auf den Grund zu gehen, wäre, sich zu erkundigen, ob auf der einen Wiese Feldhamster lebten und auf der anderen nicht. Ich könnte bei der Gemeinde anrufen und mir Auskunft über die Bodenbeschaffenheit geben lassen. Aber so wie ich Jan kannte, war er ganz bestimmt ein ganz Ausgefuchster und hatte seine Mitarbeiter auf meinen Namen sensibilisiert. Nein. Ich musste anders tätig werden. Irgendwie musste ich mich in Jans oder Frau Wittlichs Büro schleichen, ohne bemerkt zu werden. Aber wie?

Mein Magen knurrte so laut, dass die Leinwand zu zittern begann. Ein Blick auf mein Handgelenk genügte, um festzustellen, dass ich meine Uhr im Badezimmer hatte liegen lassen. Und als hätte mir meine Vergesslichkeit einen Wink gegeben, kam mir ein Gedanke, wie ich an die Unterlagen kommen könnte. Dazu brauchte ich Informationen von Melli. Fahrig wusch ich den Pinsel aus und wischte mit meinen Händen grob über den Kittel. Dann angelte ich nach dem Handy und tippte auf ihren Kontakt, den ich irgendwann in einer ruhigen Minute eingespeichert hatte.

»Hallo?«, meldete sie sich. Im Hintergrund hörte ich das Baby weinen.

»Hi, Melli«, flötete ich gut gelaunt. »Du, ich will dich gar nicht lange stören, wie ich höre, hast du bestimmt viel um die Ohren. Mir ist gestern ein ganz dummes Missgeschick passiert. Ich war im Rathaus und da muss ich wohl meine Uhr verloren haben.«

»Cleo! Wie schön von dir zu hören. Wie konnte das denn passieren? Hat sich der Verschluss einfach so gelöst? Na ja, dann geh mal ins Fundbüro. Dort ist sie ganz bestimmt abgegeben worden.«

»Wie lange haben die denn geöffnet?«

Es dauerte einen Moment, bis Melli wieder etwas sagte. »Sorry, Lian quengelt. Ruf vielleicht vorher einfach an und frag, ob sie dort abgegeben worden ist. Dann kannst du dir den Weg nämlich sparen.«

Danke für den Tipp, den ich so nicht haben wollte, sagte ich zu mir selbst und ärgerte mich über ihre mütterliche Fürsorge. »Das mache ich. Kannst du mir trotzdem mal die Öffnungszeiten durchgeben?«

»Das Rathaus macht heute um Punkt achtzehn Uhr zu.«

»Aber wenn ich kurz nach sechs noch mal vorbeischneie, ist doch bestimmt jemand vor Ort.«

»Rein kommst du jedenfalls nicht mehr. Die Schließanlage ist da sehr gewissenhaft.«

Schließanlage? Wenn niemand mehr manuell mit einem Schlüssel versperrte, war das doch eigentlich von Vorteil. So begegnete ich keinem. »Wie meinst du das denn? Kommt dann auch keiner mehr raus?« Ich biss mir auf die Lippe. Hoffentlich wurde Melli bei den Fragen nicht misstrauisch.

»Nee, nee. Raus kann man immer gehen.«

»Und da geht keine Alarmanlage an?« Spätestens jetzt hätte ich von Melli eine skeptische Gegenfrage erwartet, doch die blieb aus.

»Wegen der Reinigungskräfte gibt es keine. Die kommen jeden Tag zu unterschiedlichen Zeiten. Außerdem gab es noch nie Einbrüche. Hier leben nur ehrliche Menschen.« Melli lachte.

»Jaaa, wie nett«, pflichtete ich ihr bei und konnte mir ein übertriebenes Lachen nicht verkneifen.

Lians Weinen im Hintergrund wurde energischer. »Tut mir leid, Cleo. Ich muss nach dem Baby schauen. Schön, dass du mal angerufen hast. Bis bald.«

Mir kam Lian eigentlich ganz recht, denn die Informationen waren mehr, als ich mir erhofft hatte.

Ich legte auf und wusste, was zu tun war. Doch erst einmal hieß es Warten.

***

Der Vormittag verging quälend langsam. Nach dem Mittagessen zog Opa sich zurück und döste im Schatten des Apfelbaums. Die Hühner waren tatsächlich wieder vollzählig und hatten uns heute Morgen sogar mit frischen Eiern versorgt. Ich stand vor dem Gehege und beobachtete sie dabei, wie sie pickten. Da außer Beethoven keiner der anderen einen Namen hatte, überlegte ich, das Huhn mit dem bunten Gefieder Luzie zu nennen. Das braune, dessen Gefieder ins Rötliche ging, nannte ich Curry und das hellbraune Henni.

Stolz, nun endlich alle mit einem Namen versorgt zu haben, wandte ich mich Opa zu, aber er atmete ruhig in seiner Liege und hatte seinen Strohhut über das Gesicht gezogen.

Auch wenn mir gerade das Wohl der Insel sehr am Herzen lag, fiel mir Opas Geburtstag ein, um den ich mich noch kümmern musste. Ungeduldig linste ich auf die Uhr. Minuten vergingen wie Stunden und Sekunden wie Minuten. Noch genau drei Stunden und vierundzwanzig Minuten, bis ich mich auf die Lauer legen würde. Irgendwie musste ich versuchen, die Zeit sinnvoll herumzukriegen. Meinen Blick auf das Meer gerichtet, beobachtete ich Bente, die sich am Strand mit ihrer Yoga-Matte niederließ und im Schneidersitz entspannte. Nach und nach versammelten sich ihre Anhänger und folgten ihrem Beispiel. Tief ausatmend entschied ich, in meine Sportsachen zu schlüpfen und meinen Geist auf Harmonie einzustimmen. Vielleicht nahmen mir die Übungen meine Nervosität und brachten mich sogar noch zur Vernunft. In der hintersten Ecke meines Zimmers fand ich die Matte, die Bente mir zum zwanzigsten Geburtstag geschenkt hatte, und hastete zum Strand.

Ich war gerade noch rechtzeitig. Bente erklärte schon die Katze-und-Kuh-Übung, als ich mich dazugesellte. Sie begrüßte mich mit einem fröhlichen Lächeln und einem knappen Winken, ehe sie die nächste Position ansagte, die ich gleich nachmachte.

Zugegebenermaßen hatte ich die Kraft der Sonne unterschätzt und fand auch keine Harmonie mit meinem Geist. Selbst bei den einfachen Positionen wie der des Baums musste ich ein Bein absetzen. Ich war viel zu sehr abgelenkt, weil ich tausendmal meinen Plan durchging, um abzuwägen, dass ich nichts vergessen oder übersehen hatte.

Ein erleichterndes Klatschen holte mich aus meinen Gedanken. Ich stand noch immer in der Dehnung, während meine Mitsportler bereits ihre Matte einrollten.

»Hallo, Cleo. Es freut mich so, dass du mitgemacht hast. Nur warst du sehr unsicher und wackelig heute. Geht es dir gut?« Bente legte sorgenvoll ihre Hand auf meinen Arm.

»Jaja.« Ich winkte schief lächelnd ab und suchte nach einer plausiblen Ausrede. »Ich … ähm … Ach, weißt du, ich wusste einfach nichts mit meiner Zeit anzufangen und bin kurz entschlossen zu deinem Kurs gegangen. Ich bin wohl gar nicht so fit, wie ich dachte.«

Bente musterte mich, als versuchte sie, den wahren Grund herauszufinden. »Du siehst angespannt aus. Wie wäre es, wenn du mit zu mir kommst? Wir haben ja noch gar nicht richtig reden können.« Als rechnete sie mit meiner Zustimmung, hakte sie sich bereits bei mir unter.

Mit zu ihr? Jetzt? So kurz vor der Durchführung meines Vorhabens? Auf keinen Fall. Womöglich traf ich noch auf Lasse. Die beiden hatten stets ein gutes Verhältnis zueinander gehabt und gewiss sahen sie sich täglich. Und so, wie ich mein Glück kannte, saß er bereits mit einer Tasse Kaffee auf der Terrasse. Ganz sicher würde er meine Nervosität bemerken, da er ja derjenige war, der mich überhaupt auf die Idee gebracht hatte. »Tut mir leid, aber ich muss dringend weg.«

»Aber du hast doch gerade noch gesagt, dass dir langweilig ist.«

»Das war eben. Jetzt habe ich etwas vor.«

Ehe Bente mich noch weiter in ein Gespräch verwickeln konnte, klemmte ich mir die Matte unter meinen Arm und hastete los. Ich spürte regelrecht ihren fragenden Blick in meinem Rücken.

Zu Hause sprang ich rasch unter die Dusche und zog mir etwas Unauffälliges an. Ich entschied mich für einen beigefarbenen Einteiler, der mich mit den Wänden verschmelzen lassen würde, als wäre ich ein Chamäleon. Während ich die Treppen hinunterjoggte, richtete ich mir meinen Pferdeschwanz und traf im Flur auf Opa.

»Na, Cleochen. Willst du mich begleiten?« Opa hielt eine leuchtend gelbe Sonnenblume in der Hand und lächelte.

»Auf den Friedhof?«, fragte ich, obwohl ich die Antwort eigentlich schon kannte.

»Richtig geraten.«

»Frag doch mal Hedda.« Und dann umfing mich die warme Sommerluft, die eine salzige Schicht auf meine Lippen legte.

Auf dem Weg zur Gemeinde drehte ich immer wieder um, entschied mich anders und marschierte weiter, drehte um. Unzählige Male schaute ich auf die Uhr. Die Zeit war mein Gegner. Sie verging im Schneckentempo. Meine Nerven waren so zum Zerreißen gespannt, dass ich kurz vor der Kapitulation stand. Doch als ich das nächste Mal aufblickte, erstreckte sich das Mohnblumenfeld vor meinem geistigen Auge ganz wie das Bild in Lasses Büro, nur dass hier die Windmühle fehlte. In meiner Vorstellung ploppten wie in einem Comic erst ein Hotel und dann der Golfplatz auf, was mir das Signal gab, dass ich mich beeilen sollte.

Kapitel 13

Mit schweißnassen Händen stand ich um fünf Minuten vor sechs vor dem barrierefreien Eingang, der versteckt im Schatten des alten Gemäuers lag, bereit, den Türöffner zu betätigen.

Plötzlich wurde ich von hinten an der Schulter gepackt und herumgewirbelt. Erschrocken hielt ich mir die Hand vor dem Mund, damit ich keinen gellenden Schrei ausstieß. Als ich erkannte, wer mich erwischt hatte, drohte mein Herz aus dem Brustkorb zu springen.

Selbstgefällig stand Lasse vor mir, verschränkte seine Arme vor der Brust und neigte seinen Kopf zur Seite. »Wusste ich's doch.«

So ein Mist. Was machte Lasse hier? Nervös schaute ich auf die Uhr. Mir lief die Zeit davon. Plötzlich hatten sich die Zeiger dazu entschieden, schneller zu ticken und das Raum-Zeit-Kontinuum außer Kraft zu setzen. Unüberlegt drückte ich den silbernen Knopf und sobald der Türspalt breit genug war, schlüpfte ich mit Lasse an der Hand hinein. Als wir drinnen angekommen waren, schob ich Lasse hinter einen Wandversatz, der sich hervorragend als kurzzeitiges Versteck eignete. Daraufhin drückte ich ihm meinen Zeigefinger auf seine Lippen. Eine Mischung aus frisch gehobeltem Holz und dem Rest seines am Morgen aufgelegten Aftershaves kroch in meine Nase und ließ mich an unbeschwerte Momente zurückdenken.

Fester als nötig drückte ich mich gegen sein Sixpack, das sich an meinen Bauch schmiegte, als wäre es das fehlende Puzzleteil. Ich spürte seinen Herzschlag, der im Einklang mit meinem viel zu wild pochte.

»Was machen wir hier?«, flüsterte er mir leise ins Ohr, dass sich meine Nackenhärchen aufstellten.

Wir? Das *Wir* war so gar nicht geplant. An anderer Stelle hätte ich mich über das kleine, doch bedeutsame Wort gefreut, wenn er es verwendet hätte. Aber hier und jetzt, da ich ihn in eine missliche Lage gebracht hatte … »Du kannst auch gehen«, bot ich ihm flüsternd an.

In dem Moment, als Lasse zu reden anheben wollte, kündigte sich der Fahrstuhl mit einem *Ping* an. Jemand stieg aus und ging durch die Tür, die sich daraufhin surrend wieder verschloss. Erleichtert atmete ich aus und die Spannung in mir löste sich etwas. Von Weitem hallten Schritte von einem anderen Flur zu uns, die mit dem Klang einer sich schließenden Tür verstummten. Eine gefühlte Ewigkeit verharrten wir aneinandergepresst. Ich spürte seinen Atem auf meiner empfindlichen Schläfe, was sich seltsam vertraut anfühlte. Als ich mir sicher war, dass wir allein waren, löste ich mich von seinem Körper, ordnete mein Haar, das zum Teil an meiner Stirn klebte, und versuchte unbemerkt herauszufinden, ob ihm die Situation unangenehm war. Seine Kieferknochen arbeiteten, aber von Verlegenheit keine Spur.

»Ich hätte es ja wirklich nicht für möglich gehalten, dass du das durchziehst.«

»Woher wusstest du, dass ich hier bin?«

»Vorhin habe ich zufällig Melli getroffen. Sie hat sich bei mir nach deiner Uhr erkundigt, die du angeblich hier verloren hast. Seltsam nur, dass du sie anhattest, als ich dir den Ausstellungsraum gezeigt habe. Die zeitliche Abfolge hast du ja sicherlich im Kopf und ich brauche dir nicht zu erklären, wann die Begehung war, nämlich nachdem du von Jan gekommen bist.« Seine Stimme war gesenkt, dennoch hörte ich seine Empörung sehr genau heraus.

Was sollte ich dazu sagen? Er hatte meinen Plan durchschaut.

»Dein besonderes Interesse für die Sicherheit des Gebäudes fand Melli so seltsam, dass sie mich gefragt hat, ob alles in Ordnung sei mit dir. Und spätestens, als meine Mutter von dir und der Yoga-Stunde erzählt hat, und davon, wie aufgeregt und nervös du gewirkt hast, wusste ich, dass da was faul ist.« Lasse lachte bitter auf. »Sie hat sich Sorgen um dich gemacht und meinte, ich sollte lieber mal nach dir schauen.«

Trotzig wie ein überführtes Kind schob ich das Kinn nach vorn. »Jetzt weißt du ja, dass ich einfach nur durchgedreht bin. Aber wie gesagt, die Türen stehen dir offen.«

Lasses Augen funkelten. »Ich stecke da viel zu tief mit drin, als dass ich jetzt gehe.«

Unsere Blicke verfingen sich ineinander und ich sah so viel Entschiedenheit darin, dass ich mir resigniert über die Stirn wischte. Das war so nicht beabsichtigt. Ich wollte das allein durchziehen. Doch nun war er hier und wer wusste, wofür es gut war. »Meinetwegen. Aber du folgst meinen Anweisungen.«

Seine Augen funkelten nicht mehr, sie sprühten. »Auf was müssen wir achten?« Er wirkte fast wie der Junge, mit dem ich nachts baden gegangen war, obwohl unsere Eltern es verboten hatten.

»Ach? Jetzt sind dir die Antworten zu den komischen Fragen wohl doch ganz recht?« Ich warf ihm ein gespielt süffisantes Lächeln zu, ehe ich ihn an meinem Wissen teilhaben ließ. »Es ist möglich, dass wir auf Reinigungspersonal stoßen werden. Ich denke, wir werden sie rechtzeitig hören. Am besten, ich taste mich erst einmal vor. Wir müssen in den zweiten Stock.«

Lasse nickte lediglich und ich löste mich aus dem Versteck. Meine Ohren waren sensibilisiert, sodass ich selbst das Husten von Flöhen hören könnte, wäre da nicht das aufgeregte Rauschen. Peinlich genau checkte ich, ob wir tatsächlich allein waren. Die Luft war rein und ich winkte Lasse zu mir. Genauso arbeiteten wir uns von Etage zu Etage.

Als die Glaswand vor mir auftauchte, nahm mein Puls noch mal Anlauf. Ich hoffte so sehr, dass die Akten einfach auf dem Platz lagen, wo ich sie gestern noch gesehen hatte, dann wäre der Spuk ganz schnell vorbei. Die Schultern straffend und tief Luft holend, begab ich mich auf Zehenspitzen zur Tür. Was, wenn sie verschlossen war? Hier wäre dann schon Ende der Fahnenstange und der ganze Aufwand umsonst gewesen. Nein! So schnell gab ich nicht auf. Ich sollte es einfach herausfinden. Vorsichtig führte ich die Klinke nach unten und schob die Tür auf. Beruhigt atmete ich aus. Die erste Hürde war geschafft. Ich lächelte Lasse erleichtert an, was er mit einem Strahlen erwiderte.

Es dauerte keine zwei Sekunden, bis meine Freude verschwunden war. Mit einem Blick sah ich, dass die Unterlagen hier nicht mehr lagen. Automatisch sah ich zu Jans Tür. Nun galt es herauszufinden, ob sie wieder in sein Büro gewandert waren. Ich legte mir den Finger an die Lippen und deutete Lasse an, sich nicht zu rühren. Behutsam drückte ich das Ohr an die verschlossene Tür und horchte, ob auf der anderen Seite Stimmen zu hören waren. Es war totenstill. Beruhigt seufzte ich und schob die Tür auf.

Das Büro war ebenfalls leer. Sofort durchstöberte ich den Aktenstapel, während Lasse im Vorzimmer blieb und den Flur im Blick behielt.

Etwas ratlos und mit aufkommender Panik durchforstete ich erneut den Stapel. Nirgends befanden sich die Dokumente. Die Hände in die Hüften gestemmt, kaute ich auf meiner Wangeninnenseite und überlegte fieberhaft, wo Jan sie hingetan haben könnte.

Mein Kopf fuhr hoch, als Lasse im Türrahmen erschien. »Da kommt jemand.«

Ehe ich reagieren konnte, schob er mich hinter den blickdichten Fenstervorhang. Wir verharrten dicht aneinandergedrängt, wie bei dem Versatz im Erdgeschoss. Mein Gesicht war so nahe an seiner Brust, dass ich sein wild schlagendes Herz auf seinem T-Shirt vibrieren sah. Meins erhöhte ebenfalls seine Frequenz. Ich legte den Kopf in den Nacken und begegnete schließlich seinem Blick. Seine Augen huschten auf meine Lippen, dann trafen sich unsere Blicke wieder. Zwischen uns entstand erneut dieses Knistern, das hier an der Stelle, an diesem Ort absolut fehl am Platz war. Zusätzlich wuchs ein wirklich absurder Wunsch in mir, der etwas mit Küssen zu tun hatte. Ich musste tatsächlich verrückt geworden sein. Aber seine Lippen lagen so reizvoll vor mir. Es wäre so einfach, mich auf die Zehenspitzen zu stellen, um zu kosten, ob er noch genauso schmeckte wie früher. Verführerisch süß und ein bisschen nach Salz. Und das absolut Vertrackteste war, dass er es auch wollte, ich sah es in seinen Augen.

Schritte holten mich zurück in das Hier und Jetzt und erinnerten mich an unsere undenkbar missliche Lage. Lasses Blick ruhte noch immer auf mir, als würde ich sein Sauerstoff sein, den er so dringend brauchte. Ich bemerkte, dass Lasse genauso wie ich das Atmen fast eingestellt hatte.

Etwas fiel herunter und ein leises Fluchen aus dem Mund des anderen Menschen bereitete mir eine Furcht einflößende Gänsehaut. Es war keine Reinigungskraft, sondern Jan. Eindeutig war er es. Dann hörte ich, wie eine Schublade aufgeschoben wurde. »Ah, hab ich dich«, sagte Jan triumphierend. Schließlich raschelte es und wieder herrschte Totenstille. Mein Atem ging so flach, dass ich unter normalen Umständen umgekippt wäre, und als Jans Schritte neben uns zum Stehen kamen, riss ich erschrocken die Augen auf. Lasse drückte mir seine Hand auf den Mund, um mich vor meinem eigenen gellenden Schrei zu schützen. Doch das war nicht das einzige Problem: Ein Freizeichen ertönte direkt neben meinem Ohr. Es dauerte keinen Wimpernschlag und Jan sagte: »Ich hab jetzt alles. Bin gleich bei dir.«

Dann wieder Stille, gefolgt von einem erneuten Rascheln.

Ich wusste nicht, wie oft ich in den letzten dreißig Sekunden ein Stoßgebet gen Himmel geschickt hatte, aber für ein Leben reichte es. Als wäre meine Fürbitte tatsächlich erhört worden, entfernten sich die Schritte und wurden immer leiser. Ein gedämpftes Klacken verriet, dass wir wieder allein waren.

Ich spürte, wie Lasses Hand sich entspannte und er sie zurückziehen wollte, doch im selben Moment wurde die Tür erneut mit Schwung aufgeschoben. Energische Schritte blieben inmitten des Raums stehen. Es schien, als wusste Jan nicht recht, warum er zurückgekommen war, oder er vermutete jemanden – nämlich genau uns – hinter dem Vorhang. Meine Nackenhaare stellten sich auf. Wieder verfielen wir in die flache Atmung.

Irgendwann, keine Ahnung, wie viel Zeit vergangen war, regte Jan sich und die Tür fiel wieder ins Schloss.

Wir verharrten, bis wir uns in Sicherheit wiegten, und endlich nahm Lasse die Hand von mir.

»Okay. Ich sehe im Flur nach und du bleibst erst einmal, wo du bist«, befahl er leise, aber doch bestimmt. Sein Kommandoton veranlasste mich, brav zu nicken. Meine Knie fühlten sich ohnehin wie Wackelpudding an und ich musste mich erst sammeln. Ob es an der Aufregung lag, fast erwischt worden zu sein, oder an der Tatsache, dass Lasse mich angesehen hatte, als wäre ich seine süße Versuchung, blieb vorerst ein Geheimnis.

»Die Luft ist rein. Er ist weg.«

Ein riesengroßer Stein fiel von mir ab. Erleichtert trat ich hinter dem Vorhang hervor und ging zielstrebig zu dem Schreibtisch. Als hätte Jan mir selbst den Hinweis gegeben, wo ich nachgucken sollte, zog ich die Schublade auf. Bingo. Da lag die Akte vor mir. »Ich hab sie.« Aber nur eine. Gestern waren es doch insgesamt drei gewesen. Hastig suchte ich weiter in der Schublade. Sonst war sie leer.

»Dann los. Wir sollten so schnell wie möglich hier weg. Ich traue Jan nicht.«

Vielleicht reichte auch die, die wir hatten. Mir fehlte die Zeit, alles auf den Kopf zu stellen, zumal ich schon alles abgesucht hatte. »Ich kann sie doch schlecht mitnehmen. Besser, wenn ich den Inhalt kopiere.«

Lasse rollte mit den Augen. »Klar und vielleicht sollten wir vorher noch die Gebrauchsanweisung des Druckers lesen. Nein, fotografier alles ab. Das geht schneller.«

Reumütig musste ich feststellen, dass ich überhaupt nicht vorbereitet war. Rasch erledigte ich das und machte Fotos von den Blättern. Genauso flink überprüfte ich, ob die Bilder die nötige Schärfe hatten, um alles nachlesen zu können.

Danach legte ich die Mappe an Ort und Stelle zurück.

Jetzt hieß es wieder, vorsichtig zu sein und nicht erwischt zu werden. Da Jan hoffentlich bei seiner Verabredung angekommen war, mussten wir allerhöchstens mit den Reinigungskräften rechnen. Wie auf dem Weg nach oben, vergewisserte ich mich erst und winkte Lasse, wenn keine Gefahr drohte. Treppe für Treppe schlichen wir uns nach unten.

Dort angekommen drückte ich mich sofort gegen die schwere Tür, die sich automatisch öffnete, und schaute in dunkle Augen, deren Brauen sich verwundert zusammenschoben. Hinter dem Mann parkte ein weißer Transporter mit der Aufschrift: *Klarschiff.* Die Reinigungsfirma. Mindestens drei Personen standen bewaffnet mit Eimern und Schrubbern in der Hand und starrten uns fragend an.

Ehe ich meinem Hirn den Befehl geben konnte, irgendetwas zu unternehmen, nahm Lasse meine Hand und zog mich weg.

Plötzlich hörte ich lebhaftes Reden hinter uns. Ich hatte keine Ahnung, ob sie uns für verspätete Mitarbeiter hielten, die in den Feierabend gingen, oder ob sie Verdacht schöpften. Ich vermutete Letzteres und Lasse wohl auch.

Gleichzeitig, als hätten wir uns mit einem stummen Blickkontakt abgesprochen, nahmen wir die Beine in die Hand und sprinteten los. Durch die Gassen entlang der Apfelrosenhecken, das Meeresrauschen in den Ohren, bis wir auf Lasses Terrasse den Schutz fanden, den wir so dringend brauchten. Nach Luft schnappend stützten wir uns auf den Knien ab, während unser Puls sich allmählich beruhigte. Dann erschien ein glückliches Lächeln auf Lasses Gesicht. Ohne mir der Konsequenz bewusst zu sein, warf ich mich jauchzend in seine Arme, was er als Anlass nahm, mich herumzuwirbeln. Als ich festen Boden unter den Füßen verspürte und wir uns gegenüberstanden, erschien wieder dieser zärtliche Ausdruck in seinen Augen, was meinen Puls erneut in die Höhe trieb.

Er legte einen Finger unter mein Kinn und ob es sanft an. »Cleo, ich …«, raunte er und strich mit seinem Daumen über meine Lippen. »Das wollte ich eben schon tun.« Langsam beugte er sich vor. Es wäre einfach, ihn aufzuhalten, aber ich tat es nicht. Stattdessen ließ ich es zu und versuchte zu begreifen, was hier gerade geschah, warum mein Herz so heftig reagierte. Dann trafen sich unsere Lippen. Es war ein zärtlicher Kuss, sehr zögernd und behutsam, voller Ehrfurcht und ich hatte das Gefühl, ohnmächtig zu werden. Dennoch erwiderte ich die Küsse und sie wurden intensiver und stürmischer. Ich verlor mich in meinen Gefühlen, genoss das Kribbeln in meinem Bauch und das Pulsieren des Blutes in meinen Venen. Meine Hände wanderten hinauf über seine breiten Schultern und verfingen sich in seinen Haaren, die sich genauso wie früher unheimlich weich anfühlten. Wir lösten uns voneinander und als ich meine Lider öffnete, sah ich so viel Zärtlichkeit und Verlangen in seinen Augen, dass ich es zuließ, mich von ihm ins Haus führen zu lassen.

Kapitel 14

Am nächsten Morgen erwachte ich nackt an Lasse gekuschelt. Seine Fingerkuppen glitten entlang meiner Taille, während meine Beine unter seine geschoben waren. Ich genoss seine Zärtlichkeit und seufzte wohlig auf. Obwohl ich die Augen fest geschlossen hielt, spürte ich, wie Lasse leise vor sich hin grinste. In der morgendlichen Stille beschloss ich, das zu genießen, was wir in den letzten Stunden erlebt hatten, nämlich eine feurige und leidenschaftliche Nacht, die keine Zweifel zuließen. Denn es fühlte sich für den Moment so verdammt gut und richtig an.

»Hey«, hörte ich ihn in mein Ohr säuseln, was mir einen wohligen Schauer den Rücken hinunterjagte.

»Guten Morgen«, gab ich zur Antwort und verkniff mir ein Lächeln, während Lasse mich dicht an sich heranzog.

»Mir ist etwas eingefallen, was wir gestern in der Hektik total vergessen haben«, flüsterte er und gab mir zwischen jedem Wort einen Kuss auf eine andere Stelle des Körpers.

Meine Lider schnellten wie Rollos hoch, obwohl ich vor einer Sekunde erst wohlig geseufzt hatte. Etwas panisch setzte ich mich auf und wischte mir störende Haare aus dem Gesicht. Da fiel es mir wie Schuppen von den Augen. »Auweia. Ich habe Opa gar nicht Bescheid gegeben, dass ich bei dir bin. Er macht sich sicherlich Sorgen.« Eilig wollte ich schon aus dem Bett klettern, da hielt Lasse mich mit einem fetten Grinsen zurück.

»Wenn das das Einzige ist, was dir jetzt einfällt, weiß ich nicht, wozu wir gestern im Rathaus waren.«

Ich haute mir die flache Hand gegen die Stirn. Wie hatte ich nur die fotografierten Dokumente vergessen können? Die Antwort lag jedoch auf der Hand. Nachdem wir die Treppe hoch in sein Schlafzimmer gestolpert waren und er mich sanft auf das Bett manövriert hatte, war das, was wichtig gewesen war, plötzlich nebensächlich gewesen.

»Hast du das verwunderte Gesicht von dem Mann gesehen?« Lasse schüttelte den Kopf. »Zum Schießen.«

»Hoffentlich hat er uns nicht bei Jan verpetzt oder schlimmer noch – bei der Polizei. Er sah schon aus, als hätte er uns für Einbrecher gehalten.«

Lasse drückte mir einen Kuss zwischen Schlüsselbein und Hals. »Mach dir keine Sorgen. Sicherlich dachten sie, wir wären ein Liebespaar, das sich nach Feierabend allein im Büro vergnügt hat.«

Ich wollte ihm glauben, aber mein Bauchgefühl war auf Vorsicht eingestellt. Die Akten, die Jan geholt hatte, mussten unheimlich wichtig gewesen sein. Ob es sich um eine der drei gehandelt hatte?

»Ich hatte jedenfalls eine Menge Spaß.« Seine Küsse, die eben noch eine heiße Spur auf meinem Hals hinterlassen hatten, wanderten nun etwas tiefer und ich vergaß Jan und die Dokumente.

Doch richtig entspannen konnte ich nicht. »Lasse. Ich …« Es gab so vieles, was ich ihm mitteilen wollte. Wie sehr ich ihn gehasst und ich mich gleichermaßen nach ihm gesehnt und verzehrt hatte, aber nichts dergleichen kam aus meinem Mund.

»Schhh.« Zärtlich legte er mir den Finger auf die Lippen und für einen Moment sah ich Schmerz in seinen Augen aufblitzen.

»Jetzt bin ich dran, dir etwas zu sagen. Damals habe ich gedacht, es wäre zu deinem Besten, indem ich mit dir Schluss gemacht habe, um dir die Möglichkeit zu geben, dich auf deine Karriere zu konzentrieren, die dir so am Herzen lag. Doch jetzt sehe ich ein, dass es ein großer Fehler war. Es tut mir leid, dass du dein Glück nicht gefunden hast.«

»Weil ich es hier zurückgelassen habe«, entgegnete ich traurig und seufzte. »Rückblickend stelle ich fest, dass ich zu sehr auf meine Eltern statt auf mein Herz gehört habe. Der Druck von ihnen hat mich in eine Ecke gedrängt, die nicht für mich bestimmt war. Ihre Anerkennung war mir damals so wichtig und ich dachte, ich bekomme sie nur dann, wenn ich ihren Rat befolge.«

»Ich habe dir damals zu wenig Unterstützung bei der Entscheidung zwischen dem Studium und dem Jobangebot gegeben.«

»Oder, ob ich bei dir bleiben sollte«, fügte ich hinzu.

Lasse lachte bitter auf. »Was letztendlich bedeutet hätte, dass du studierst. Deshalb habe ich mich selbst aus dem Spiel genommen, indem ich mich gegen dich entschieden habe.«

»Aber warum?«

»Weil ich genauso wie du auf den Rat deiner Eltern gehört habe.«

Überrascht setzte ich mich auf. »Wie meinst du das?« Mein Herz fing plötzlich sehr schnell an zu schlagen.

Ächzend fuhr er sich über den Nacken. Er atmete ein und aus, bevor er mir fest in die Augen sah. »Cleo. Deine Mutter hat alles darangesetzt, dass du nicht studieren gehst, sondern die Stelle annimmst. Sie hat mir vorgeworfen, dich in deiner beruflichen Entwicklung zu blockieren und meinte, du wärst eigentlich längst zu einer Entscheidung gekommen, wenn ich nicht wäre.«

Tränen schossen in mir hoch. »Das hat sie gesagt?«, krächzte ich. Meine eigene Mutter, der das Wohl ihrer Tochter doch immer so am Herzen lag, hatte Menschen manipuliert, um ihren Willen durchzusetzen?

»Ich habe mich unsagbar schlecht gefühlt, weil ich ihr geglaubt habe und ich nicht wollte, dass du mich irgendwann anschaust und du dich jedes Mal fragst, was gewesen wäre, wenn du die Stelle angenommen hättest. Für mich war klar, dass ich einen Betrieb führen würde, der genügend Geld abwirft, um mir kleine Wünsche erfüllen zu können. Aber ich wäre nie in der Lage gewesen, dir all das zu bieten, was deine Mutter sich für dich wünscht. Das hat sie mir unmissverständlich zu verstehen gegeben. Ich wollte doch nur, dass du glücklich bist.«

»Aber genau das hat mich unglücklich gemacht.«

»Das musste ich erst herausfinden«, gab er traurig zu und legte seine Stirn an meine. »Nachdem du gegangen bist, habe ich es auch sofort bereut. Ich habe immer gehofft, du würdest irgendwann vor meiner Tür stehen und mich schütteln und sagen ›Nimm mich zurück‹. Doch du bist nicht gekommen.«

»Aber du hättest doch genauso zu mir kommen können. Ganz gewiss hätte ich dich nicht weggeschickt.«

Lasse lachte bitter auf. »Das Problem ist, dass du viel mutiger bist als ich. Gestern erst habe ich wieder feststellen müssen, dass du dich von nichts aufhalten lässt.«

»Das stimmt nicht ganz, wenn ich damals auf mein Herz gehört hätte und ich mich von vorneherein gegen deine Entscheidung aufgelehnt hätte, wären wir nie getrennt gewesen.«

Lasse hob mit dem Finger mein Kinn und sah mich intensiv an. Der Hunger in seinen Augen ließ mich wissen, dass eine wunderbare Zeit mit ihm vor mir lag. Dennoch zögerte ich, den Kuss zu erwidern.

Leider bemerkte er mein Zaudern. »Hast du Sorge, ich könnte dich wieder gehen lassen?«

»Das musst du wohl. Mein Leben spielt sich in Berlin ab.«

»Doch dein Herz gehört der Insel.«

Dieser Satz vertrieb unerwünschte Gedanken aus meinem Kopf, weil er verdammt noch mal recht und ich es viel zu lange verdrängt hatte. Voller Hingabe erwiderte ich seine Küsse, die intensiver und stürmischer wurden. Ich schob meine Zweifel beiseite, wie es mit uns weitergehen sollte, wenn meine Zeit hier abgelaufen war, und ließ Platz für unterdrückte Leidenschaft, die explosiv aus uns herausbrach.

***

«Ich setze mal Kaffee auf«, flüsterte er mir ins Ohr und bedeckte mein Gesicht mit tausend Küssen, bevor er seine Beine über die Bettkante schwang. Nackt sammelte er seine achtlos hingeworfenen Klamotten ein und verschwand schließlich durch die Tür. Obwohl ich seinen Körper in- und auswendig kannte, hatte er die letzten Jahre an Muskulatur zugelegt, die mich fast um den Verstand brachte. Ehrfürchtig hatten meine Fingerkuppen jede einzelne Faser seines Körpers erkundet, der sich so vertraut und doch so fremd angefühlt hatte.

Jetzt, so allein in dem Bett, fühlte ich mich seltsam einsam. Aus dem Bad hörte ich ein leises Rauschen der Dusche, was mich dazu bewog, mich erst anzuziehen und dann Opa Bescheid zu geben, dass er sich keine Sorgen machen sollte. Ich wählte Opas Nummer, drückte das Handy ans Ohr und ging in die Küche.

»Hallo?«, sagte er.

»Ich bin's, Cleo.«

»Cleochen! Wo bist du denn? Ich habe gar nicht mitbekommen, dass du so früh heute Morgen weg bist.«

Oh. Er war wohl davon ausgegangen, dass ich die Nacht zu Hause verbracht hatte. Dann sollte ich besser das kleine Geheimnis für mich behalten. Dass ich wieder mit Lasse zusammen war, brauchte ich nicht gleich an die große Glocke hängen. Aber wenigstens sollte er Bescheid wissen, wo ich mich aufhielt. »Ich bin übrigens bei Lasse. Wir trinken noch rasch einen Kaffee und dann komme ich heim.«

»Deine Eltern werden sich freuen, die sind nämlich gerade eingetroffen. Vor circa zehn Minuten.«

Überrascht riss ich meine Augen auf. Oha, früher als erwartet. Nicht nur, dass ich mich noch gar nicht so richtig um Opas Feier gekümmert hatte, mir war überhaupt nicht klar, wie ich mit meinen neu gewonnen Informationen umgehen sollte. Meine Mutter hatte mich in eine Richtung gedrängt, von der sie überzeugt war, dass sie für mich richtig wäre, die sich für mich jedoch als falsch erwiesen hatte. Wegen ihr und ihren widersinnigen Vorstellungen, wie mein Leben auszusehen hatte, hatte ich fünf Jahre meines Lebens verschwendet. Ich spürte ein eigenartiges Gefühl in mir aufsteigen, das nach unangenehmen Fragen und Vorwürfen schmeckte.

»Bestell ihnen einen schönen Gruß«, sagte ich so neutral wie möglich.

»Das mache ich.«

Dann tippte ich das Gespräch weg.

Lasse holte mich mit einem zärtlichen Kuss auf die Wange zurück aus meinen Gedanken. Ein lautes Surren erfüllte den Raum und die Maschine verströmte einen aromatischen Duft, nachdem Lasse den Knopf des modernen Kaffeevollautomaten betätigt hatte. Ein ähnliches Gerät benutzten wir in der Bank für längere Kundengespräche. Es war verrückt, während der ganzen Zeit hatte ich keinen Gedanken an meinen Job verschwendet, doch in dem Moment, als mir bewusst wurde, dass meine Eltern da waren, verband ich sogar die Kaffeemaschine mit der Arbeit.

Während ich mir die Begegnung mit Mama und Papa in weite Ferne wünschte, schaute Lasse mich verwundert an, aber statt mich zu fragen, was in mir vorging, legte er seinen Arm um meine Taille und zog mich an sich heran. In seinen Augen las ich wieder so viel Geborgenheit, die mich meine Eltern und alles andere herum vergessen ließ, und noch ein wenig mehr, als er seine Lippen auf meine legte.

»Komm, lass uns Kaffee trinken.«

Ich nickte und als ich draußen auf der Terrasse Möwen kreischen hörte und eine leichte Brise um meine Nase wehte, ich nichts als die Ruhe hörte, wusste ich wieder, weswegen ich hier war.

»Was hast du denn heute noch so vor?«, erkundigte sich Lasse, der die Tasse an seinen Mund führte.

»Eigentlich muss ich mich dringend um Opas Geburtstag kümmern. Ich habe so gut wie nichts vorbereitet und bald ist ja schon die große Sause.« Ich unterbrach mich und seufzte laut. »Meine Eltern sind eben angereist.« Über den Rand hinweg sah ich, wie sich ein dunkler Schatten unter seine Augen legte. Sicherlich rechnete er damit, dass ich meine Mutter über alles informieren würde, und war jetzt unsicher über die Konsequenzen, die das für ihn haben könnte.

Sein Kiefermuskel zuckte, als er in ein stilles, nachdenkliches Schweigen versank.

Ich wollte das angespannte Verhältnis nicht noch weiter thematisieren, deswegen fragte ich ihn, ob er Lust hätte, mich nach Hause zu begleiten.

»Ein kleiner Spaziergang wäre nicht übel. Dann kann ich am Meer nach Material suchen.«

»Meinst du, du findest etwas? Meistens ist die Ausbeute nach einem Sturm am besten.«

Lasse grinste von einem bis zum anderen Ohr. »Dann ist doch heute der ideale Tag dafür.« Auffordernd hielt er mir die Hand hin.

Ich grinste wissend zurück. Unsere Hände fest ineinandergeschlungen schlenderten wir entlang der Schatten der altehrwürdigen Häuser, bevor Lasse mich an den Strand lotste. Wir mussten wegen vereinzelten sonnenhungrigen Gästen Slalom laufen, um an die Brandung zu gelangen. Die schaumigen Wellen umspülten unsere nackten Füße, während wir nach Treibholz, Muscheln und Bernstein Ausschau hielten.

»Wegen Arnes Geburtstag«, fing er plötzlich an. »Auf Kanapee und den ganzen Schnickschnack steht Arne doch sowieso nicht. Wie wäre es, wenn wir einfach einen Grill aufstellen und Bratwürstchen anbieten? Vielleicht sogar ganz ungezwungen in einem Brötchen.«

Mein Kopf fuhr herum und ich musterte sein Profil. Seine hohen Wangenknochen, seine gerade Nase und sein makelloses Aussehen fesselten mich. Wieder einmal musste ich mir eingestehen, dass er perfekt war. Er machte sich sogar Gedanken über den Geburtstag, den eigentlich ich planen sollte.

»Und du bist der Grillmeister mit einer Kochmütze auf dem Kopf und Schürze mit der Aufschrift *Ich bin der Chef, gegessen wird, was auf dem Rost liegt.*«

Lasses tiefes Lachen kroch unter meine Haut. »Wenn du darauf bestehst und du mir eine solche Schürze besorgst, mach ich das.« Als hätte er etwas gesehen, schirmte er seine Augen mit der Hand ab. Ich folgte seinem Blick in Richtung Horizont. »Ist jemand in Not?«, fragte ich und war schon in Alarmbereitschaft.

»Ja, ein Stück Holz, das auf meine Rettung wartet.«

Mit der Hand verpasste ich ihm lächelnd einen Hieb auf seine Schulter.

»Wollen wir warten, bis es hier angeschwemmt kommt?«, fragte ich und sah dem Treibgut dabei zu, wie es in Seelenruhe mindestens zehn Meter von uns entfernt hin und her schaukelte. Die Strömung reichte nicht, um es mit der nächsten Welle zu uns schwappen zu lassen.

»Nimmst du das mal?« Ohne den Blick vom Meer zu nehmen, drückte er mir seinen Leinenbeutel in die Hand, den er extra mitgenommen hatte. Da er Shorts trug, stakste er einfach so durch das Wasser, als wollte er sich erfrischen. Mit einer geschmeidigen Bewegung griff er schließlich nach seinem Fund und kam genauso staksend wieder zurück.

Bewundernd betrachtete ich seinen Schatz, dessen Verästelungen nach allen Seiten abstanden. »Wow, das Stück ist größer, als ich dachte.«

»Und noch gar nicht so alt«, murmelte er und drehte und wendete es. Vermutlich entwarf er im Kopf schon die Weiterverarbeitung.

»Das Ding passt aber nicht darein.« Die Lippen schürzend hielt ich Lasse den Beutel hin.

Daraufhin erntete ich ein verschmitztes Lächeln von ihm. »Die ist auch eher für den Müll gedacht.« Er nahm sie mir ab und warf den Schraubverschluss einer Wasserflasche hinein, die just in diesem Moment neben meinem Zeh auftauchte.

»Oh.« Innerlich haute ich mir die Handfläche gegen die Stirn, weil er es mir schon einmal vorgemacht hatte, nur waren wir gar nicht weiter auf das Thema eingegangen.

»Leider nimmt es kein Ende. Mittlerweile kommt mehr Plastik hier an den Strand als Material für mich. Das macht mich oft richtig wütend, wenn ich zu Hause den Dreck der anderen entsorge.« Lasse verschränkte seine Finger in meine und wir nahmen unseren Spaziergang wieder auf.

»Es wird sicherlich nicht besser, wenn mehr Touristen auf die Insel kommen«, gab ich zu bedenken.

»Der Müll wird aber auch von anderen Teilen der Küste angespült. Nicht unbedingt nur der von Sandode.«

Seine Worte stimmten mich traurig. Es war ein generelles Problem und nicht neu. Die Menschen mussten viel umsichtiger mit Plastik und Verpackungen im Allgemeinen umgehen. Ich selbst achtete schon seit Jahren darauf und kaufte Glasflaschen, auch wenn sie im Vergleich viel schwerer und sperriger waren.

Lasse kniff erneut die Augen zusammen, als hätte er etwas entdeckt, nur diesmal richtete er seinen Blick auf den Strand. Ein Jogger in Trainingsklamotten kam auf uns zugelaufen. Ich spürte, wie Lasse verkrampfte. Bei genauem Hinsehen erkannte ich den sportlichen Mann mit den Schweißperlen auf der Stirn. Es war Jan. Ach herrje. Den hatte ich ja völlig verdrängt. Mein Herz klopfte in der Sorge, er könnte uns wegen der gestrigen Aktion überführen.

Außer Atem blieb er vor uns stehen und musterte uns unverhohlen. »Na, sieh mal einer an. So vertraut miteinander.«

»Hi.« Lasse blieb unheimlich souverän, auch wenn ich an seinem Händedruck spürte, dass ihm so gar nicht danach war.

»Guten Tag, Jan.«

»Was für ein niedliches Pärchen ihr abgebt. Ungefähr so wie das, das gestern Abend vor dem Rathaus gesichtet wurde. Augenzeugen haben von einem Mann und einer Frau berichtet, die aus dem Seiteneingang gekommen sind und recht verdächtig gewirkt haben.«

»Verdächtig? Wegen was?« Lasses Miene blieb unbeweglich, während ich am liebsten das Handy gezückt und es ihm mit den Worten *»Wir haben dich durchschaut und dein Hotel kannst du knicken«* vor sein Gesicht gehalten hätte. Aber nichts dergleichen brachte ich über die Lippen, denn mir fiel ein, dass wir noch immer nicht nachgeschaut hatten, was wir fotografiert hatten. Nur gut, dass Lasse so schnell nichts aus der Ruhe bringen konnte.

»Herr Kata von der Reinigungsfirma kennt alle Mitarbeiter. Beim Namen«, betonte er und neigte sich etwas vor, um seiner Aussage mehr Ausdruck zu verleihen. »Die Personen, um die es sich handelt, hat er jedoch noch nie zuvor gesehen.«

Auweia. Jan verdächtigte uns.

»Da kann ich dir nichts zu sagen, außer, dass Cleo und ich die ganze Zeit über zusammen waren.«

Noch ein wenig mehr weiteten sich Jans Augen und er ließ den Blick abwechselnd zu mir und Lasse wandern. »Wie nett. Na ja. Ich habe meinen Mitarbeitern gesagt, sie sollen penibel nachschauen, ob etwas fehlt, damit wir gegebenenfalls die Polizei einschalten können.« Jan zuckte mit den Achseln. »Aber es fehlt nichts.«

»Na, dann war es vielleicht bloß falscher Alarm.« Lasse rang sich offensichtlich ein Lächeln ab. »Wir sehen uns.«

»Ach, ähm. Warte mal. Wegen des Bodenbelags in meinem Haus.«

Es dauerte keinen Wimpernschlag, bis Jan Lasses Interesse wieder bei sich hatte. »Ja?« Eine steile Furche bildete sich zwischen seinen Augenbrauen.

»Da ist so ein Übergang direkt an der Wand …«

»Das, was du meinst, nennt sich Dehnungsfuge. Die habe ich absichtlich gesetzt.«

»Ich weiß nicht so recht. Sie kommt mir sehr breit vor. Am besten, du kommst mal vorbei und belehrst mich eines Besseren.

Dann können wir auch die nächsten Schritte besprechen.« Jan schaute auf die Uhr. »Kannst du gegen sieben heute Abend da sein? Falls ich nicht im Haus bin, findest du mich bei den Stallungen. Ich will schon mal einige Boxen für Merrits Pferde aufpolieren, damit sie sie bald unterstellen kann. Bei ihr zu Hause in Dänemark platzt das Gestüt bereits aus allen Nähten. Ihr Vater wird es mir danken. Und die Dahlems ebenfalls, dass wir den Hof weiterführen.«

Ich bemühte mich wirklich, meinen Mund nicht aufklappen zu lassen. Jan hatte sich das Anwesen der Dahlems unter den Nagel gerissen? Das Anwesen, das Lasse und ich in unsere Träumereien einbezogen hatten? Warum hatte er mir das vorenthalten? Ich ballte die Fäuste und hätte sie am liebsten in Jans Gesicht gesehen, aber wieder redete ich mir ein, dass Gewalt keine Lösung war, sondern ein flüchtiger Moment des Abreagierens.

»Ich bin später bei dir«, sagte Lasse.

Jan nickte und fing an, auf der Stelle zu joggen. »Dann bis nachher.«

Fassungslos starrte ich ihm hinterher. Auf meiner Zunge lagen einige Beschimpfungen, die ich ihm am liebsten an den Kopf geworfen hätte. »Dieses Arschloch«, war das Einzige, was es aus mir herausschaffte. Als hätte Jan es gehört, wandte er sich um und kam zurück. Mit einem breiten Lächeln auf den Lippen haute Jan sich gegen die Stirn. »Jetzt habe ich doch das Wichtigste vergessen, dir mitzuteilen, Lasse. Du kannst deine Scheune nun doch erweitern. Du wirst es auch noch schriftlich bekommen. Wir haben die freudige Nachricht bereits erhalten. Die Leute vom Naturschutzbund haben sich geirrt. Es gibt gar keine Feldhamster hier auf Sandode.« Die Nase in den Himmel gestreckt, sagte er mehr zu sich selbst: »Was für ein Tag.« Dann hob er den Arm und joggte von dannen.

Wie vom Donner gerührt hallten seine Worte in meinem Ohr wider. Ich verstand von alldem nichts. Als würde mich jemand fernsteuern, holte ich mein Handy heraus und überflog endlich die abfotografierten Dokumente, die ich mit den Fingern großgezogen hatte. Was ich las, holte mich auf den Boden der Tatsachen zurück. Es stimmte. Alles, was Jan eben gesagt hatte, stimmte. Schwarz auf weiß lag es vor uns. Eine gründliche Untersuchung ergab, dass die vom Aussterben bedrohten Feldhamster nicht auf Sandode heimisch waren.

»Darf ich mal sehen?«, fragte Lasse und nahm mir das Smartphone aus der Hand. »Scheiße«, entgegnete er nach einem kurzen Moment des Lesens.

»Unsere Aktion. Sie war völlig umsonst.« Fröstelnd fuhr ich mir mit der Hand über den Arm. »Ich verstehe das nicht. Ich war mir doch so sicher.« Tausend Gedanken wimmelten wie aufgescheuchte Ameisen in meinem Kopf, im verzweifelten Versuch, Ordnung hineinzubringen.

Lasse legte seine Hände auf meine Schultern und sah auf mich herab. »Nein, Cleo. Das kannst du so nicht sagen. Es war nicht umsonst. Denn ohne deine Absicht, Sandode vor diesem Vollidioten zu retten, wären wir jetzt nicht zusammen.«

Ich spürte Tränen hinter meinen Lidern aufsteigen, die sich allmählich lösten. Lasse hatte es auf den Punkt gebracht und eigentlich sollte ich glücklich darüber sein, aber ganz so war es nicht. Ich hatte zwar die Liebe meines Lebens zurück, dafür jedoch Sandode an Touristen verloren.

Sanft wischte er sie mit dem Daumen weg. Als sich unsere Blicke trafen, entschlüpfte mir ein kehliges Lachen. »Sandode ist aber jetzt nicht mehr vor *Jan, dem Vollidioten* sicher.« Ungalant fuhr ich mir über mein nasses Gesicht.

Lasse kramte in seiner Hosentasche und hielt mir ein verkrumpeltes Taschentuch hin. »Nur einmal benutzt, aber wie neu.«

Nachdem ich mir die Nase geschnäuzt und das Gesicht getrocknet hatte, gab ich es ihm mit einem süffisanten Lächeln zurück. Mit spitzen Fingern ließ er es in den Müllbeutel fallen.

»Das war es mir wert«, versuchte Lasse, mich aufzuheitern. Lächelnd nahm er meine Hand und wir schlenderten weiter. Eine Weile sagte ich nichts, musste mir erst darüber klar werden, wie ich mich so hatte täuschen können und ob mir etwas entgangen war. Vermutlich waren es die zwei anderen Akten. Sie gehörten zusammen. Ganz bestimmt. Doch wenn es nicht die Feldhamster waren, was dann? Ich musste herausfinden, aus welchem Grund das Projekt möglicherweise nicht durchgeführt werden könnte.

In meine Gedanken versunken hatte ich gar nicht bemerkt, dass Lasse mit mir sprach.

»Das mit Jan und dem Gestüt war aus der Not heraus. Eigentlich hatte ich einen recht großen Auftrag auf dem Festland angenommen. Der Bauherr ist mir aber kurzfristig abgesprungen. Und so kam das dann mit Jan zustande.«

»Hast du eigentlich schon seine mysteriöse Merrit kennengelernt?«

»Ehrlich gesagt, nein. Er redet immer nur von ihr. Angeblich soll sie die Tage angereist kommen.«

Verwundert zog ich die Augenbrauen zusammen. »Da kauft ein Pärchen ein so großes Anwesen und die Frau lässt sich nie blicken. Mhm. Also, wenn ich ein Haus renoviere, dann möchte ich schon ganz gern mitreden.«

»Sicherlich besprechen sie sich über FaceTime und stimmen sich ab. Das ist doch heutzutage alles ganz einfach.«

Wir verließen den Strand und irgendwann kamen wir an dem großen Feld vorbei, auf dem der Mohn leuchtete, als würde er in Flammen stehen. Gedankenverloren betrachtete ich die Wiese und eine Traurigkeit breitete sich in mir aus. Was für ein Jammer, wenn sie bebaut werden würde und wir das nächste Mal auf eine Betonwand mit Fenstern starrten.

Aus dem Augenwinkel heraus sah ich ein orangefarbenes Auto mit einer Menge Schilder auf der Ablagefläche heranfahren. Der Wagen hielt an. Vier Männer stiegen aus und klopften erst zwei lange Pfähle in den Boden, um kurz darauf eine riesige Tafel daran zu befestigen. Für die nächsten Sekunden stellte ich das Atmen ein.

Hier entsteht demnächst ein Hotel für unsere Insel!
Betreten der Baustelle ist verboten.
Wir bitten um Ihr Verständnis für eventuelle Unannehmlichkeiten während der Bauphase. Für weitere Informationen besuchen Sie unsere Website.

Es dauerte keine fünf Minuten und die Kolonne war wieder abgezogen.

»Wie kann das sein? Wenn ich Jan richtig verstanden habe, ist der Beschluss noch gar nicht durch die Gremien gegangen.«

»Er hätte sich mal bei den anderen Projekten so tatkräftig beeilen sollen«, murmelte Lasse und zog mich weiter.

»Bei welchem denn?«, fragte ich mit großem Interesse und versuchte, mit seinen energischen Schritten mitzuhalten.

»Zum Beispiel hat es vergangenen Sommer in das Kurhaus reingeregnet, weil nach einem Sturm ein paar Ziegel abgeflogen sind. Hinterher hat man festgestellt, dass das Dach neu gedeckt werden musste. Es hat Monate gedauert, überhaupt einen Antrag für die Reparatur zu stellen.«

»Ach. Das historische Gebäude ist ihm wohl weniger wichtig.«

»Na ja, das belastet das Haushaltsgeld. Ein Hotelbau verursacht keine Kosten, eher generiert die Stadt dadurch Einnahmen.«

Und das nicht zu knapp wahrscheinlich. »Wer ist eigentlich der Projektleiter oder besser gesagt, der Investor?«

»Soviel ich weiß, handelt es sich um die skandinavische Hotelkette Hygghavn. Sie sind viel in Schweden vertreten und versuchen es nun in Deutschland.« Lasse blieb stehen und umschloss mein Gesicht mit seinen Händen. Er gab mir einen zärtlichen Kuss und legte seinen Kopf gegen meine Stirn. »Egal, was jetzt passiert, Cleo. Lass Jan von mir aus das Hotel bauen. Aber versprich mir bitte, dass du zukünftige Einbruchpläne in Jans Büro mit mir besprichst. Ich möchte dich nämlich nicht im Gefängnis besuchen müssen.«

Ertappt biss ich mir auf die Lippe. Seine einfühlsame Art, mich zur Vernunft zu bringen, ließ mein Herz zu dreifacher Größe aufblähen. Ich stellte mich auf die Zehenspitzen und schlang meine Arme um seinen Nacken. »Ich verspreche es dir«, hauchte ich auf seine Lippen und überkreuzte meine Finger hinter seinem Rücken, bevor unsere Münder sich trafen.

Kapitel 15

Eigentlich müsste ich wie auf Wolken nach Hause zu Opa schweben, doch ich hatte den Rückschlag noch nicht ganz verarbeitet. Irgendetwas war faul an der Sache. Jan spielte nicht mit offenen Karten. Trotz des Einbruchs hatte er so übertrieben gut gelaunt getan. Ganz sicher ahnte er, dass wir die Finger im Spiel hatten, und er wartete nur darauf, uns zu überführen. Aber warum sollte er seine Vermutung für sich behalten? Er war überhaupt nicht der Typ für Zurückhaltung. Er war stets derjenige, der gepetzt hatte, wenn es darum ging, sich selbst vor Ärger zu bewahren. Wie das eine Mal, als wir das Fenster einer Ferienwohnung mit dem Ball eingeschmissen hatten und er sich für unschuldig erklärt hatte, weil er nur zugeguckt hatte.

Als ich im Garten angekommen war, checkte ich, ob sich alle Hühner im Gehege befanden. Sie waren vollzählig. Mit einem Gefühl der Zufriedenheit über ihre Unversehrtheit bereitete ich mich auf die Begegnung mit meinen Eltern vor. Vorerst hielt ich es für besser, wenn ich meine neu erworbenen Informationen für mich behielt.

Mit gestrafften Schultern überquerte ich den Rasen und ging auf sie zu. Sie saßen mit Opa auf der Terrasse und tranken Kaffee.

»Hallo, Urlauber«, begrüßte ich sie.

Meine Mutter erhob sich als Erste und schloss mich in die Arme, danach war Papa dran.

»Schön, dich endlich wiederzusehen. Hast du dich schon eingelebt?«, erkundigte sich Mama und scannte mich mit ihrem Blick von oben bis unten. »Dir scheint es hier ja zu schmecken. Und der Wind zaubert dir eine gesunde Farbe auf die Wangen. Du siehst richtig rosig aus.«

Unwillkürlich fuhr ich mir mit dem Handrücken darüber. Hatte Hedda nicht am Anfang meines Besuchs behauptet, ich litte an Büroblässe? Das musste sich wohl in der kurzen Zeit geändert haben. Ob es tatsächlich an der immer wehenden steifen Brise lag, oder ob es Lasses heiße Küsse waren, wusste ich nicht. Vielleicht ein bisschen von beidem.

»Wie war eure Reise?«, erkundigte ich mich, ohne Platz zu nehmen. Denn wenn ich einmal saß, bestand die Gefahr, dass ich sofort einschlafen würde. Die Ereignisse, die Spannung und die Nacht hatten ihren Tribut gefordert. Ich sehnte mich regelrecht nach einer warmen und massierenden Dusche.

»Wir sind gut durchgekommen. Ganz ohne Stau«, antwortete Papa und schob sich ein Stück des Erdbeerkuchens in den Mund.

»Prima. Ich gehe mal ins Bad.« Ich war schon dabei, ins Haus zu gehen, da hielt mich meine Mutter zurück.

»Du hast es aber eilig«, sagte sie in einem misstrauischen Ton, der darauf schließen ließ, dass sie hinter meiner Eile etwas vermutete.

Ich lächelte. »Ich will mich nur rasch frisch machen.«

»Können wir uns danach über Opas Geburtstag unterhalten?«

»Äh, ja. Das können wir doch aber auch jetzt sofort.« Schließlich würde das Gespräch kurz und knapp enden, weil ich letztendlich noch nichts zu bieten hatte. Ich machte einen Schritt zurück und hielt mich an der Lehne des Gartenstuhls fest. »Mir ist die Idee gekommen, einfach Würstchen zu grillen«, sagte ich knapp und wartete erwartungsvoll auf Mamas Reaktion. Eigentlich war es ja Lasses Vorschlag, aber den Namen wollte ich vorerst zurückhalten.

Meine Mutter spitzte die Lippen und führte ihre Tassen an den Mund. »Findest du das nicht etwas zu rustikal? Papa, was sagst du dazu?«

Opa nickte langsam und bedächtig, als würde er es sich bildlich vorstellen. Nach einem langen Moment sagte er: »Ja, damit kann ich mich anfreunden. Ich würde deinen Vorschlag annehmen, die Feier beim Leuchtturm auszurichten. Bitte frag Lasse, ob sein Angebot noch steht, uns mit dem Pavillon und den Schirmen zu helfen.«

»Prima, das mache ich. Dann ist das ja abgemacht«, sagte ich, damit auch wirklich niemand mehr dagegen sein konnte.

Die Kuchengabel, die eben noch in der Hand meiner Mutter gelegen hatte, schepperte zu Boden. »Lasse? Ich dachte, er ist auf dem Festland.«

Ich runzelte die Stirn. »Wie kommst du denn darauf?« Hatte sie etwas von dem Auftrag gewusst? Wenn ja, woher? Von Opa?

»Bente hat mir irgendwann mal davon am Telefon erzählt. Das ist schon länger her.«

Mir fiel auf, dass sie meinen Blick mied und übertrieben genau ihre Sahne auf den Erdbeeren verteilte. War sie davon ausgegangen, dass Lasse gar nicht zugegen war? Hatte sie mich nur aus diesem Grund hierhergeschickt? War sie sich so sicher, dass sich unsere Wege nicht kreuzen würden?

»Du hast mit Bente Kontakt?«, fragte ich ungläubig. Nach der Trennung von Lasse dachte ich, sie hätte nur sporadisch mit ihr zu tun wie auf Omas Beerdigung, aber dass sie zwischendurch miteinander telefonierten …

»Bente und ich waren früher unzertrennlich, warum sollten wir uns nicht hin und wieder austauschen?«

Auf diese Frage hatte ich keine Antwort parat.

»Lasse ist ein feiner Kerl. Ich finde es klasse, dass ihr wieder zusammengefunden habt.« Opa nippte an seinem Kaffee und zwinkerte mir über den Rand hinweg zu.

Meine Wangen glühten, als hätte ich sie zu lange in die Mittagssonne gehalten. Ob er doch bemerkt hatte, dass ich woanders übernachtet hatte?

»Ihr seid wieder ein Paar?«, fragte Mama, während sie umständlich ihre Gabel unter dem Tisch aufhob.

Sollte ich ihnen etwas vorenthalten? Ich stand zu meinen Gefühlen und jeder sollte davon wissen. »Ja.«

Meine Mutter sah hilflos zu Papa, der sich allerdings nur für sein Kuchenstück interessierte.

Plötzlich kroch wieder die Müdigkeit in meine Glieder. Gähnend fuhr ich mir über meine Haare, die ganz dringend eine Wäsche benötigten. »Können wir das vielleicht später besprechen? Ich brauche eine Dusche.«

»Natürlich, Schatz.« Auf Mamas Gesicht erschien nun ein liebevolles Lächeln, als hätte ihre mütterliche Zuneigung über ihre ungewöhnliche Verärgerung gesiegt.

***

Nachdem ich Melli eine Nachricht gesendet hatte, dass sie das Leuchtturmcafé für Opas Geburtstag reservieren sollte, kam prompt die Antwort mit dem Mietvertrag im Anhang von ihr, den ich sofort ausgefüllt zurückschickte. Wenigstens war das geklärt. Dann hieß es, dass ich mich nur noch um das Essen kümmern musste, aber erst einmal wollte ich duschen.

Das Handtuch fest um meinen Körper geschlungen, stand ich vor dem Schrank und schob die Sachen von rechts nach links und wieder zurück. Bente hatte recht mit dem, was sie mir vorgeworfen hatte. Meine Kleidung war zu streng und sah nach Büroarbeit aus. Ich hatte nur eine geringe Auswahl an Freizeitkleidung und davon war leider zu wenig in meinem Gepäck. Vielleicht könnte ich ja mit Lasse morgen bummeln gehen. Es gab einige Boutiquen, die sich über mein Geld freuen würden. Bei dem Gedanken starteten meine Schmetterlinge eine Extrarunde. Ob ich ihn mal anschreiben sollte? Ich könnte ihm gleich sagen, dass wir seinen Pavillon brauchten. Die Handynummer war immer noch dieselbe, wie es sein Firmenwagen verraten hatte. Auch wenn ich mir unsicher war, ob er sie nur dienstlich nutzte, gab ich die Nummer aus dem Gedächtnis ein und beschloss, ihn direkt anzurufen, anstatt einen endlos langen Text zu verfassen.

»Hinrichs«, meldete er sich geschäftlich.

Mein Herz wummerte erschreckend schnell in meiner Brust, dass ich fast vergaß, mich zu melden. »Ich bin es, Cleo«, sagte ich schließlich.

»Hi«, drang es sanft an mein Ohr. Seine Stimme klang nun viel zärtlicher und von seinem geschäftsmäßigen Ton von eben war keine Spur mehr zu hören.

»Ich wollte dir Bescheid geben, dass wir dein Angebot annehmen, wegen der Schirme und des Pavillons.«

»Also findet die Feier am Leuchtturm statt? Das ist ja klasse. Ihr bekommt sie natürlich.«

»Danke. Du, außerdem habe ich mir überlegt, ob wir vielleicht morgen zusammen shoppen gehen könnten. Mein Schrank könnte ein paar neue Kleider gebrauchen.«

Es dauerte einen Moment, bis Lasse antwortete. »Das kann ich dir leider nicht versprechen. Ich bin auf Jans Baustelle. Dort habe ich noch einiges zu tun.«

Ich bemühte mich, mir meine Enttäuschung nicht anmerken zu lassen. »Ach, war auch nur so eine Idee. Einkaufen war ja eh nie dein Ding.«

»Glaub mir, ich würde dir viel lieber beim Schließen des Reißverschlusses am Rücken helfen, anstatt Jans Besserwisserei ertragen zu müssen.«

»Hat sich das denn mit der Fuge geklärt?«

»Selbstverständlich. Ich verstehe mein Handwerk. Jan sollte das endlich akzeptieren und nicht alles kommentieren. Weißt du was, wenn ich heute länger mache, schaffe ich es vielleicht, morgen etwas früher Feierabend zu machen.«

Die Tatsache, dass er sich so viel Mühe gab, um bei mir zu sein, ließ mein Herz anschwellen. Gleichzeitig überkam mich ein schlechtes Gewissen, weil ich das Gefühl der Mehrarbeit und was sie mit mir anrichtete, gut kannte. »Mach das, was du schaffst«, sagte ich und musste über mich selbst lachen. Wie oft hatte ich mir genau diese Worte gepredigt und sie doch nie befolgt.

Von unten hörte ich energische Stimmen. Ich rollte mit den Augen und fuhr mir lächelnd mit der Hand über die Stirn. »O Gott. Meine Eltern streiten und wir telefonieren. Ich fühle mich gerade zwanzig Jahre zurückversetzt.«

»Hast du bereits mit ihnen über uns geredet?«, fragte er, wobei eine Spur von Nervosität in seiner Stimme mitschwang.

Ich ließ mich rücklings auf das Bett fallen und spielte mit einer Haarsträhne. »Ich habe nur gesagt, dass wir wieder zusammen sind.« Auf der anderen Seite der Leitung war es plötzlich totenstill. Zweifellos machte er sich Sorgen. »Es ist mir egal, wie meine Eltern damit umgehen. Fakt ist, dass ich dich liebe. Diesmal werde ich zu dir stehen. Komme, was wolle.«

»Egal, was passiert?«

»Selbst wenn du urplötzlich zu einem Oger mutierst, werde ich zu dir stehen.«

»Du solltest aufpassen, was du sagst. Einen Tag in brütender Hitze draußen Holz zugeschnitten und ich rieche nach einem.«

Kichernd setzte ich mich in den Schneidersitz und hielt zum Schwur die Hand hoch. »Ich gebe dir mein Ehrenwort. Und wenn du einen Beweis verlangst, schicke ich dir ein Foto, wie ich feierlich schwöre.« Ohne seine Zustimmung abzuwarten, machte ich ein Bild von mir und sendete es ihm.

Auf der anderen Seite hörte ich ihn leise lachen. »Okay, ich glaube dir und zur Not werde ich darauf zurückkommen.«

Mein ganzer Körper verzehrte sich nach ihm. Meine Sehnsucht, in seinen starken Armen zu liegen, war so groß, dass ich ihn unbedingt sehen musste. Am liebsten sofort. »Wie lange machst du heute?«, fragte ich in vorsichtiger Rücksichtnahme. Er hatte mir ja schon gesagt, dass er Überstunden machen müsste, falls wir morgen zusammen shoppen gehen wollten.

»Ich kann es dir wirklich noch nicht sagen. Je nachdem, wie ich vorankomme.«

Gespielt theatralisch atmete ich aus. »Okay, dann muss ich halt sehen, wie ich die Zeit rumkriege.«

Wieder hörte ich ein Lachen. »Du bist auf Sandode. Ich bin mir sicher, du findest etwas, womit du dich ablenken kannst.«

»Da hast du recht. Danke für den Tipp.« Schwungvoll schwang ich meine Beine über die Bettkante und schlich mich auf leisen Sohlen in Opas Atelier.

Dort angekommen empfing mich der Duft nach Leidenschaft und Kreativität. Wie magnetisch angezogen, stellte ich mich vor die Leinwand, neigte den Kopf und betrachtete mein Bild, das meiner Meinung nach mehr Farbe vertragen könnte. Ich drückte einen Klecks Rot auf meine Mischpalette und ganz wenig Schwarz. Tief ausatmend übermalte ich Teile meines Werks, die, wie ich fand, jetzt nicht mehr passten. Mit feinen Pinselstrichen brachte ich all meine Emotionen auf die Leinwand. Jeder Tupfen wurde zu einer Reflexion meiner Seele und ließ das Gemälde zu einem lebendigen Abbild von Sandode werden. Plötzlich schreckte ich hoch, als ich hinter mir Mamas Stimme vernahm.

»Hier bist du also. Irgendwie habe ich es schon vermutet.«

Ein rascher Blick auf meine Armbanduhr ließ mich staunen. Es waren bereits Stunden verstrichen, ohne dass ich es bemerkt hatte. »Hi. Endlich komme ich mal wieder zum Malen. Zu Hause fehlen mir die Zeit und der Platz.«

»Kann es sein, dass du mir aus dem Weg gehst?«, fragte sie unvermittelt und stellte sich direkt neben die Leinwand. Zu allem Überfluss verschränkte sie die Arme vor der Brust.

Mein Blick huschte zu ihr und ich unterdrückte ein Schmunzeln, weil sie mich durchschaut hatte. »Nein, warum sollte ich?«, fragte ich dennoch. Ich kniff die Augen etwas zu, um den nächsten Strich präzise auf den Punkt zu setzen.

»Opa hat mir von dem Hotelbau erzählt und wie du damit umgehst.«

Erleichtert seufzte ich aus, denn ich war mir sicher gewesen, dass sie Lasse zur Sprache bringen würde. Aber das Thema war ebenso emotional belastend für mich. »Ich bin jedenfalls absolut dagegen«, sagte ich entschieden.

»Warum? Es sichert die Existenz vieler Insulaner.«

Augenrollend nahm ich mir etwas Farbe. War ja klar, dass das bei ihr an erster Stelle stand. »Es gibt eine Menge Punkte, die gegen einen Hotelbau sprechen.«

»Sag mir einen.«

»Naturschutz.«

»Sandode hat ein ausgewiesenes Naturschutzgebiet, das streng gehütet wird.«

»Erst ist es die Wiese und dann breiten die Hoteliers ihre Arme wie Kraken aus und vereinnahmen alles. Irgendwann sieht man nur noch Betonklötze.«

Meine Mutter seufzte und schüttelte mit geschürzten Lippen den Kopf. »Ach, Cleo. Ich hätte mich gefreut, wenn damals mehr Leben auf der Insel gewesen wäre. Es hätte einiges einfacher gemacht.«

Ich schaute kurz auf. »Du also auch.«

»Ich will dir etwas erzählen, mein Liebes. Wie ich damals das Leben hier empfunden habe.«

Nickend tupfte ich helle Akzente auf die ohnehin schon weißen Wolken.

»Bis Opa einen gewissen Bekanntheitsgrad erlangt hat, war es sehr schwer für uns. Ich musste viel entbehren und habe mir oft gewünscht, es hätte einen solchen Arbeitgeber gegeben. Dann hätte Oma zum Familieneinkommen beitragen können. Aber dergleichen gab es nicht. Jeder hatte seine Ferienwohnung, um die sich selbst gekümmert wurde. Auch die kleinen Boutiquen wurden von den Inhabern betrieben und bedurften keiner weiteren Arbeitskraft. Deswegen war Oma gezwungen, sich um den Verkauf seiner Bilder auf der Insel zu kümmern, immer in der Hoffnung auf das Interesse der Touristen zu treffen, während Opa tagelang auf dem Festland war, um seine Werke dort wie Sauerbier anzubieten. Ich habe immer gehofft, er würde irgendwann seinen Dickschädel aufgeben und einem ganz normalen Beruf nachgehen. Die Fischerei zum Beispiel war und ist eine sichere Einnahmequelle.«

Mit gespitzten Ohren lauschte ich Mamas Erzählung. Ich fühlte mich wie auf einer Reise in die Vergangenheit, dennoch musste ich lachen. »Opa in Regenkleidung auf einem Boot, der die Netze einholt. Mama, das ist wirklich absurd.«

Das entlockte auch ihr ein Schmunzeln. »Es hätte für mich aber vieles erleichtert. In meiner Kindheit und Jugend musste ich einige Opfer bringen. Dein Opa war oft auf dem Festland, wenn er eine Ausstellung hatte. Du kannst dir nicht vorstellen, wie gern ich dabei gewesen wäre, aber die Übernachtungen waren sehr teuer und so hat Papa mir immer nur von seinen Ausflügen berichtet. Eine solche Abwechslung hätte mir so gutgetan.« Meine Mutter unterbrach sich kurz und blickte auf ihre Hände. Ich sah sie schlucken, womit sie versuchte, ihre Tränen zu verbergen. Als sie ihren Kopf wieder hob, schimmerte es verdächtig in ihrem Augenwinkel. »Ich war wie verzaubert, wenn er vom Festland erzählt hat. Sobald ich alt genug war, konnte ich eigenständig rüber. Meine Schule habe ich dort absolviert. Das war die Zeit, als dein Opa endlich Geld mit seinen Bildern verdient hat, und so konnte er mich bei meiner kleinen Wohnung, die ich mir in meiner Ausbildungszeit extra gemietet habe, finanziell unterstützen. Obwohl ich wusste, dass es deinen Großeltern schwergefallen war, haben sie es mir trotzdem ermöglicht. Sie hätten es gern gehabt, wenn ich auf der Insel geblieben wäre, aber das war keine Option für mich.« Mütterlich legte sie mir ihre Hand auf meinen Arm. »All diese Entbehrung wollte ich dir ersparen. Ich wollte dir ein Leben ermöglichen, das frei von finanziellen Nöten ist.«

Mein Herz zog sich zusammen und Tränen stiegen mir in die Augen. Noch nie hatte sie so offen über ihre Furcht gesprochen, mittellos dazustehen, und mir gleichzeitig offenbart, wieso sie Lasse dazu ermutigt hatte, unsere Beziehung zu beenden. Sie tat mir so unendlich leid, dass sie mit der Insel Entbehrung verknüpfte, während ich sie mit Sehnsucht und Liebe verband.

Dennoch war es falsch von ihr, sich in das Leben anderer eingemischt zu haben. Sie war zu verbohrt gewesen und hatte deswegen meinen Traum auf Spiel gesetzt, mit Lasse ein erfülltes Leben auf Sandode zu führen.

»Mama, du hattest nicht das Recht dazu, Lasse zu manipulieren.«

»Er hat dir davon erzählt?« Pure Angst schlich sich in ihre Augen. »Ach Gott, Cleo, du weißt gar nicht, wie ich mich dafür schäme. Rückblickend war das alles ein Fehler. Aber du musst mir glauben, dass ich nur das Beste für dich wollte.«

»Das weiß ich doch.« Ich konnte ihr gar nicht länger böse sein, zumal ich nun den Hintergrund wusste. Und als sie dann auch noch zu schluchzen begann, musste ich sie in den Arm nehmen. »Die Ausbildung hat mir Spaß gemacht und ich bin dir so dankbar, dass du und Papa mich unterstützt habt. Aber ich habe es nur aus Liebe zu euch gemacht. Danach hatte ich eigentlich den Traum gehabt, meine Leidenschaft zum Beruf zu machen.«

»Aber Liebes. Es ist so unheimlich schwer, mit Bildern Geld zu verdienen.«

»Weil du dich nie wirklich damit beschäftigt hast. Mit einem Kunststudium kann man so viel mehr als *nur* malen. Ich hätte zum Beispiel auch in den schulischen Bereich als Lehrerin gehen oder als Grafikdesignerin im Werbesektor von Unternehmen tätig sein können.«

»Ach, Schatz. Das Wort *Kunst* hat sofort bei mir alle Schotten dicht gemacht. Ich muss zugeben, dass ich nicht viel darüber weiß.« Mama ließ ihre Arme hängen. »Kannst du mir verzeihen?«

»Dankbar bin ich euch jedenfalls, dass ihr mich mit den Geburtstagsvorbereitungen betraut habt. Seit ich hier bin, geht es mir endlich wieder gut. Ich fühle mich so frei wie lange nicht mehr. Fast so frei wie als Kind.« Zur Verdeutlichung hätte ich am liebsten die Arme ausgestreckt und mich im Kreise gedreht.

Doch als Mama ihre Augenbrauen hob, ihre Arme vor der Brust verschränkte und noch dazu mit ihren Fußspitzen auftippte, unterdrückte ich den Drang. Genauso hatte sie schon einmal vor mir gestanden, als Lasse und ich versucht hatten, einen Eimer kaltes Wasser auf die Tür zu klemmen, doch leider hatte sie uns dabei erwischt.

»Es geht ja das Gerücht um, dass im Rathaus eingebrochen worden ist. Die Beschreibung passt einhundert Prozent zu Lasse und dir. Man vermutet, es hat etwas mit dem Hotelbau zu tun.«

»Davon habe ich auch schon gehört«, antwortete ich und widmete mich nun meiner Leinwand.

Mama atmete tief aus. »Bitte versprich mir, dass du keinen Blödsinn anstellst so wie früher. Du und Lasse, ihr wart dafür bekannt, immer etwas im Schilde zu führen. Ich dachte wirklich, die Zeit wäre vorbei, in der wir schlaflose Nächte euretwegen hatten.«

Ich lachte auf. »Mama, das waren doch nur harmlose Kinderstreiche. Die Zahnpasta mit der Hämorrhoidensalbe vertauscht. Jetzt ist das anders. Wir sind erwachsen.«

»Und eure Beweggründe bestimmter.«

Ich sagte nichts.

Als hätte sie mein zehnjähriges Ich vor sich, fuhr sie mir mit dem Handrücken über meine Wange. »Es muss an der frischen Luft liegen und an den Erinnerungen, die dich so sorglos machen. Wenn du wieder zu Hause bist, wirst du sicherlich drüber lachen können.«

»Darüber will ich gar nicht nachdenken.«

Auf Mamas Stirn erschien eine Sorgenfalte. »Du willst doch nicht ernsthaft all das, was du dir aufgebaut hast, infrage stellen.«

»Doch, vielleicht will ich das!«, platzte es unerwartet heftig aus mir heraus, dass ich von meiner eigenen Entschiedenheit überrascht war. »Ich liebe Lasse und er mich. Wir gehören zusammen!«

»Das mag ja sein, aber was ist mit euch, wenn du wieder zurückgehen musst zu deiner Arbeit? Er wird doch sicherlich seinen Betrieb nicht für dich zurücklassen.«

Wieso ging sie davon aus, dass er es nicht machen würde? Meine Mutter reduzierte wieder einmal alles nur auf die Arbeit. Hatte sie mir denn eben gar nicht zugehört? Ich hasste meinen Job. Die in mir aufsteigende Wut wuchs zu einem unaufhaltsamen Monster heran, das riesige Ausmaße annahm. »Woher willst du das denn wissen?« Tränen bahnten sich an und waren kurz davor herauszubrechen.

»Ich will doch nur nicht, dass du wieder verletzt wirst.«

»Lasse ist nicht derjenige, der mich verletzt, sondern du.« Mein Hals brannte und Tränen kullerten auf meine Schürze. Ich schlüpfte aus ihr heraus und warf sie unbeachtet zu Boden. So schnell wie möglich musste ich von hier weg.

»Wo willst du denn jetzt hin?«, rief meine Mutter mir hinterher.

»Zu Lasse.«

Kapitel 16

Warum verstand sie nicht, dass ich einfach nur glücklich sein wollte? In unserem Gespräch war sie doch noch so verständnisvoll gewesen und jetzt drehte sich alles wieder nur um die Arbeit und Sicherheit.

Fahrig wischte ich mir über meine Wangen, während ich zu Lasses Haus stolperte, obwohl er auch bei Jan sein konnte. Aber ich hatte Glück. Im Fenster brannte Licht. Ich klingelte mehrmals hintereinander.

Die Tür wurde von innen aufgeschoben und Lasse erschien im Rahmen. Seine Haarspitzen waren mit Holzmehl bedeckt und Sägespäne lugten heraus. »Cleo!«, rief er verwundert. »Was ist passiert? Wieso weinst du?« Er führte mich in den Flur und nahm mich sofort in den Arm.

Sein vertrauter Duft stieg mir in die Nase und gleich fühlte ich mich getröstet.

»Ich habe mich mit meiner Mutter gestritten«, erklärte ich ihm und atmete zitternd aus. In Kurzform erzählte ich Lasse alles über den Vorfall. Während ich ihm folgte, klaubte er in Windeseile ausgebreitete Baupläne und Skizzierungen zusammen, die er in eine Mappe legte, die er wiederum in einer Schublade versenkte.

Ich nahm neben dem aufgestellten Laptop Platz, den er schnell zuklappte. Anschließend setzte er sich zu mir und lächelte mich an.

»Ich wollte dich nicht von der Arbeit abhalten«, sagte ich mit schlechtem Gewissen. Er hatte mir ja vorhin noch beteuert, dass er so viel zu tun hatte.

»Hey, wenn meine Freundin schniefend vor Traurigkeit vor meiner Tür steht, lasse ich selbstverständlich alles stehen und liegen. Außerdem habe ich nur einen Kostenvoranschlag für mein nächstes Projekt zusammengestellt.«

»Nur?«, kritisierte ich, weil er einen wesentlichen Teil seiner Arbeit einfach herunterspielte, als wäre es nicht der Rede wert. »Das gehört doch dazu und ist wichtig.« Ich sah ihn an. Er wirkte müde um die Augen und es fiel ihm schwer, mir ein echtes Lächeln zu schenken, das auch seine Augen erreichte. Es war schon spät und sicherlich war er todmüde. Und ich hatte nichts Besseres zu tun, als ihm die Ohren vollzujammern. Ich biss mir auf die Lippe und senkte den Blick, was Lasse zum Anlass nahm, mit dem Finger mein Kinn zu heben.

»Du bist mir aber auch wichtig.«

Mein Herz schwoll an. Er war so einfühlsam. Wie konnte ich die vielen Jahre nur ohne ihn gewesen sein? Lächelnd pflückte ich ihm ein Stück der Sägespäne aus dem Haar. »Dann scheint es bei dir ja richtig zu funzen. Oder steht der Auftrag noch in den Sternen?«

»Zu achtundneunzig Prozent bekomme ich den Zuschlag.«

»Was ist mit den verbleibenden zwei?«

»Die halte ich mir immer offen. Falls was dazwischenkommt.«

»Dann hast du ihn so gut wie in der Tasche?«

Lasse wiegte den Kopf hin und her. »Ich will den Tag nicht vor dem Abend loben. Aber ich denke, es sieht gut aus.«

»Dann drücke ich dir die Daumen.«

»Er wäre sehr wichtig für mich«, sagte er mit dem nötigen Ernst in der Stimme, der mich zwang, ihm zu glauben. Er sah mir dabei so tief in die Augen, dass ich eine gewisse Melancholie darin zu erkennen glaubte, als würde ihn etwas belasten.

Ein vages Lächeln umspielte schließlich seine Lippen, dabei legte er mir eine Strähne hinter das Ohr. Er gab mir einen zärtlichen Kuss auf den Mundwinkel und erhob sich. Mehrmals strich er sich durch sein Haar, sodass eine feine Staubwolke um ihn herum aufwirbelte.

Ich lachte. »Eine Dusche täte dir gut.«

»Ja, du hast recht. Aber das bedeutet dann wirklich, dass wir morgen auf keinen Fall shoppen gehen können.«

Erschüttert schaute ich auf die Uhr. Es war schon nach zwanzig Uhr. »Wolltest du echt noch zu Jan?«

»Bevor du gekommen bist, hatte ich es vorgehabt. Jetzt habe ich meine Meinung geändert. Mir gefällt der Gedanke, dass du morgen früh neben mir aufwachst.«

Abermals zog er mich an sich. Für mich stand fest, die Nacht hier zu verbringen.

***

Als ich am nächsten Morgen die Augen blinzelnd öffnete, fand ich das Laken neben mir zerknittert vor, von Lasse fehlte jede Spur. Müde stemmte ich mich mit den Armen auf und strich mir die kitzelnden Haare aus dem Gesicht. Sonnenstrahlen fluteten das Schlafzimmer und tauchten es in helles Licht. Ich blieb noch einen kurzen Moment in der friedvollen Morgenstille sitzen und ließ die Ruhe auf mich wirken, ehe ich die Beine über die Bettkante schwang und an das Fenster trat. Ich sah in die Ferne, über einige Dächer hinweg, bis hin zu dem Mohnblumenfeld, das sich bis zum Meer erstreckte. Es war so zauberhaft, dass ich mich wie in einem Gemälde von Monet gefangen fühlte, was mich wiederum so traurig machte und mir vor Augen führte, dass der Ausblick bald ganz anders aussehen könnte.

Ich wandte mich ab und ging ins Bad. Wie selbstverständlich nahm ich mir ein frisches Handtuch, das eingerollt neben anderen in einem Regal aufbewahrt lag. Lasse hatte mit viel Liebe zum Detail den Raum in ein modernes Luxusbad verwandelt. Ein großer Spiegel hing über einem ovalen aufgesetzten Waschbecken, dessen Wasserhahn an der Wand befestigt war.

Es dauerte keine fünf Minuten, da stand ich erneut davor und kämmte mir die nassen Haare. Kleine Wassertröpfchen perlten auf meine Schultern. Ob Lasse sich noch unten aufhielt oder ob er bereits in seiner Werkstatt war, wusste ich nicht. Eilig schlüpfte ich in meine Sachen und wollte herausfinden, ob er vielleicht vor seinem Laptop saß und weiter an seinem Kostenvoranschlag arbeitete.

Die Küche sowie der gesamte offen gestaltete Raum waren verwaist. Bloß eine kleine Nachricht klemmte unter einer Tasse neben dem Kaffeevollautomaten.

Bin bei Jan. Fühl dich wie zu Hause.

Das tat ich längst. Ich bereitete mir einen Kaffee zu und setzte mich damit raus in den Strandkorb. Sofort spielte der Wind mit meinen Haaren und weckte alle Lebensgeister in mir, die noch etwas träge waren.

Schade, dass Lasse sich nicht bei mir verabschiedet hatte. Mit Sicherheit hatte er mir einen sanften Kuss auf die Stirn gehaucht, doch so behutsam, dass ich davon nichts gespürt hatte. Sicherlich wollte er, dass ich ungestört weiterschlief.

Nippend überlegte ich mir, was ich mit dem Tag anfangen könnte. Heute war Mittwoch, was bedeutete, dass die Gremien zusammenfinden würden, um über das Mohnblumenfeld zu entscheiden. Der Kaffee lag plötzlich tonnenschwer in meinem Magen. Außerdem fiel mir der Streit mit meiner Mutter ein. Ich hatte es nicht besonders eilig, nach Hause zu gehen, obwohl es gewissenlos gegenüber meinem Opa war. Wegen ihm war ich doch schließlich angereist. Ich wollte ihn unterstützen. Das hatte ich viel zu lange aufgeschoben. Was sollte ich hier außerdem ganz allein auf Lasse warten, wenn ich eine Aufgabe hatte?

***

Gedankenversunken schlenderte ich entlang der staubigen und zum Teil sandigen Straßen und musste mal wieder feststellen, dass die Hühner frei und unbeschwert Sandode unsicher machten. Beethoven lief voran, während seine Damenwelt ihm folgte. Hin und wieder blieben sie stehen und pickten. »Ihr tut ja wirklich so, als würdet ihr zu Hause nichts bekommen.« Schmunzelnd musste ich daran denken, dass genau sie mich in Lasses Arme manövriert hatten, an dem Tag, als ich von Jan gekommen war.

Ich bog um die Ecke und sah Opa mit einer Blume vor der Brust, wie er sie Hedda übergab. Auf keinen Fall wollte ich die beiden stören, deswegen verharrte ich so lange hinter einem Baum, bis sie mit ihrem Gespräch fertig waren. Überraschenderweise gingen sie gemeinsam fort. Mit einem Anflug voller Stolz stellte ich fest, dass Opa tatsächlich auf meinen Rat gehört hatte. Allmählich löste ich mich aus dem Versteck und folgte dem Essensduft, der sich über den Dächern des Dorfkerns ausbreitete. Entschlossen machte ich mich auf den Weg zu Metzger Fichte, der sein Handwerk schon seit Generationen nach alter Tradition ausübte. Die vertraute Glocke über der Tür meldete mich an, als ich hineintrat. Ein Kunde äußerte in Seelenruhe seine Wünsche, während ich geduldig wartete. In der Zwischenzeit sah ich mich um. Das Süßigkeitenregal, vor dem ich schon als Kind mit großen Augen gestanden hatte, befand sich noch immer neben der Verkaufstheke. Entlang der Fensterfront waren Sitzmöglichkeiten aufgestellt, die zum Verweilen einluden. Abgesehen von einigen kleinen Details war hier alles beim Alten geblieben.

»Cleo?«, riss mich eine Stimme aus meinen Gedanken. »Das ist ja eine Überraschung. So richtig wollte ich es zwar nicht glauben, aber du bist es tatsächlich.«

Lächelnd trat ich näher. »Guten Tag, Frau Fichte. Ja. So schnell wird die Insel mich nicht los«, sagte ich mehr im Scherz, obwohl ein klein wenig Wahrheit drinsteckte.

Die dicklichere ältere Dame mit der weißen Schürze war die Besitzerin des Betriebs. Ihr Mann bereitete im Hintergrund nach alten Rezepten und mit handwerklichem Können die Ware für den Verkauf vor, die sie dann anpries.

Frau Fichte lachte und musterte mich unverhohlen. »Die Zeiten, in denen ich dich geduzt habe und du mich gesiezt hast, sind wohl vorbei. Sag ruhig Elfi zu mir. Ich habe das Gefühl, wir werden in der nächsten Zeit mehr miteinander zu tun haben.«

»Sehr gern, Elfi«, sagte ich mit einem zögerlichen Lächeln. Bestimmt würde mir die Vertraulichkeit zunächst ungewohnt sein, aber ich würde mich schon daran gewöhnen.

»Was kann ich dir denn Gutes tun?«, wollte sie wissen und rollte währenddessen eine Scheibe Mortadella geschickt mit ihrer Fleischgabel zusammen, die sie schon zu meinen Kindheitstagen benutzt hatte. Mit leuchtenden Augen hielt sie mir die Wurst hin.

Diese Geste versetzte mich augenblicklich in die Zeit zurück, als ich acht Jahre alt war. Allerdings verließ mich das Gefühl mit meiner Bestellung. »Ich benötige Bratwürstchen für Opas Geburtstag. Es sind ungefähr einhundertfünfzig Gäste geladen.«

»Dann lass mich mal rechnen.«

Elfi und ich berieten uns und sie schlug mir vor, noch einige Salate anzubieten. Sie würde sogar jemanden abkommandieren, der sich um den Grill kümmerte, da sie ohnehin das ganze Equipment hatte. Die Aussicht, dass Lasse die gesamte Zeit über neben mir sitzen und meine Hand halten würde, veranlasste mein Herz, mehrere Purzelbäume hintereinander zu schlagen. Aber eine Schürze könnte ich ihm ja dennoch kaufen.

»Wenn du magst, kümmern wir uns um alles.« Elfi griff unter den Tresen und hielt mir einen Flyer entgegen. »Das sind unsere Angebote.« Mit dem Finger wies sie auf die Spalte, in der das Rundumsorglospaket aufgeführt war. »Ich berechne dir gern den Preis für die Würstchen und Salate, dann hast du einen ganz guten Überblick und je nachdem, welches Paket du dazubuchst, kommt dann der Betrag noch obendrauf.«

Die Vorbereitungen entwickelten sich leichter als gedacht. Aber natürlich müsste ich mich erst mit Opa abstimmten, welches Budget für sein Portemonnaie angemessen war. Es lag mir fern, über seinen Kopf hinweg zu entscheiden. Rasch notierte ich ihr meine Handynummer sowie meine E-Mail-Adresse. »Ich bin eigentlich immer erreichbar.«

»Das wird ein tolles Fest.«

»Ach, bevor ich es vergesse, wir feiern am Leuchtturm.«

»So ein schönes Ambiente. Und die wenigen Touristen, die sich den Leuchtturm angucken wollen, kann man ja verkraften.«

Gerade als meine Hand die Klinke berührte, fiel mir etwas ein. Meine Lippen zu einem breiten Lächeln geformt, sagte ich: »Heute wird ja entschieden, ob das Hotel gebaut wird oder nicht.« In gespannter Erwartungshaltung sah ich in Elfis Gesicht.

Die Lippen geschürzt, winkte sie ab. »Ändern können wir es eh nicht mehr.«

»Natürlich können wir das, wir müssen nur kämpfen«, widersprach ich energisch.

»Ach, der Jan wird das schon durchkriegen, trotz aller Widerstände.«

»Dann ist es dir egal, wenn ein Luxushotel erbaut wird?«

Sie lächelte besonnen und ihre Augen funkelten. »Das Hotel könnte sich als Segen für unser Geschäft erweisen.«

Langsam befürchtete ich, dass hier irgendjemand Gehirnwäsche auf die Inselbewohner ausübte. »Okay, ja. Verstehe, aber wie steht es um die Tiere, die dort jeden Herbst Rast machen? Oder jene, die dadurch ihr Zuhause verlieren? Was ist mit der Natur, das Herzstück unserer Insel? Willst du wirklich deine Seele wegen ein paar Euro mehr in der Tasche verkaufen? Ein Luxushotel mag wirtschaftlichen Aufschwung bringen, aber zu welchem Preis?«

Elfi starrte auf den Tresen und zog ihre Lippe ein. Sie sagte nichts. Das brauchte sie ja auch gar nicht. Mir lag es nur am Herzen, ihr die Kehrseite der Medaille aufzuzeigen und sie zum Nachdenken zu bringen.

Lächelnd und die Hand auf der Klinke sagte ich: »Wenn du den Preis für die Würstchen und die Salate hast, gebe ich dir Bescheid, welches Paket Opa dazubucht.« Das goldfarbene Glöckchen bimmelte, als ich die Tür aufschob.

»Cleo?«, rief sie mich zurück.

»Ja?« Ich wandte mich zu ihr und sah sie fragend an.

»Schön, dass du wieder hier bist.«

Ich nickte und schenkte ihr ein Lächeln.

Kapitel 17

Fest der Überzeugung, Elfi mit ein wenig Geschick auf meine Seite gebracht zu haben, wollte ich meine gute Tat mit einem Kleid belohnen. In der Boutique stöberte ich nach etwas Passendem für mich und entschied mich für ein schlichtes pastellfarbenes Kleid, dessen Reißverschluss sich an der Seite befand. *Tja, Lasse. Deine Hilfe war wirklich nicht nötig.* An der Kasse bezahlte ich den überteuerten Preis, schluckte ein paarmal und trat nach draußen. Dort lief ich fast in einen Kinderwagen.

»Melli!«, rief ich überrascht und schloss sie gleich in die Arme.

»Hey. Du bist wohl auf Shoppingtour.« Ihr Blick verharrte auf meiner braunen Papiertüte und sie wackelte verheißungsvoll mit den Augenbrauen.

»Bin schon fertig. Wie siehts aus? Wollen wir ein Stück zusammen laufen?«

Melli blickte kurz in den Kinderwagen und richtete Lians Schnuller. »Besser ist das. Wenn ich länger stehen bleibe, wird er möglicherweise wach.«

Wir spazierten auf den hölzernen Pfaden nahe am Meer entlang, die ausschließlich für die Fußgänger gedacht waren und weniger für die Radfahrer. In der Ferne hörten wir das Rauschen der Wellen und das Kreischen der Möwen. Früher waren Lasse und ich oft den Weg gelaufen, um über Gott und die Welt zu reden, aber dass Melli und ich heute in so einer Konstellation zusammen waren, hätte ich nie für möglich gehalten. Es versetzte mir einen kleinen Stich, da ich immer davon geträumt hatte, wie Lasse und ich mit einem Kinderwagen nebeneinanderherlaufen würden.

»Wie fühlt sich das an, Mutter zu sein? Du bist den ganzen Tag mit einem hilflosen Wesen zusammen, das deine gesamte Aufmerksamkeit benötigt. Du musst doch sicherlich immer wachsam sein.«

Ich hörte Melli lachen. »Weißt du, als ich den positiven Schwangerschaftstest in der Hand gehalten habe, sind mir tausend Dinge durch den Kopf gegangen. Wann sage ich es Lars? Wie wird er reagieren? Bin ich überhaupt schon reif für ein Baby? Wie bringe ich Kind und Arbeit unter einen Hut?«

»Und wie hat Lars reagiert? So wie ich ihn einschätze, war er mächtig stolz, oder?«

Melli senkte den Blick, als wäre es ihr fast schon unangenehm, einen so verständnisvollen Partner wie Lars an der Seite zu haben. »Erst ist er aus allen Wolken gefallen, weil wir nie über ein Baby gesprochen haben. Aber es hat nur ungefähr dreißig Sekunden gedauert, bis er vor Freude geweint hat. Er hat mich in die Arme genommen, mir versichert, wie sehr er mich liebt und dass wir die Herausforderung zusammen meistern werden.«

»Oh, Melli! Ich freue mich so für dich, dass du dein Glück gefunden hast.«

»Danke«, sagte sie mit einem Lächeln, das von einem zum anderen Ohr reichte. »Wie läuft es denn zwischen dir und Lasse?«

Im Grunde genommen lief alles perfekt. Das Einzige, was noch unklar war, war die Frage, wie es weitergehen würde, wenn ich wieder abreiste. »Eigentlich ganz gut. Es fühlt sich fast so an, als wären wir nie getrennt gewesen.«

Melli lächelte. »Mir geht es genauso. Wir haben so lange keinen Kontakt gehabt und doch fühlt es sich an, als wärst du nie weg gewesen.«

»Hör auf, bitte, sonst fange ich noch an zu heulen.« Peinlich berührt wischte ich mir eine verräterische Träne aus dem Augenwinkel. Wenn ich eher gewusst hätte, wie sehr mich alle hier vermissten, hätte ich früher meine Angst und Zweifel überwunden.

»Nein, ehrlich. Bitte versprich mir, dass wir uns nie wieder aus den Augen verlieren. Egal, was kommt.« Melli blieb stehen, als wollte sie damit die Ernsthaftigkeit unterstreichen, die sich in ihrem Blick widerspiegelte.

Ich musste etwas schmunzeln, aber ich hob feierlich meinen rechten Arm und schwor, wie ich es bei Lasse schon einmal getan hatte. »Ich schwöre.«

»Ich habe dich jetzt in der Hand.« Zwinkernd nahm sie wieder unseren Spaziergang auf. »Was machen die Geburtstagsvorbereitungen?«

Da konnte ich nur Gutes berichten. »Ich habe eben beim Metzger alles klargemacht. Und ganz nebenbei habe ich Elfi ins Gewissen geredet, dass ihr Geschäft nicht unbedingt mehr Aufschwung durch das Hotel bekommt.«

Augenblicklich rutschte ihr Lächeln ab, was mein Herz zum Anlass nahm, ebenfalls eine Etage tiefer zu fallen.

»Was?«, fragte ich und leckte mir nervös über die Lippe.

»Allmählich musst du dich doch wohl an den Gedanken gewöhnen, dass sich ein Hotel hier ansiedeln wird. Lars hat mir die Nachricht vorhin übermittelt.« Beweisend hielt sie ihr Handy hoch und schürzte die Lippen.

Mein Herz fiel ins Bodenlose. War ich eben noch himmelhochjauchzend, fühlte ich mich nun zu Tode betrübt. Ich ballte die Hände zu Fäusten.

»Und das bedeutet, niemand kann mehr dagegen angehen?«

Warum hatte ich mich zu wenig reingehängt? Wenn ich irgendwie die Möglichkeit gehabt hätte, nach weiteren Unterlagen zu suchen, wäre ich bestimmt fündig geworden und hätte so den Bau stoppen können. Allerdings wäre ein zweiter Versuch, in Jans Büro einzubrechen, recht riskant gewesen. Jan war vorsichtig geworden, auch wenn er uns bis jetzt nichts nachweisen konnte.

»Du brauchst einen triftigen Grund und entsprechende Beweise, ansonsten wird es schwierig werden.«

»Und was könnten das für welche sein?«

Melli verzog das Gesicht und sah sich kurz um, als suchte sie dort die Antwort. »Wenn Fristen nicht eingehalten worden sind zum Beispiel oder wenn angezweifelt wird, dass der Investor überhaupt liquide ist.«

Der Investor, ging es mir durch den Kopf. Da hingehend könnte ich noch mal recherchieren. Auf dem Plakat stand doch eine Website. Ich wollte gerade zum Reden anheben, da schnitt mir Melli das Wort ab.

»Spar dir die Mühe. Es ist alles überprüft worden.«

Grr.

Melli legte den Kopf schief, als versuchte sie mich mit der Geste zu trösten. »Ein Parzellierungsfehler könnte auch das Projekt scheitern lassen, aber das Grundstück ist schon vor Jahren an die Stadt übergegangen. Ehrlich gesagt, sehe ich keine Hoffnung für dich.«

Mutlos atmete ich aus und ließ meine Arme neben mir baumeln.

»Es ist wirklich süß, wie du dich für die Insel einsetzt.«

Ich nickte traurig. »Aber es hat leider nicht gereicht.«

»Ach, na ja. Wer weiß, wofür es gut ist.« Melli linste auf die Uhr und bekam sichtlich einen Schrecken. »Du, ich muss dann mal los. Lian bekommt gleich Hunger. Zeit für seinen Snack.« Mit strammen Schritten lief sie voran und drehte sich ein letztes Mal um. »Schön, mit dir gequatscht zu haben!«, rief sie über ihre Schulter hinweg und nahm dann wieder Tempo auf.

Seufzend tat ich es ihr gleich und war überrascht, dass ich mich ganz in Lasses Nähe befand oder genauer gesagt, bei Jan.

Unschlüssig kaute ich auf der Wangeninnenseite und betrachtete das Gebäude. Ob ich einfach gehen oder mich mit einem Klopfzeichen bemerkbar machen sollte, so wie wir es früher bei unserem Geheimversteck gemacht hatten? Nur ob er sich an das Erkennungszeichen erinnerte, müsste ich erst herausfinden. Ich hob den Arm und pochte Morsezeichen in Form von zweimal kurz und dreimal lang an die Tür.

Es dauerte keine Sekunde, da wurde die Tür von innen aufgeschoben. Doch nicht Lasses attraktives Gesicht erschien, sondern ein durchgestyltes Püppchen mit seidigblondem Haar und glänzenden, vollen Lippen. Ihre Wimpern waren lang und schwungvoll und betonten ihre eisblauen Augen.

»Hej«, sagte sie mit freundlicher Stimme und einem leichten Akzent.

Verwundert krauste ich die Stirn und fragte mich, was sie wohl hier zu suchen hatte. Abgesehen davon kam sie mir irgendwie bekannt vor, nur wusste ich nicht ganz, wo ich sie hinstecken sollte. »Hi, ich wollte eigentlich zu Lasse. Ist er da?« Sag nein! Bitte sag nein! Ich spürte ein seltsames Gefühl in mir aufsteigen, das bitter in meinem Hals stecken blieb.

»Lasse ist beschäftigt, aber du kannst drinnen auf ihn warten. Ich sage ihm Bescheid.« Sie trat zur Seite, um mich einzulassen.

Na, dann hätte ich mir unser Erkennungszeichen ja sparen können, sagte ich zu mir. Während sie zu Lasse ging, sah ich mich um. Der Flur war so groß wie meine gesamte Wohnung. Die

Tapete war bis auf die Grundmauern abgerissen. Eine dunkle Holztreppe führte in die nächste Etage.

»Hi«, holte Lasse mich aus meiner Begutachtung. Er war voller Staub und wie gestern lugten ihm ein paar Sägespäne aus seinem Haar. Lächelnd gab er mir einen Kuss und sah mich dann auf eine Art an, die mir ein Gefühl von Geborgenheit gab. Ich ärgerte mich über den kurzen Anflug von Eifersucht. Denn eins war sicher, es konnte sich nur um Jans Freundin Merrit handeln. Ihr Akzent hatte sie schon bei der Begrüßung verraten und außerdem fiel mir ein, dass ich schon einmal ein Foto von ihr auf Jans Bürotisch gesehen hatte.

»Möchtest du jetzt einen Kaffee?« Die blonde Schönheit erschien und abermals keimte Misstrauen in mir auf, obwohl ich wusste, dass sie einen Freund hatte und ich mir deswegen keine Sorgen machen musste. Dennoch blieben die Zweifel, da es mir schwerfiel zu glauben, dass jemand Gefühle für Jan hegen könnte.

»Danke, Merrit. Ich verzichte.«

Sie zuckte die Schultern und war auch wieder verschwunden.

Mit einem warmen Lächeln auf den Lippen legte Lasse mir eine Strähne hinter das Ohr und sagte: »Du bist zur richtigen Zeit gekommen. Ich wollte gerade Pause machen. Wollen wir kurz ans Meer?« Auffordernd hielt er mir seine Hand hin.

Ich nickte und plötzlich waren all meine Sorgen vergessen.

Die Hände ineinander verschränkt nahmen wir eine Abkürzung durch die Dünen, die lediglich den Einheimischen bekannt war.

Lasse ließ sich ächzend fallen und machte es sich auf dem Sand bequem. Ich setzte mich direkt neben ihn und bettete meinen Kopf auf seine Brust trotz seines staubigen T-Shirts. Das kräftige Schlagen seines Herzens vermittelte mir einen beruhigenden Trost, was mich wiederum veranlasste, mich noch ein Stückchen näher an ihn zu kuscheln.

»Das Gremium hat sich gegen die Insel und für das Hotel entschieden«, sagte ich irgendwann in unser Schweigen hinein.

»Ich weiß.«

»Woher?«

»Merrit hat vorhin mit Jan telefoniert. Ich hab's mitbekommen.«

»Jan erzählt es direkt nach dem Beschluss weiter? Die Freude muss ja enorm sein, dass er es gleich an seine Freundin weitergibt«, murmelte ich eher zu mir selbst. Nach ihrem Aussehen zu urteilen, schien sie mehr Interesse an der neuesten Lippenstiftfarbe als an den geschäftlichen Erfolgen ihres Freundes zu haben. »Merrit ist sehr attraktiv«, warf ich ihm als Köder hin und zeichnete ein imaginäres Herz auf sein Shirt. Unter mir vibrierte Lasses Körper.

Lachend gab er mir einen Kuss auf die Stirn und sagte: »Du bist eifersüchtig. Das ist ein gutes Zeichen. Aber das brauchst du nicht. Noch einmal will ich dich nicht verlieren.«

Leise seufzend schmiegte ich mich wieder an ihn heran. »Mir geht es irgendwie nicht in den Kopf, wie jemand ernsthaft in Jan verliebt sein kann.«

»Das könnte daran liegen, dass du ihn und seine Verhaltensweisen zu gut kennst. Es sind vielleicht genau diese Aspekte seines Charakters, die sie faszinierend findet. Schließlich weiß er, was er möchte. Ich kann mir gut vorstellen, dass ihr das gefällt.«

»Wahrscheinlich hast du recht.« Ich hatte keine Lust, mir weiterhin den Kopf über die Liebesbeziehung der beiden zu zerbrechen. Andere Dinge waren mir wichtiger. »Was machen wir denn jetzt?«, fragte ich in einem fast schon verzweifelten Ton.

Ich hob den Kopf und sah auf ihn hinab. Lasses Augen waren geschlossen und sein Atem ging recht gleichmäßig.

Gelassen zuckte er die Achseln. »Nichts. Es ist beschlossene Sache.«

Ich runzelte die Stirn. »Du sitzt das einfach aus? Ich bin mir noch immer sicher, dass etwas nicht stimmt.«

»Cleo«, sagte er in einem eher genervten Ton. »Wir haben getan, was möglich war. Die Feldhamster, die es hätten retten können, gibt es nicht.«

»Ja, weil wir auf der falschen Fährte waren. Ganz sicherlich verheimlicht Jan uns etwas.«

Lasse vergrub eine Hand in meinen Haaren und zog mich sacht an sein Gesicht. »Meine Pause ist fast vorbei. Wollen wir echt über Jan, Merrit und Feldhamster reden oder wollen wir die Zeit genießen?«

»Dämliche Frage.« Ich verpasste ihm einen leichten Hieb in die Seite, ehe wir in einem leidenschaftlichen Kuss versanken.

Kapitel 18

Die nächste Woche verbrachte ich damit, die letzten Vorbereitungen für den Geburtstag zu organisieren. Opa und ich hatten uns für das *Rundumsorglospaket* entschieden und Lasse hatte uns noch einmal seine Hilfe zugesichert. Das Verhältnis zwischen Mama und mir war mittlerweile etwas besser, dennoch angespannt. Die Tage vergingen wie im Flug, wenn ich nicht gerade mit Lasse Zeit verbrachte, malte ich in Opas Atelier an meinem Bild. Es war so gut wie fertig. Die letzten Pinselstriche setzte ich mit einer Mischung aus Vorfreude und einem Hauch Wehmut, denn dieses Bild war mehr als nur Farbe auf Leinwand, es war ein Stück meiner Seele. Und nun, da es vollendet vor mir stand, konnte ich kaum glauben, dass morgen schon die Geburtstagsfeier sein würde.

»Es ist wirklich sehr schön geworden«, lobte Opa. »Das Durcheinander – dieser Nebel – hat sich gelichtet. Du empfindest wieder das, was du einst gefühlt hast.«

Ich lächelte. »Es liegt ganz einfach daran, dass ich meine Sehnsucht unterdrückt habe. Die Sehnsucht nach Sandode, meinem Zuhause. Ich habe viel zu lange gewartet, bis ich das verstanden habe.«

»Egal, wie viel Zeit du gebraucht hast, die Hauptsache ist, du kommst wieder«, sagte Opa mit einem Augenzwinkern. Im Grunde freute ich mich über seine Zuversicht, doch erinnerte sie mich daran, dass meine Zeit hier dem Ende zuging. Zwischen Lasse und mir stand noch das Gespräch aus, wie es mit uns nach dem Urlaub weitergehen sollte.

Opa deutete wohl meinen sorgenvollen Blick richtig.

»Alles wird sich finden. Glaub mal deinem alten Großvater. Es bringt nichts, sich den Kopf über die Zukunft zu zerbrechen, wenn du heute nicht weißt, was der morgige Tag bringen wird.« Opa legte mir die Hand auf den Arm und lächelte. »Ich habe jetzt noch ein Date mit Hedda.« Er unterbrach sich und spitzte die Lippen. »Das sagt man doch so, oder?«

Ich lachte. »Ja, das sagt man so. Viel Spaß.« Schmunzelnd sah ich ihm nach und entschied, für heute Schluss zu machen, da das Bild ohnehin fertig war. Ich schlüpfte aus meinem Kittel und wusch die Pinsel aus. Zu meinem Entsetzen musste ich feststellen, wie schnell die Zeit vor der Leinwand mal wieder vergangen war. In weniger als einer Stunde hatten Lasse und ich uns verabredet. Vorher wollte ich mich noch frisch machen und die letzten Farbtupfen aus dem Gesicht und den Fingern waschen, da lief mir meine Mutter auf direktem Weg ins Badezimmer in die Arme. Ihr Gesichtsausdruck verriet mir, dass unser Streit noch nicht ganz beigelegt war.

»Hey, Schatz. Ich wollte nur noch einmal sicherstellen, dass wirklich alles in Ordnung ist. Es ist wichtig für mich, dass nichts zwischen uns steht.«

»Wenn du künftig deine Nase aus meinen Angelegenheiten raushältst, ist alles gut.«

Mama schürzte die Lippen. »Weißt du, als Mutter möchte man nur das Beste für sein Kind. Du wirst immer mein Baby bleiben, auch wenn du sechzig bist und ich neunzig bin.«

Bei dem Bild, wie sie mir als tattrige Greisin in die Wange kniff, musste ich lachen. »Ach, Mama. Ich bin alt genug, um selbst einschätzen zu können, wer mir guttut und wer nicht.«

»Künftig werde ich mich auf jeden Fall aus deinen Liebesangelegenheiten raushalten.«

»Danke.« Ich schaute auf die Uhr. »Lasse und ich treffen uns gleich und ich will mich noch rasch umziehen.«

»Viel Vergnügen«, sagte sie, aber so ganz nahm ich ihr das nicht ab. Tief in mir drin spürte ich, dass sie von unserer Liebe nicht überzeugt war. Doch es war mir egal, ob sie ihn mochte oder nicht. Ich musste mit ihm zurechtkommen.

***

Wir schlenderten Hand in Hand am Meer entlang. Die sanfte Brise spielte mit meinem Haar und ich hatte Mühe, die verirrten Strähnen hinter das Ohr zu klemmen. Immer wenn eine besonders schöne Muschel vor meine Füße rollte, hob ich sie auf, doch Treibholz war weit und breit nicht zu entdecken.

»Morgen ist schon die Geburtstagsfeier«, bemerkte ich, während mein Blick noch immer auf das Meer gerichtet war.

»Gibt es eigentlich noch etwas vorzubereiten? Abgesehen von dem Pavillon?«, fragte er.

Ein kleiner Stich durchfuhr mich. Verdrängte er, dass ich übermorgen abreiste? Da er nun eine bedeutende Rolle in meinem Leben spielte, wollte ich dringend das Thema auf unsere Beziehung und die gemeinsame Zukunft lenken. Und jetzt war der Augenblick doch eigentlich perfekt.

»Du, Lasse«, fing ich schicksalsschwanger an und blieb angesichts der Tragweite stehen.

Seine Mundwinkel bogen sich leicht nach oben, während er seine Hand in meinen Nacken legte und zärtlich mit dem Daumen über meine Wange fuhr. »Wenn ihr das Zelt nun doch nicht mehr braucht, ist das kein Problem.« Nun grinste er, was mir verdeutlichte, dass er mich auf den Arm nahm.

Für einen kurzen Moment versank ich seinen Augen. Doch dann nahm ich meinen ganzen Mut zusammen. »Wie geht es mit uns weiter, wenn der Geburtstag vorüber ist?«, kam es wie ein Wasserfall aus mir herausgesprudelt. Aus irgendeinem Grund hatte ich wirklich Angst, was er antworten würde.

Lasse sah mich forschend an und ließ sich lange Zeit. Schließlich nahm er meine Hand und hob sie an. Ein Lächeln huschte über seine Lippen. »Deine Finger sehen wie ein Regenbogen aus.«

»Stimmt. Die Farbe auf Anhieb abzubekommen ist eine Herausforderung. Aber damit ist jetzt erst einmal Schluss, heute bin ich mit dem Bild fertig geworden und werde mir wohl Gedanken über das nächste machen müssen.«

»Was passiert damit? Willst du es verkaufen? Oder irgendwo ausstellen?«

Ich zuckte mit den Schultern. »So richtig habe ich mir darüber noch keine Gedanken gemacht«, entgegnete ich und malte mir aus, wie es sich wohl anfühlen würde, wenn jemand ein Bild von mir kaufte. Innerlich rollte ich mit den Augen. So ein Unsinn. Niemand würde ein Gemälde von einer No-Name-Künstlerin haben wollen, schon gar nicht, wenn es nicht besonders gut war.

»Vielleicht wirst du ja aus purem Zufall entdeckt und trittst in die Fußstapfen deines Opas. Hey, wie wäre es, wenn wir dein Bild einfach in das Leuchtturmcafé hängen? Mit Sicherheit wird es Zuspruch bekommen, bei den vielen Gästen morgen.«

Ein mulmiges Gefühl stieg in mir auf. Das Bild war ja einzig und allein durch Opas Frage entstanden, was ich für Sandode fühlte. Ich wusste nicht, ob ich bereit war, es der Öffentlichkeit zu präsentieren, auch wenn die Gäste den Hintergrund nicht wussten. Obwohl ich mir nur in den kühnsten Träumen eine

Karriere als Künstlerin ausgemalt hatte, echote immer die sorgenvolle Vernunftstimme in mir. Die Befürchtung, dass es lediglich bei einem verkauften Kunstwerk bleiben würde, würde an meinem Selbstbewusstsein nagen.

»Ich weiß nicht. Meinst du, das können wir einfach so machen?«

»Nein. Du hast recht. Das war eine doofe Idee. Deine Bilder sind Schrott und keiner wird ihnen Beachtung schenken«, sagte er in einem mitleidigen Ton, der mich aufschauen ließ. Doch im selben Moment erschien wieder sein breites Grinsen. Er gab mir einen sanften Schubs. »Cleo! Warum musst du dein Licht immer unter den Scheffel stellen? Du weißt, dass deine Werke gut sind.«

»Weil ich selbst mein größter Kritiker bin. Nichts ist gut genug. Wenn ich Opas Bilder mit meinen vergleiche …«

»Du musst geduldig mit dir sein. Arne hat über viele Jahre hinweg seine Technik verbessert. Das wirst du auch. Selbst ich lerne bei jedem Bau dazu.« Er unterbrach sich und sah mir fest in die Augen, während sein Adamsapfel hüpfte. »Und falls es mit deiner Karriere etwas länger dauern sollte, kann ich auch allein für uns sorgen. Wir brauchen doch gar nicht viel. Hauptsache, wir haben uns.«

Mein Herz schmolz geradewegs wie Eiswürfel in der Sonne. Lasse setzte wirklich alles daran, dass ich blieb. Vor lauter Emotionen löste sich eine Träne aus meinem Augenwinkel. Der Wunsch, einfach eine schöne Zeit mit ihm zu haben, wog mehr als die Zweifel. »Wir wohnen dann bei dir?«, fragte ich und schlug den Weg ein, der vom Meer wegführte. Lasse folgte mir anstandslos.

»Das Haus ist groß genug und zur Not habe ich immer noch die Option, den Heuboden auszubauen.«

Ich runzelte die Stirn. »Ich dachte, da soll dein Büro hin, falls du mehr Ausstellungsfläche brauchst.«

»Sollten wir mehr Platz für weitere Kinderzimmer benötigen, muss ich kompromissbereit sein.« Er zwinkerte und diesmal verpasste ich ihm einen kleinen Hieb. Für Lasse schien bereits alles geklärt zu sein, so selbstverständlich, wie er darüber sprach.

Für die nächsten Minuten liefen wir schweigsam nebeneinanderher, als schwelgte jeder in seinen Gedanken. Ohne es gemerkt zu haben, steuerten wir direkt auf das Mohnfeld zu, und je näher wir der Wiese kamen, desto trauriger wurde ich. Das Gelände war mittlerweile mit Pflöcken abgesteckt und zwischen ihnen wehte rot-weißes Flatterband.

»Komm, lass uns einfach weitergehen.« Lasse drückte meine Hand und dirigierte mich fort.

»Nein.« Vehement hielt ich ihn zurück. Ich schloss die Augen und atmete die Luft ein. Von irgendwoher hörte ich eine Möwe rufen. Ich stellte mir vor, wie wir als Kinder die Grashüpfer gefangen hatten. Keine Ahnung, was mich geritten hatte, aber ohne darüber nachzudenken, betrat ich das Grundstück.

»Cleo!«, mahnte er mich, kam jedoch nicht umhin, mir zu folgen.

»Psst!«

»Was ist?«, fragte er im Flüsterton und spitzte offensichtlich die Ohren.

»Nichts! Man hört nichts!«, entgegnete ich genauso leise und konnte mir wegen seines Fragezeichens auf der Stirn ein Lächeln nicht verkneifen. »Noch nicht einmal das Meer.« Ich senkte den Blick und ballte die Fäuste. »Sobald der erste Bagger angerollt kommt, ist erst mal Ebbe mit der Ruhe.«

»Doch nur für die nächsten Monate. Danach wird sich alles normalisiert haben und du kannst wieder die Vögel zwitschern hören.«

Ich bückte mich und pflückte einige Blumen, die ich säuberlich aneinanderlegte. »Manchmal habe ich das Gefühl, du bist pro Hotelbau«, sagte ich und beugte mich erneut hinunter.

Lasse zog mich beim nächsten Hochkommen an sich heran und vergrub seine Nase in meinem Nacken. Ein angenehmer Schauer lief mir die Wirbelsäule hinunter. »Ich bin jedenfalls für dich.« Er zwinkerte und gab mir einen besänftigenden Kuss auf die Wange. Lasse deutete mir an weiterzugehen, vermutlich fühlte er sich unwohl in dem abgesteckten Areal.

Wir gingen ein paar Schritte, und als Lasse mich von der Wiese dirigieren wollte, stieß ich gegen einen Stein. Ich geriet ins Stolpern und ein stechender Schmerz durchzuckte meinen Fuß. Um nicht laut aufzuschreien, biss ich mir auf die Lippe und fuhr mehrmals mit der Hand über die brennende Stelle.

Lasse kniete sich besorgt neben mich. »Alles okay mit dir?«

Ich nickte und inspizierte mein Bein. Lediglich eine Schramme zierte meinen Knöchel. »Denk schon.«

Lasse reichte mir seine Hand, die ich dankend annahm. Sachte zog er mich auf.

Als ich wieder auf meinen Beinen stand, tat es zwar noch ein bisschen weh, aber ich konnte laufen. Den Blick auf den Boden geheftet, suchte ich nach dem Übeltäter. Ein roter Backstein lugte aus der Erde heraus und daneben lagen noch viele weitere.

»Durch Bewegungen der Erde kommen immer mal wieder Dinge zum Vorschein«, erklärte Lasse. »Wahrscheinlich hat hier vor ganz vielen Jahren mal eine Scheune gestanden oder ein Haus oder Ähnliches.«

»Oder wir haben soeben einen historischen Fund gemacht«, rief ich euphorisch aus und klatschte dabei in die Hände. »Stell dir vor, wir haben hier ein Mittelalterdorf gefunden. Lasse! Vielleicht können wir doch noch den Bau stoppen!«

»Cleo, das sind eindeutig Backsteine. Recht moderne sogar, das erkenne ich auf einen Blick. Komm, lass uns gehen, nicht, dass du dich noch mehr verletzt.« Lächelnd hielt er mir das Flatterband hoch.

Ich war die Letzte, die sein Wissen anzweifelte, aber er hatte doch gar nicht so genau hingesehen. Bückend schlüpfte ich durch die Absperrung und fragte mich, was mehr wehtat: dass er mich überhaupt nicht ernst nahm, oder seine plötzliche Gleichgültigkeit gegenüber der Natur.

Kapitel 19

Der Vorfall auf dem Mohnfeld ging mir nicht mehr aus dem Kopf. Unruhig wälzte ich mich von einer auf die andere Seite. Eigentlich hatte Lasse mich gebeten, die Nacht bei ihm zu verbringen, aber ich hatte abgelehnt, weil ich gleich morgen früh Opa zum Geburtstag gratulieren wollte.

Nun starrte ich die Decke an. Was war, wenn Lasse sich täuschte und es sich doch um historische Backsteine handelte? Wenn es schon die Feldhamster nicht waren, dann vielleicht ein unentdecktes Dorf aus der Steinzeit? So unwahrscheinlich war das doch nicht. Beim Pflügen von Äckern kamen immer wieder alte Ruinen zum Vorschein, die genauer unter die Lupe genommen und wegen denen Ausgrabungen vorgenommen wurden.

Mir ließ es einfach keine Ruhe. Ich setzte mich auf und griff nach meinem Handy. Wahllose Stichwörter wie *versunkenes Dorf oder Steinzeitgräber* gab ich in die Suchleiste ein, aber nichts passte konkret zu Sandode. Keine Kelten oder Wikinger hatten hier einst ihr Unwesen getrieben. Nur, dass die Familie Ottenberg damals siebzehnhundertsiebenundsiebzig die Mühle erbaut hatte, die jedoch im Jahre neunzehnhundertdreiundsechzig wegen Hochwasser und schlimmen baulichen Mängeln abgerissen worden war.

»Was für ein Jammer«, sagte ich zu mir selbst. »Mit Sicherheit hätte man heute ganz andere Möglichkeiten gehabt, die Mühle zu retten.« Ich zoomte mit Daumen und Zeigefinger das Bild etwas größer. Sofort erschien das Gemälde in Lasses Büro vor meinem inneren Auge. Die Windmühle ähnelte diesem wie ein Zwilling. Sogar Mohnblumen wuchsen um sie herum. Mühle Ottenberg. Der Name kam mir bekannt vor. Aber woher? Ungeduldig tippte ich mit dem Finger auf meine Bettdecke. Wenn jemand Bescheid wusste, dann Opa. Ein Blick auf die Uhrzeit genügte, um zu erkennen, dass es viel zu spät war, ihn zu fragen. Selbst Lasse anzuschreiben, hielt ich für zu unverschämt. Vielleicht Mama und Papa? Noch während ich überlegte, fielen mir irgendwann die Augen zu.

***

Ein Scheppern aus der unteren Etage ließ mich aufschrecken. Schlaftrunken stemmte ich mich mit den Armen auf und blinzelte. Es dauerte einen Moment, bis mir klar wurde, was heute für ein Tag war. Voller Tatendrang schob ich die Vorhänge beiseite und öffnete das Fenster. Ich füllte meine Lungen mit Luft, die den ganzen Körper belebte. Heute war nicht nur Opas Geburtstag, sondern auch die Gelegenheit, mich nach dem Namen zu erkundigen, der mich nicht hatte schlafen lassen.

Ich eilte die Treppen hinunter und als ich unten angekommen war, sah ich, wie Mama und Papa jeweils eine Kuchenplatte in den Händen balancierten.

»Guten Morgen. Wo ist Opa?«, fragte ich und schaute mich um.

»Er ist schon beim Leuchtturm«, sagte Mama genauso verwundert wie verärgert. »Du hast lange geschlafen. Auch wenn der Partyservice alles in die Hand nimmt, müssen wir anwesend sein, um unerwartete Überraschungen zu vermeiden.«

»Entschuldigung. Ich habe kein Auge zu bekommen. Gestern bin ich Sandodes Geschichte auf den Grund gegangen. Hier hat mal eine Familie Ottenberg gewohnt. Schon mal was über die gehört?«

»O ja. Das war der Müller der Insel. Er hat die Mühle betrieben.«

Interessiert lauschte ich Papas Worten und war etwas enttäuscht, als er schon fertig war, dachte ich doch, er holte etwas weiter aus. »Sonst weißt du nichts?«

»Die Mühle hat den letzten großen Sturm nicht überstanden. Frag Arne. Er kann dir ganz viel darüber erzählen.«

Das musste ich wohl.

»Dann ziehe ich mir rasch etwas an. Lasse ist bestimmt auch schon dort. Er wollte den Pavillon aufstellen.«

Keine zehn Minuten später lief ich im Stechschritt zum besagten Ort. Elfi fuchtelte aufgeregt mit ihren Armen in der Luft, während die Angestellten ihre Anweisungen befolgten. Lasse steckte geschickt das Gestänge zusammen und schaute zwischendurch immer mal etwas ratlos und kratzte sich am Kopf. Aber wo war Opa? Vermutlich hatte ihm schon jeder gratuliert, nur ich nicht.

Gerade als ich auf die Idee kam, im Café nachzusehen, schlenderte er aus dem Gebäude. Er sah sehr zufrieden mit sich und der Welt aus.

»Opi!« Überschwänglich fiel ich ihm in die Arme. »Alles Liebe zum Geburtstag.«

»So stürmisch heute, Cleochen.« Sachte setzte er mich auf den Boden.

»Entschuldige, dass ich so spät bin. Aber ich habe die ganze Nacht wach gelegen.«

»Wirklich? Dabei sollte ich derjenige sein, der vor Aufregung nicht hätte schlafen können.«

Meine Neugier konnte ich einfach nicht länger zurückhalten. Ich musste es wissen. »Sag mal, sagt dir der Name Ottenberg etwas?«

»Selbstverständlich. Enna hieß so, bevor sie geheiratet hat. Enna Ottenberg.«

Mein Kiefer klappte auf. »Echt jetzt? Enna ist eine geborene Ottenberg? Das bedeutet ja, dass die Mühle in ihrem Besitz war.« Unwillkürlich erschien mir abermals das Gemälde vor dem geistigen Auge und plötzlich wurde mir einiges klar. »Dann zeigt das Bild ihre Mohnwiese, was darauf hinweist, dass das Grundstück Enna gehört.« Eine leichte Gänsehaut stellte sich auf meinen Armen auf. Das musste ich unbedingt Lasse erzählen.

»Gehört hat.«

Ich ließ Opa einfach stehen und eilte zu Lasse, der momentan mit dem Pavillon kämpfte.

»Weißt du, was ich gerade herausgefunden habe?«, fragte ich außer Atem.

»Hey, gut, dass du da bist. Hältst du mal die Stange?« Ohne mich anzusehen, hielt er sie mir hin.

Etwas irritiert nahm ich ihm das Rohr ab. »Natürlich.« Ungeduldig sah ich zu, wie er anfing, die Plane über das Dach zu ziehen. In der Zwischenzeit trat ich von einem auf den anderen Fuß. Ich war kurz vor dem Platzen und konnte mich nicht länger zurückhalten.

»Unser Fund gestern. Die Backsteine und das Fundament. Früher stand da eine Windmühle. Die von dem Bild in deinem Büro. Und weißt du, wem die gehört hat?«

Nun war Lasses Interesse voll und ganz geweckt. »Keine Ahnung.«

»Enna.«

Lasse hielt inne und sah mich lange an. Ich konnte regelrecht seine Gedankengänge sehen. »Du meinst also, das Gemälde ist kein willkürliches Naturbild, das irgendwo entstanden ist, sondern hier?«

»Genauer gesagt, vor der Wiese, wo jetzt ein Hotel entstehen soll.«

»Wow! Damit hätte ich jetzt wirklich nicht gerechnet. Dann ist das Gemälde ja auch irgendwie Teil des Hauses. Gut, dass ich es nicht auf den Müll geworfen habe.« Lasse zog weiter an der Plane.

Ich runzelte die Stirn. »Verstehst du nicht? Die Wiese war in Ennas Besitz. Vielleicht gehört sie ihr immer noch. Oder jetzt vielleicht dir. Die Grundbuchakte war ja wie vom Erdboden verschluckt, als ich danach gesucht habe. Wir sollten der Sache nachgehen. Jan hatte einen Grund, sie verschwinden zu lassen. Ich bin mir sicher.« Mein Herz schlug kräftig gegen meinen Brustkorb.

Lasse ließ von dem Pavillon ab und trat dicht zu mir. Er vergrub seine Hand in meinem Nacken und sah auf mich herab. Ein Lächeln umspielte seine Lippen, ehe sie sich bewegten. »Cleo, dieses Grundstück hat rein gar nichts mit dem zu tun, was ich gekauft habe. Es sind zwei verschiedene Paar Schuhe. Außerdem überlässt Jan nichts dem Zufall. Du kannst dir sicher sein, dass er die Eigentumsverhältnisse hat prüfen lassen.« Langsam beugte er sich zu mir herunter und gab mir einen besänftigenden Kuss. »Jetzt lass uns Jan und das Hotel vergessen und stattdessen Arnes Geburtstag feiern.«

Lasses Worte fühlten sich wie eine schallende Ohrfeige an. Wahrscheinlich hatte er recht mit dem, was er gesagt hatte. Ich schluckte trocken und versuchte, mir meine Enttäuschung nicht anmerken zu lassen. In meinem überschwänglichen Rausch hatte ich wohl die kleinen, doch wichtigen Details einfach übersehen. Das eine hatte mit dem anderen nichts zu tun.

***

Nachdem alles vorbereitet war und der Pavillon stand, zog ich mich zu Hause für die Feier um. Die Wahl fiel auf ein hellblaues, tailliertes und bis über die Knie reichendes Kleid, dazu trug ich flache Sandalen. Die Haare hatte ich zu einem seitlichen Dutt gedreht. Ein letzter Blick in den Spiegel, einmal noch hauchzarten Lippenstift nachmalen und ich war bereit. An der Tür klingelte es. Es war Lasse. Wir hatten uns verabredet, zusammen auf das Fest zu gehen. Auch er hatte noch mal duschen und etwas anderes anziehen wollen.

Mein Herz klopfte wie wild und noch ein wenig mehr, als ich ihm öffnete und er so unverschämt gut aussehend vor mir stand. Mir blieb schier die Spucke weg. Trotz der heißen Temperaturen trug er eine schwarze Anzughose und ein blütenweißes Hemd, das er bis zu seinen Ellenbogen hochgekrempelt hatte, was ihn sehr verwegen machte. Seine Haare waren frisch gewaschen und dufteten bis hierher.

Für einen Moment standen wir uns gegenüber und nahmen einander in Augenschein, bis er mir förmlich den Arm zum Einhaken hinhielt. »Wollen wir?«

»Sehr gern«, entgegnete ich und ließ mich von ihm wegführen. »Ich bin wirklich gespannt, wie sich das Fest entwickeln wird. Das Wetter ist jedenfalls auf unserer Seite.« Demonstrativ steckte ich meine Nase in die Luft. Lediglich harmlose Schäfchenwolken zogen über den sonst azurblauen Himmel.

»Es wird großartig, glaub mir. Noch in mehreren Jahren wird sich jeder daran erinnern.«

Gut gelaunt kamen wir nach circa fünf Minuten auf dem Vorplatz an, auf dem sich bereits viele Gäste tummelten. Da niemand mit Regen rechnete, hatte der Caterer sogar noch Partybänke aufgebaut und diejenigen, die es schattig mochten, fanden entweder unter dem Pavillon oder den Schirmen einen geeigneten Platz.

»Für uns ist drinnen reserviert«, flüsterte mir Lasse ins Ohr, als ich auf eine freie Bank zusteuerte.

Wieso das denn? Hatte Opa nicht darauf gepocht, dass er auf keinen Fall in einem dunklen Raum feiern wollte? Gut, das Café war alles andere als dunkel und natürlich war es logisch, neben der Familie zu sitzen, die man liebte. Traurig warf ich einen letzten Blick auf den freien Platz, während Lasse mich für meinen Geschmack etwas zu ungeduldig am Rücken in das Café schob. Kaum war ich drinnen angekommen, schossen alle Köpfe aufmerksam zu mir, nur mein Blick blieb an der Wand hängen. Direkt hinter Opa. Denn dort hing mein Bild. Deutlich und für jeden sichtbar. Im ersten Moment fühlte ich mich hintergangen, weil Lasse genau wusste, dass ich alles darangesetzt hätte, es nicht aufzuhängen, und im nächsten Moment ergriffen, weil er an mein Können glaubte. Deswegen also hatte Opa sich für diesen Platz entschieden.

»Ich musste es tun«, flüsterte er mir ins Ohr. »Für uns.«

Ein angenehmer Schauer lief mir den Rücken hinunter. »Bist du immer noch der festen Überzeugung, dass das Werk mich zu Reichtum und Ruhm bringen wird?«

»Aber so was von.« Breit grinsend brachte er mich nun zu meinem Opa. Zu meiner Überraschung saß Hedda neben ihm an einem der vielen Tische, die fast alle voll besetzt waren.

Hedda lobte mein Bild in den höchsten Tönen und auch andere Gäste kamen zu mir, um ihre Bewunderung kundzutun.

»Wie hast du es eigentlich geschafft, das Bild aus der Galerie hierherzukarren, ohne dass ich irgendetwas mitbekommen haben?«

»Och, das war ganz einfach. Ich weiß doch, was für einen gesunden Schlaf du hast.«

Gespielt ernst drückte ich ihm meinen Ellenbogen in die Seite. Dann hatte er also heute Morgen alles organisiert, während ich tief und selig geschlummert hatte. Und das nur, weil ich die ganze Nacht über den Namen nachgedacht hatte. Aber ich wollte das Thema wenigstens für heute auf sich beruhen lassen. Ich hatte vor, den Moment zu genießen, Opa zu feiern und mir selbst auf die Schulter zu klopfen, wie gut ich es letztendlich gemeistert hatte.

Die nächsten Stunden erlebte ich wie in einem Traumzustand. Das Fest war der reinste Erfolg. Auch Mama saß mit Feierlaune da und nippte an ihrem Glas Sekt, den sie noch von der Begrüßung vor sich stehen hatte. Innerlich kicherte ich, denn offensichtlich war es ihr wichtig, sowohl sich selbst als auch die Feier im Griff zu behalten.

Wir lachten und tranken und aßen. Lasse konnte seine Finger nicht von mir lassen und berührte mich, wann immer er Gelegenheit dazu fand. Hin und wieder flüsterte er mir ins Ohr, wie sehr er mich vergötterte und er sich schon darauf freute, mit mir allein zu sein.

Als Opa sich erhob und den Gästen dankte, die ihn tatkräftig bei der Vorbereitung unterstützt hatten – vor allem mir – wurde er ganz still und melancholisch. Er hielt sich recht kurz mit seiner Lebensgeschichte und erzählte nur, wie er zu seiner Kunst gekommen war und davon leben konnte. Ähnlich wie ein Tellerwäscher zum Millionär kam, nur dass er keiner war.

Danach wurde noch mal Sekt verteilt, sodass die Stimmung immer ausgelassener wurde. Und als ich Lasse fragte, ob wir ein bisschen an die frische Luft gehen wollten, erschien plötzlich Jan. Als Bürgermeister war es ihm eine Pflicht, dem Jubilar zu bestimmten Geburtstagen zu gratulieren.

Meine Laune sank auf den Nullpunkt und Lasses wohl auch. Er wirkte nun sehr angespannt.

Nachdem Jan ein paar Worte mit meinem Opa gewechselt hatte, wandte er sich uns zu. »Da hast du aber ein schönes Bild von Sandode gemalt«, sagte er mit einer Aufrichtigkeit, die mich ihm glauben ließ.

»Danke«, erwiderte ich genauso aufrichtig. »Es gibt ja Tausende Kunstwerke von der Insel. In Lasses Büro hängt sogar eins von der Windmühle, die mal auf Ennas Land gestanden hat.« Ich versuchte jede noch so kleinste Regung in seinem Gesicht abzulesen. Doch er bewahrte seine undurchdringliche Miene.

»Du hast gute Kenntnisse dafür, dass du nur zu Besuch bist.« Das Wort *nur* setzte er mit den Fingern in Anführungszeichen.

»Ja, die Insel liegt mir nun mal sehr am Herzen.« Lasses Hand auf meinem Bein fühlte sich plötzlich tonnenschwer an, obwohl sie mich eigentlich beruhigen sollte und mir insgeheim sagte: *»Lass dich nicht provozieren.«*

»Das Flurstück Hasenhain ist schon vor Jahren an die Gemeinde zurückgefallen, lange vor meiner Zeit. Und weil wir als Stadt nur Gutes für die Bürgerinnen und Bürger im Sinn haben, nutzen wir die Fläche nun. Das Hotel wird neue Möglichkeiten bieten und Arbeitsplätze schaffen, nicht wahr, Lasse?«

Lasse wurde plötzlich ganz blass um die Nase. Auch seine Hand fühlte sich kalt und feucht an, die noch immer auf meinem Bein lag. Er gefiel mir gar nicht.

»Mhm«, murmelte er, während er seinen Blick stur auf die Tischplatte richtete.

»Warum so zurückhaltend? Für dich ist der Bau doch wie ein Sechser im Lotto. Für dieses und das darauffolgende Jahr ist dein Auftragsbuch prall gefüllt. Sorgen brauchst du dir die nächste Zeit jedenfalls nicht zu machen. Ich hätte erwartet, dass du dich mehr über den Zuschlag freust.«

Wie versteinert ließ ich die Worte auf mich wirken. Erst verstand ich nichts von alldem, doch allmählich sickerten Jans Sätze in mein Bewusstsein. Im Zeitlupentempo wandte ich meinen Kopf zur Seite. »Der Kostenvoranschlag betraf das Hotel?« Meine Stimme war so leise und rau, dass ich unsicher war, ob ich überhaupt die richtige Frage gestellt hatte. Hinter meinen Lidern türmten sich die Tränen auf und ließen meinen Blick verschwimmen.

»Cleo, bitte. Lass uns später darüber reden. Jetzt ist nicht der richtige Zeitpunkt.«

»Oh. Da hab ich wohl gerade einen Ehestreit hervorgerufen. Tja, dann.« Jan hob seinen Arm. »Hat mich gefreut. Dir, Arne, noch einen schönen Geburtstag. Ich muss los zum nächsten Termin. Mein zukünftiger Schwiegervater erklärt mir heute noch mal ein paar Punkte zum Projekt.«

Innerlich haute ich mir gegen die Stirn. Die skandinavische Hotelkette Hygghavn gehörte zu seiner Merrit. Mir wurde speiübel, während Mamas Blick auf mir haftete und sie ohne Worte sagte: *»Ich hab's dir doch gleich gesagt.«*

Sie hatte mich gewarnt und ich hatte es ignoriert, weil ich zu stolz und verbohrt gewesen war und ich diesmal aus freien Stücken handeln wollte, ohne dass mir jemand reinquatschte. Aber es führte mir vor Augen, was für eine schlechte Menschenkenntnis ich hatte. Im Nachhinein puzzelten sich die einzelnen Teile zu einem gesamten Bild zusammen. Der Kostenvoranschlag für das Hotel war der Grund gewesen, aus dem er hektisch die Unterlagen weggeräumt hatte. Er wollte nicht, dass ich sie sah.

Dann Merrit. Die beiden hatten nicht nur über den Bodenbelag vom Gestüt gesprochen, sondern wollten mit einer Tasse Kaffee ganz gemütlich über den Innenausbau des Hotels sprechen. Unwillkürlich ballte ich die Hände zu Fäusten. Wie konnte ich diese Details übersehen haben?

Aus dem Augenwinkel heraus sah ich, wie Opa und der Rest der Gesellschaft sich vom Tisch erhoben. Am liebsten wäre ich Ihnen gefolgt.

Als wir allein waren, fragte ich mit erstickter Stimme: »Du warst nie auf meiner Seite, oder? Der Einbruch, die Suche nach der Akte, das war alles nur gespielt, stimmts?«

»Cleo, bitte glaub mir. Ich unterstütze dich und stehe hinter allem, was du auf die Beine stellst. Ich lie–«

Gebieterisch hob ich den Arm, um ihn zum Schweigen zu bringen. Was für eine Lüge. Nichts dergleichen tat er. Er hatte mich die ganze Zeit nur hinters Licht geführt. Und ich war naiv genug gewesen, es nicht zu bemerken.

Nun lösten sich die Tränen. Sie rollten in Bahnen heiß meine Wangen hinunter und hinterließen eine brennende Schneise. Fahrig wischte ich mir mit dem Handrücken über mein Gesicht. In meinem Kopf herrschte ein heilloses Durcheinander. Ich wollte Lasse so viel sagen, doch ich fühlte mich wie betäubt. Wie ferngesteuert erhob ich mich und verließ die Feier.

Sobald ich nach draußen trat, umfing mich die kühle Abendluft. Sie beruhigte mein aufgebrachtes Inneres, sofern es denn überhaupt möglich war.

Nach ein paar Schritten umfasste Lasse meinen Arm. Er wirbelte mich herum, sodass ich gegen seine Brust prallte und ich eine Brise seines Duftes in mich aufnahm, was mir wiederum eine Tränenflut bescherte. Mein Körper bebte und für den Moment war es mir unmöglich, mich gegen seine tröstende Umarmung zu wehren. Doch irgendwann stieß ich ihn mit der Hand von mir und funkelte ihn böse an.

»Es tut mir leid, Cleo. Ich wollte es dir sagen. Der Auftrag ist eine riesengroße Chance für mich, gerade was das Zeitliche anbelangt. Das Hin- und Herpendeln auf das Festland macht mürbe.«

»Dann nimmst du halt nur von hier Aufträge an«, schlug ich wild gestikulierend vor.

»Hier auf Sandode arbeite ich eher für kleinere Aufträge.«

»Und was ist mit Jans Gestüt? Das ist doch groß«, warf ich als Gegenargument ein.

Lasse schenkte mir ein entwaffnendes Lächeln. »Ja, das stimmt. Sobald ich aber damit durch bin, sind die großen Einsätze erst einmal vorbei.« Mit einem Schritt schloss er die klaffende Lücke zwischen uns und nahm meine Hand. Zärtlich fuhr er mit dem Daumen darüber.

Etwas zu hastig entriss ich sie ihm. »Es passt einfach nicht zusammen. Erst behauptest du, du kannst für uns allein sorgen, falls es mit meiner Kunst nichts wird, und nun sagst du, du bist auf genau diesen Auftrag angewiesen.«

Lasse fuhr sich ächzend durch das Haar. »Bitte, Cleo. Wenn es dir so wichtig ist, dann lehne ich den Auftrag ab.«

»Nein.« Traurig schüttelte ich den Kopf. Er hatte nichts von alldem verstanden. »Es dreht sich hier doch gar nicht mehr um das Hotel, sondern darum, dass du keinen Mut bewiesen hast, mir deine wahre Haltung darzulegen. Du hast mich glauben lassen, du wärst auf meiner Seite. Wie soll ich dir denn je wieder vertrauen?«

»Du musst einfach.«

In seinen Augen las ich so deutlich die Enttäuschung, dass ich sie am liebsten mit einer Geste weggewischt hätte. Doch er hatte mich zu sehr verletzt. Ich kämpfte mit dem Kloß in meinem

Hals und zwang die aufkommenden Tränen zurück. »Ich hätte mir gewünscht, du hättest mir viel früher von deinen Sorgen und der finanziellen Not erzählt.« Ich wandte mich bereits zum Gehen, da spürte ich abermals seine Hand um meinen Arm. Wir standen uns schweigend gegenüber. Es schien, als suchte er verzweifelt nach den richtigen Worten, die ihm offensichtlich nicht über die Lippen gingen. Es schnürte mir die Kehle zu, ihn so betroffen zu sehen.

Ein sanfter Windstoß ließ die Blätter an den Bäumen tanzen und trug vereinzelte Klänge des Festes zu uns herüber, sonst war es gespenstisch still.

Nach einem furchtbar langen Moment brach er das Schweigen. »Was muss ich tun, damit du mir wieder vertraust?«, fragte er mit einer Kraft und Stärke in seiner Stimme, die einen wohligen Schauer in mir auslöste und mir verdeutlichte, wie ernst er es meinte. Trotzdem konnte ich mich nicht überwinden.

»Es ist zu spät, Lasse.« Ich sah ihm fest in die Augen. Irgendwie schaffte ich es, mich von ihm zu lösen.

»Nein, das sehe ich anders. Es ist nie zu spät, für das zu kämpfen, was man liebt.«

Genau das hatte ich auch immer gedacht.

Kapitel 20

Direkt am nächsten Morgen hatte ich mit der Fähre auf das Festland übergesetzt. Ich hatte mich dazu entschieden, die Insel zu verlassen, obwohl ich noch Urlaub hatte. Lasse über den Weg zu laufen, nachdem er mich abermals verletzt hatte, verkraftete ich einfach nicht.

Vorher hatte ich mich noch bei allen Familienmitgliedern verabschiedet. Meine Mutter hielt sich mit ihren Kommentaren zurück, aber der Vorwurf in ihren Blicken spiegelte den wider, den ich mir selbst ständig vorhielt. Ich hätte auf sie hören sollen.

Den Hühnern hatte ich gut zugeredet, dass sie lieber einen weiten Bogen um das Gestüt machen sollten. Nicht Opa war es, der sie zu Suppe verarbeiten würde, Jan traute ich es eher zu.

Die Überfahrt war ohne Komplikationen verlaufen, erst als ich erschöpft zu Hause angekommen war, war ich ins Bett gefallen und hatte unaufhörlich geweint, bis das Kissen durchnässt war und die Tränen versiegt waren.

Die darauffolgenden Tage waren ziemlich eintönig. Abgesehen von den üblichen Aktivitäten wie Einkaufen, Essen und Schlafen, verbrachte ich meine Zeit hauptsächlich damit, über Lasse nachzudenken. Wie konnte ich die kleinen, von ihm hingeschmissenen Brocken übersehen haben? Es war doch offensichtlich gewesen, dass er sofort das Thema gewechselt hatte, sobald ich über das Hotel gesprochen hatte. Hach, es brachte nichts, mir jetzt Vorwürfe zu machen.

Da heute mein letzter freier Tag war, verbrachte ich ihn zu Hause auf dem Sofa. Auf dem Couchtisch vor mir lag eine offene Gummibärchentüte neben einer angebrochenen Tafel Schokolade. Gelangweilt wickelte ich eine Strähne auf meinen Finger, während ich einen belanglosen Film über einen Nachbarschaftsstreit schaute.

Es klingelte.

Erschrocken sah ich auf, während mein Herz zu Boden sackte. Wer könnte das sein? Lasse? Mein Blick rutschte an mir herunter. Ich war im Schlafanzug, trug meine Haare zu einer unordentlichen Palme und war ungeduscht. So sollte ich niemandem entgegentreten.

Als es erneut klingelte, fragte ich vorsichtig nach. »Ja?«

»Wir sind es, Schatz! Mama und Papa.«

Erleichtert atmete ich aus. Oh. Na gut. Die beiden durften mich selbstverständlich so sehen. Kaum, dass ich ihnen die Tür geöffnet hatte, zog mich Mama auch schon an ihre Brust.

Es tat so gut, ihren mütterlichen Trost zu empfangen, den ich seit der Abreise so schmerzlich vermisst hatte. Nach drei Atemzügen legte sie ihre Hände auf meine Schultern und sah mich mit weichem Blick an, der kurz auf den Couchtisch wanderte und dann wieder zu mir. »Wie geht es dir?«

»Gut«, erwiderte ich und rang mir ein Lächeln ab.

Sie schürzte die Lippen. »Ach, mein Liebes. Du kannst mir viel erzählen, wenn der Tag lang ist.«

»Was machst du denn so?«, erkundigte sich Papa und sah sich im Wohnzimmer um, als wäre er heute das erste Mal hier.

»Bis eben habe ich ferngesehen.«

»Hast du bemerkt, wie kahl deine Wände eigentlich sind?«, fragte mich mein Vater.

Überrascht über seine seltsame Andeutung, ließ ich den Blick über die mit Raufaser beklebten Wände gleiten. Mir war vorher nie aufgefallen, dass ich gar kein Bild von mir hier hängen hatte, selbst keins von Opa. Ich zuckte mit den Achseln. »Die lagern im Keller«, sagte ich.

Auf Papas Gesicht erschien ein breites Lächeln. »Dann ändern wir das. Komm, wir schauen mal nach, ob sich eins eignet, hier aufgehängt zu werden. Dann ist es auch nicht mehr so trist und deine Laune hebt sich ein wenig.«

Das wagte ich zu bezweifeln. »Es ist lieb von dir, dass du mich aufzuheitern versuchst, aber ich bin für andere Augen nicht bestimmt.« Demonstrativ schaute ich an mir herunter.

»Wir wollen doch nur in den Keller, nicht auf die Mailänder Modewoche.«

Ach, na ja. Wenn meine Eltern schon mal hier waren, dann konnte ich dort unten tatsächlich mal nach dem Rechten sehen, zumal ich mich allein in dem Kellerraum immer gruselte. »Ich ziehe mir nur rasch etwas über.«

Ich schnürte mir den Gürtel meines hellblau karierten Bademantels, während ich meinem voraneilenden Papa Stufe für Stufe gemächlich folgte. Unten angekommen, kam mir ein alter vermoderter Geruch entgegen, der mir in Erinnerung rief, warum ich mich so ungern dort blicken ließ. Jeder Mieter verfügte über einen kleinen Raum, der mit Brettern versehen war und an eine Gefängniszelle erinnerte.

Papa öffnete bereits mit dem Schlüssel das Vorhängeschloss und trat hinein. Einige Kartons mit diversen Erinnerungsstücken stapelten sich neben meinen mit Tüchern verdeckten Leinwänden. Damals hatte ich sie vor Staub und Schmutz schützen wollen, was mir nun zugutekam. Vorsichtig linste ich dahinter und stellte fest, dass die Farben noch genauso leuchteten wie einst, als ich sie aufgetragen hatte.

Papa nahm sich die zusammengeklappte Staffelei wie selbstverständlich und noch dazu eine leere Leinwand. Ich runzelte die Stirn. »Nee, Papa. Mir nimmt das alles zu viel Platz weg, außerdem habe ich gar keine Farben. Ich suche mir eins von meinen fertigen Werken aus und gut ist.« Während ich nach und nach die Gemälde wie Dominosteine wegklappte, verließ mein Vater wortlos die Parzelle mit der Staffelei auf der Schulter und dem Bild unter den Arm geklemmt. Später würde ich sie wieder hinuntertragen, wenn beide weggefahren waren, obwohl es mir hier unten nicht geheuer war. Die Farben lagen ohnehin eingetrocknet und unbrauchbar in einem der Kartons. Seufzend setzte ich die Suche fort und wählte schließlich das schlichte Dünenbild aus, auf dem eine spiralförmige Muschel ruhte. Sehr zufrieden mit meiner Wahl nickte ich.

Ich sperrte alles zu, knipste das Licht aus und schlurfte die Treppe wieder hinauf. Als ich oben angekommen war, strahlte meine Mutter über das ganze Gesicht. In der einen Hand hielt sie eine nigelnagelneue Malerpalette und in der anderen eine Reihe ungeöffneter Farbtuben.

Okay, das mit den langweiligen Wänden war nur ein Vorwand gewesen, das hatte ich jetzt verstanden. Aber weshalb meine Eltern mich zum Malen animieren wollten, war mir ein Rätsel. Warum sollte ich etwas tun, was meine Mutter immer zu verhindern versucht hatte?

»Was soll das denn?«, fragte ich mit einem leicht gereizten Unterton und lehnte die Dünenlandschaft an die Wand.

»Wir möchten dir noch mal beteuern, wie leid es uns tut, dass wir dir damals den falschen Weg vorgegeben haben.«

Ächzend fuhr ich mir mit dem Arm über die Stirn. »Mama! Wir haben doch schon darüber geredet und du hast dich entschuldigt. Mehr geht nicht. Wir können Geschehenes nicht rückgängig machen.«

Betroffen nickte sie. »Das stimmt. Aber wir fühlen uns dennoch schuldig, denn nur, weil wir ertappt wurden, ist die Wahrheit ans Licht gekommen. Hättest du dies nicht herausgefunden, wärst du weiterhin im Unklaren geblieben und wir hätten dich ermutigt, dein bisheriges Leben unverändert fortzusetzen. Etwas zu tun, was dich nicht erfüllt. Wir sehen doch, wie unglücklich du bist. Auf Sandode bist du regelrecht aufgeblüht und mit Lasse an deiner Seite …«

Gebieterisch hielt ich den Arm hoch. »Lasst Lasse aus dem Spiel. Er hat mich mehr als einmal enttäuscht.« Wütend tippte ich mir den Zeigefinger auf die Brust, dass es schon schmerzte. »Mitten ins Gesicht hat er mir gelogen. Er hat mich glauben lassen, dass er auf meiner Seite ist. Wahrscheinlich wusste jeder davon, nur ich war dämlich genug, die Anzeichen zu ignorieren.« Tränen bahnten sich an, die ich mit aller Macht zurückzuhalten versuchte. »Jans höhnisches Grinsen … Habt ihr eine Ahnung, wie bescheuert ich mir vorgekommen bin? Es war ihm doch ein Fest, mich so auflaufen zu lassen. Wahrscheinlich wird er sich jetzt noch über mich lustig machen.«

»Was Jan über dich denkt, kann dir doch egal sein. Willst du denn gar nicht wissen, wie Lasse sich fühlt?«

Ich brauchte einen Moment, bis ich mein Gefühlschaos im Griff hatte und mich überzeugte, dass es besser wäre, nichts über seinen Zustand zu erfahren. »Nein«, sagte ich und ließ mich auf die Couch fallen. Trotzig schob ich das Kinn nach vorn und überkreuzte die Arme vor der Brust.

Mama ließ sich direkt neben mich plumpsen. »Ach, Kind. Was ich dir jetzt sagen werde, wirst du wahrscheinlich nicht hören wollen, aber weil ich dich liebe, musst du das jetzt über dich ergehen lassen. Dieses Hotel, was ja gerade in aller Munde ist, ist eine Chance für viele Inselbewohner. Selbst Bente kann sich vorstellen, dort ihre Yoga-Kurse zu halten. Sie träumt schon lange von einem modernen Übungsraum. Im Sommer geht sie ja gern raus an den Strand, aber sobald die ersten Herbststürme über die Insel hinwegfegen, muss sie ausweichen. Na ja. Das Bürgerhaus ist ja auch nicht das Wahre.«

Am liebsten würde ich mir die Hände auf die Ohren drücken und laut lalalala rufen, aber ich war ja keine sechs mehr.

»Die Fichtes sehen ebenfalls ihre Chance.«

Obwohl ich Elfi vom Gegenteil überzeugen wollte? Das hatte wohl nicht geklappt. »Melli ganz bestimmt nicht. Ihr Gehalt wird sich ja nicht ändern, nur weil ein paar mehr Gäste anreisen.« Das sollte sie doch wissen, schließlich arbeitete sie in einer Behörde wie Papa auch. Das war doch auch der Grund, warum für sie eine Selbstständigkeit nie infrage gekommen war.

»Die Gewerbesteuer wird sicher den Leuchtturm retten können, der ist nämlich ganz schön marode«, warf meine Mutter ein, als wäre es nebensächlich.

Entsetzt schaute ich auf. »Was? Aber das Café ist doch kürzlich erst davorgesetzt worden.«

»Na ja. Dadurch sind die Mängel ja erst sichtbar geworden.«

Gedankenverloren knabberte ich an meiner Wangeninnenseite. Ausgerechnet der Leuchtturm. Er war doch das Wahrzeichen von Sandode. Mir war der verblichene Anstrich aufgefallen, aber dass es so schlecht um ihn stand, war mir nicht bewusst gewesen. Mir fiel das Kurhaus ein, in das es hineingeregnet hatte, und dass es Ewigkeiten gedauert hatte, Geld für die Instandsetzung locker zu machen. Das hatte Lasse mir jedenfalls so erzählt. Womöglich würde es der Gemeinde einfacher fallen, schneller zu reagieren, wenn die Kassen gefüllt wären. Seufzend sackte ich immer mehr in mich zusammen. Ich fühlte mich mies, weil ich nur meinen eigenen Erwartungen gerecht werden wollte und dabei die Anliegen der Inselbewohner ignoriert hatte. Rückblickend musste ich zugeben, dass ich jedem meine Meinung versucht hatte aufzuzwingen. Ich, die sich fast fünf Jahre einen Dreck um Sandode geschert hatte.

Meine Mutter legte ihren Arm um meine Schultern und zog mich eng an sich. »Das Leben bringt Veränderungen mit sich. Ob man will oder nicht. Manchmal sind sie gut, manchmal schlecht. Man muss nur das Richtige daraus machen.«

Verwundert drehte ich meinen Kopf zu ihr, um mich zu vergewissern, ob noch immer meine Mutter neben mir saß. Das konnte doch nicht ihrem Mund entsprungen sein.

Als hätte sie meine Gedanken gelesen, lächelte sie. »Jetzt guck nicht so. Der Aufenthalt auf der Insel hat auch mir die Augen geöffnet. So wie du dir kein Hotel auf Sandode vorstellen kannst, so fremd war mir die Vorstellung, dass du einmal Künstlerin werden könntest.«

»Aber aus mir ist nie eine geworden.«

»Was nicht ist, kann ja noch werden.« Mama erhob sich und reichte mir die Farben und die Palette.

Die Geste schnürte mir die Kehle zu und Tränen brauten sich hinter meinen Lidern zusammen. »Ich weiß gar nicht, was ich sagen soll.«

»Der Entschluss liegt bei dir, was du nun tust. Ob du deinen Beruf an den Nagel hängst oder dich noch mal an der Kunstakademie einschreibst.« Mama hatte bereits ihre Hand auf den Knauf der Wohnungstür gelegt, da sagte sie: »Egal, wie du dich entscheidest, wir stehen hinter dir und unterstützen dich.«

Und dann fiel die Tür ins Schloss.

Ich wollte keine Entscheidung treffen, die ich später bereuen könnte. Alles musste wohlüberlegt sein. Sollte ich wirklich studieren, musste ich sicherstellen, dass meine Miete weiterhin bezahlt wurde. Außerdem war es mir ein Anliegen, meinen Eltern zu zeigen, erwachsen und durchdacht zu handeln und nicht sofort alles hinzuschmeißen. Die Kunstakademie war immer schon mein Traum gewesen. Aber waren Träume nicht auch Schäume? Nicht jeder Wunsch sollte in Erfüllung gehen, denn sonst hatte man ja nichts mehr, woran man sich festhalten konnte. Waren es nicht genau die unerfüllten Träume, die uns weitertrugen, die uns Hoffnung schenkten, zu den Sternen zu greifen, und unser Herz schlagen ließen? Was wäre, wenn ich meinen sehnlichsten Wunsch wahr machte? Gab es einen Traum nach dem Traum?

Mein Kopf qualmte und ich wünschte, Lasse könnte mir bei der schwierigen Entscheidung helfen, aber er war nicht da. Ich hatte ihn zurückgelassen und mein Herz gleich dagelassen. Wie gelähmt drückte ich Farbe auf die Palette und malte.

Kapitel 21

Am nächsten Tag runzelte Herr Braun die Stirn, als ich mit bunten Fingern in der Bank erschien. Ach Mist, die letzten Wochen hatte ich so gar nicht auf gepflegte Hände geachtet und da ich gestern bis tief in die Nacht vor meiner Staffelei gestanden hatte, war ich viel zu müde gewesen, sie mit Hausmitteln, die eine lange Einwirkzeit hatten, zu reinigen. Die einfachste und schnellste Methode wäre gewesen, sie mit Terpentin oder Reinigungsbenzin zu säubern, aber dementsprechend hätte ich auch gerochen.

Während ich versuchte, meine mit Farbe besprenkelten Finger unter meinen Oberschenkeln zu verstecken, berichtete ich ihm mit wenigen Worten von meinem Aufenthalt. Allerdings gingen ihn nur die belanglosen Geschichten etwas an.

Herr Braun lächelte. »Das hört sich ja ganz entspannt an. Ich hoffe, der Urlaub hat Ihnen den nötigen Abstand gebracht, um die Dinge aus einer neuen Perspektive zu betrachten und mit frischer Energie zurückzukehren. Es ist nämlich so: Bisher ist es mir nicht gelungen, Ihnen eine andere Stelle anzubieten. Ich befürchte, Sie müssen sich noch ein wenig gedulden.«

Ach ja, richtig. An dem Tag, bevor er mich in den Urlaub geschickt hatte, hatte ich ihm ja meine Unzufriedenheit geschildert und er hatte mir eine andere Aufgabe in Aussicht gestellt. Aufgrund der Gegebenheiten, die frisch auf mich eingeprasselt waren, hatte ich das wohl vergessen. Trotz der langen Malnacht hatte ich keine Entscheidung getroffen. Ich musste doch auch nichts über das Knie brechen und schon gar nicht Herrn Braun über meine Krise ins Bild setzen. Deswegen sagte ich nichts von meiner Gleichgültigkeit, in eine andere Abteilung versetzt zu werden, sondern legte ein gespielt strahlendes Lächeln auf. »Danke, Herr Braun. Möglicherweise ergibt sich ja ganz spontan etwas anderes, was auf mich zugeschnitten ist«, sagte ich möglichst gelassen und erhob mich. Ich strich meine Hose glatt und stakste auf meinen furchtbar unbequemen Absatzschuhen aus dem Raum.

In meinem Büro schob ich mich an den Schreibtisch heran, während mich die Möwe aus dem Bild anzustarren schien, als wollte sie mir zuflüstern, was für ein Feigling ich sei.

Ich streckte ihr die Zunge heraus. Ja, das war ich. Ein Feigling. Es wäre so einfach gewesen, Herrn Braun von meinen Absichten zu erzählen, meinen Wünschen und Träumen endlich Raum zu geben, die ich viel zu lange vergraben hatte. Stattdessen war ich stumm geblieben und hatte vorgegeben, alles wäre in Ordnung.

Nun entpuppte ich mich auch noch als Lügnerin und sank tief in meinen Stuhl. Meine Gewissensbisse holten mich ein und ich musste mich der unangenehmen Wahrheit stellen, dass ich nicht besser war als Lasse. Wie ich Herrn Braun wegen seiner Mühen nicht vor den Kopf stoßen wollte, hatte Lasse mich nicht kränken wollen und hatte mich deswegen in dem Glauben gelassen, er wäre gegen das Hotel. Er wollte mir nicht wehtun. Aber er hätte doch damit rechnen müssen, dass ich die Wahrheit herausfinden würde. Ach, Lasse, irgendwie waren wir beide Angsthasen. Zu gegebener Zeit würde ich mit Herrn Braun darüber reden. Wenn ich eine Entscheidung getroffen hatte.

Die nächsten Stunden arbeitete ich stumm vor mich hin und schob Lasse aus meinen Gedanken. In der Mittagspause informierte ich mich über die Voraussetzungen eines Kunststudiums und über die Möglichkeiten, die sich mir boten. Ein Fernstudium hörte sich gar nicht schlecht an. Ich könnte bequem von zu Hause aus lernen. Um eine andere Wohnung bräuchte ich mir keine Sorgen machen und ich könnte mir die Zeit flexibel einteilen, sodass ich nebenbei ein paar Stunden arbeiten konnte. Ich sah mich um und erkannte den Fehler, den ich begehen würden, wenn ich jetzt den Absprung wieder nicht schaffte. Ich würde für immer hier festsitzen. Die Aussicht verursachte mir Bauchgrummeln, was sich noch mal verstärkte, als ich nach meiner Pause im Kundengespräch einen Mann in Schlips und Anzug über Chancen und Risiken einer Aktie aufklärte. Obwohl er Anzeichen einer ausgewachsenen Unsicherheit zeigte, hatte ich es geschafft, ihn zu überreden, den Vertrag zu unterzeichnen. Der Mann war schon auf dem Weg nach draußen, da rief ich ihn zurück, riss vor seinen Augen die Papiere in kleine Teile und stornierte zusätzlich den Auftrag im System. Zunächst war er natürlich überrascht, doch nachdem ich ihm meine Gründe dargelegt hatte, quittierte er dies mit einem zustimmenden Nicken. Wir setzten ein Treffen für drei Tage später an und ich überreichte ihm Informationsmaterial, damit er die Möglichkeit hatte, noch einmal alles gründlich zu überdenken. Es widerstrebte mir, jemandem etwas anzudrehen, von dem er nicht einhundert Prozent überzeugt war. Dies machte mir einmal mehr deutlich, dass ich hier fehl am Platz war.

Es war schon recht spät und kurz vor Feierabend, als ich das nächste Mal auf die Uhr blickte. Als das Telefon klingelte, überlegte ich sogar, es zu ignorieren. Es funktionierte wegen meines Pflichtbewusstseins nicht und ich nahm ab. »Rosberg«, meldete ich mich knapp.

Stille auf der anderen Seite der Leitung.

»Cleo Rosberg, was kann ich für Sie tun?« Diesmal klang ich etwas entschiedener. Als sich noch immer keiner meldete und ich es nun als schlechten Scherz interpretierte, kam doch noch ein zaghaftes »Cleo« aus dem Hörer, als ich ihn schon ein ganzes Stück vom Ohr weghielt. Ich war mir nicht ganz sicher, ob es tatsächlich die Stimme war, von der ich annahm, dass sie es sein könnte. »Ja«, erwiderte ich und schluckte trocken.

»Ich bin's, Lasse«, setzte er unnötigerweise hinten dran, denn spätestens beim zweiten Wort war ich mir sicher. »Cleo, bitte leg jetzt nicht auf«, sagte er fast schon verzweifelt.

»Was ist, wenn ich es tue?«, kam es mir rau aus der Kehle. Mein Herz wummerte und ich hatte Sorge, die nächsten Worte von ihm überhören zu können.

Plötzlich klopfte es an der Tür und ich presste automatisch die Lider zusammen. »Moment, bitte!«, rief ich in die Richtung.

»Dann bleibt mir nichts anderes übrig, als unter vier Augen mit dir zu reden«, hörte ich ihn sagen.

Nun wurde die Tür von außen aufgeschoben und niemand Geringeres als mein Ex-Freund stand im Rahmen. Mein Herz überschlug sich fast, während mein Kiefer hinunterklappte. Er sah mit seinem verstrubbelten Haar und seinem wachen und nervösen Blick einfach umwerfend aus. Wahrscheinlich rechnete er damit, dass ich ihn hochkant rausschmiss. Aber mehr als »Du, ich habe gerade Besuch bekommen, ich melde mich später bei dir« bekam ich nicht zustande. Mein Hirn musste sich geradewegs in den Tiefschlaf verabschiedet haben. Verdattert drückte ich das Gespräch weg und legte das Handy beiseite.

Lasse ließ es sich nicht nehmen zu schmunzeln, was mir vor Augen führte, dass es mir gelungen war, die seltsame Situation zu entschärfen.

Endlich erlangte ich wieder Besitz von meinem Körper und erhob mich. Nervös strich ich meine Bluse und Anzughose glatt, während ich um den Tisch herumlief.

Vor ihm blieb ich stehen und schaute zu ihm hoch. Sein Duft nach Holz und Sägemehl umfing mich wie eine sanfte Umarmung.

»Ich habe ganz vergessen, wie du in deinen Arbeitsklamotten aussiehst.« Lächelnd nahm er meine Hände und hob sie an. Seine Stirn glättete sich. »Du malst noch.«

»Ja, ich werde mich wohl die nächste Zeit intensiv damit beschäftigen. Warum bist du hier?«, brauste es aus mir heraus, sodass sich sein Lächeln vertiefte und die Tragweite meiner Worte und somit der getroffenen Entscheidung langsam in mein Bewusstsein sickerten.

»Ich habe eine Entdeckung gemacht, die dich interessieren könnte.«

Stirnrunzelnd sah ihn an. »Was soll das denn sein?«, fragte ich skeptisch.

»Wenn ich möchte, kann ich den Bau stoppen.«

Ein Sinneswandel, den ich nicht erwartet hatte. Gerade erst hatte ich eingesehen, wie wichtig das Hotel für ihn und seinen Betrieb war, und jetzt wollte er es gar nicht mehr? »Was hast du vor?« Es schien, als hätte sich die Situation plötzlich komplett verändert.

»Dich zurück nach Sandode bringen und gemeinsam für den Erhalt der Wiese kämpfen.« Die Ernsthaftigkeit, die plötzlich in seinen Zügen lag, zeigte mir, wie wichtig es ihm war.

»Lasse, ich …«, unterbrach ich mich und biss mir auf die Lippe. … *kann doch nicht einfach alles stehen und liegen lassen und mit dir gehen. Was sollen denn meine Kollegen sagen,* waren die Worte, die ich eigentlich hätte sagen müssen, wenn ich die alte Cleo wäre. Aber ich hatte mich verändert. Jetzt endlich wusste ich, was ich wollte und was nicht. Jedenfalls würde ich nie wieder Aktien oder Fonds an ahnungslose Kunden verticken. Lasse kam zur rechten Zeit. Bei seinem Anblick war mir klar geworden, welcher Weg der richtige war. Ich spürte, wie die Last von meinen Schultern fiel, und ein Lächeln huschte über meine Lippen. »… kann doch nicht so mitfahren. Vorher muss ich mich umziehen.«

Erleichtert fuhr er sich über seine Haare. »Puh, dann kommst du also mit?« Dem Anschein nach hatte er wohl mit einer Abfuhr gerechnet.

Der Moment war gekommen, die Veränderung anzunehmen und den Weg gemeinsam zu gehen. »Hier werde ich nicht glücklich. Die Zeit mit dir auf Sandode hat mir gezeigt, was wirklich wichtig ist. Das, was ich brauche, ist: das Meer, die Liebe und dich.«

Lasse trat ganz nah an mich heran und hob mein Kinn. Unsere Blicke verknoteten sich und in seinen Zügen lag so viel Zärtlichkeit, dass ich ganz weiche Knie bekam. Bevor sich unsere Lippen trafen, raunte ich: »Einen Moment, bitte. Ich muss Herrn Braun noch etwas sagen.« An der Hand führte ich Lasse raus in den Flur und ließ ihn genau dort stehen, während ich mich mit einem Klopfzeichen bei meinem Chef ankündigte. Ein leises »Herein« veranlasste mich, einmal kurz durchzuatmen, bevor ich entschlossen in das Büro trat.

Herr Braun sah mich gespannt an.

»Herr Braun, es mag Ihnen sehr unerwartet vorkommen, doch ich ringe schon seit einiger Zeit mit dieser Entscheidung und kann sie nicht länger hinauszögern. Meine Auszeit hat mir aufgezeigt, dass ich das alles nicht mehr will. Wie falsch sich das alles anfühlt. Kurzum: Ich kündige.«

Nach meinem beendeten Satz herrschte ein bedrückendes Schweigen. Unwillkürlich hielt ich die Luft an und versuchte, aus Herrn Brauns undurchsichtiger Miene schlau zu werden.

Mein Chef nickte kaum wahrnehmbar und kniff die Lippen zu einer schmalen Linie zusammen. »Tja, das habe ich erwartet, nur dass es jetzt so schnell passiert, damit habe ich nicht gerechnet.«

Nun war ich es, die überrascht aus der Wäsche schaute. »Oh. Das spiegelt sich in gewisser Weise in meiner Arbeitsleistung wider«, stellte ich geknickt fest. Noch vor ein paar Monaten hätte mich so eine Aussage nächtelang nicht schlafen lassen. Aber jetzt veranschaulichte sie mir lediglich, alles richtig zu machen.

»Als Sie an jenem Tag zu mir gekommen sind, um Urlaub zu beantragen, war ich fest der Überzeugung, die Erholung würde Ihnen wieder zu neuem Schwung verhelfen. Da habe ich mich wohl getäuscht.« Herr Braun erhob sich und streckte mir seine Hand entgegen. »Sie müssen mir glauben, wie schwer es mir fällt, Sie ziehen zu lassen, aber die Farbspuren an Ihren Händen verraten mir, dass Sie endlich Ihre Berufung gefunden haben. Ich wünsche Ihnen alles erdenklich Gute und genauso viel Erfolg wie Ihrem Großvater.«

Verdutzt sah ich auf meine Finger und musste schmunzeln. Eine unendlich große Last fiel mir von den Schultern. »Vielen Dank für Ihr Verständnis.« Voller Adrenalin schüttelte ich mit beiden Händen seine.

»Die Unterlagen lasse ich Ihnen zukommen.«

»Herzlichen Dank.« Wie auf Wolken schwebte ich zur Tür.

»Frau Rosbach«, hielt er mich zurück.

Meine Freude rutschte etwas ab. War ihm zu guter Letzt doch noch ein Hindernis eingefallen, was die Dinge komplizierter machen könnte? »Ja?«

»Das Bild in Ihrem Büro. Macht es Ihnen etwas aus, es der Bank zu überlassen? Auch wenn es Ihr Großvater gemalt hat, ist es doch eine Erinnerung an Sie.«

Lächelnd drückte ich die Klinge hinunter. »Es ist mir eine Ehre.«

Im Flur wartete Lasse auf mich. Wie ich ihn da so stehen sah, seine Hände lässig in den Hosentaschen vergraben, klopfte mein Herz wie verrückt. Was eigentlich total bescheuert war, denn ich kannte ihn mein Leben lang und irgendwann musste das doch ein Ende haben.

»Wir können dann«, sagte ich mit einem zögernden Lächeln.

Lasse wollte meine Hand nehmen und mich hinausführen, doch ich hielt ihn zurück. Verwundert sah er auf mich herab.

»Das meinte ich nicht.« Ich stellte mich auf die Zehenspitzen und vergrub meine Hände in seinem Haar. Unsere Blicke trafen sich und schließlich unsere Lippen.

Kapitel 22

Zu Hause schlüpfte ich in etwas Bequemeres und packte noch frische Kleidung für mehrere Tage in eine Tasche. Als wäre ich auf der Flucht, fand ich mich keine Viertelstunde später neben Lasse auf dem Beifahrersitz wieder. Die Fahrt nach Sandode fühlte sich wie ein Befreiungsschlag an, obwohl ich eigentlich vor dem Nichts stand. Überwältigt von meinem eigenen Mut rannen mir plötzlich Tränen die Wangen hinunter.

»Alles in Ordnung mit dir?« Lasse ließ für einen kurzen Moment die Straße aus den Augen und wandte sich mir zu.

Ich nickte, konnte mir aber ein Schluchzen nicht verkneifen.

»Wovor hast du Angst?« Lasse griff neben mich in das Handschuhfach und reichte mir ein Taschentuch.

Etwas lautstark putzte ich mir die Nase. »Hab ich nicht. Vielleicht ein bisschen. Immerhin habe ich gerade gekündigt.«

»Dann sind es Freudentränen.«

Ich gluckste. »Möglicherweise liegt es auch daran, dass ich neben der Liebe meines Lebens sitze und ich keinen blassen Schimmer habe, worauf ich mich einlasse. Immerhin hast du mir nur gesagt, dass du die Wiese retten kannst.«

Lasse schmunzelte. »Dann werde ich es dir wohl erzählen müssen. Erinnerst du dich daran, wo ich das Bild gefunden habe?«

»Das Gemälde aus deinem Büro mit der Windmühle? Auf dem Heuboden in einer alten Kiste.« Jedes Wort, jeder Buchstabe war mir präsent, als hätten wir vor ein paar Minuten erst darüber gesprochen.

»Ich habe ein wenig in dem Karton gestöbert und bin auf eine Flurkarte gestoßen, die als Nachweis zum Eigentum dient. Einen beachtlichen Teil hat Enna damals veräußern können, aber eben nicht alles. Warum auch immer sie einen Streifen für sich behalten hat, er hindert auf jeden Fall das Bauvorhaben.«

Mein Kopf fuhr herum. »Bist du dir sicher?«

»Ziemlich. Der Kaufvertrag ist eindeutig. Mein Anwalt hat mir das alles noch mal bestätigt.«

»Aber wem gehört die Wiese denn überhaupt, wenn nicht der Stadt und Enna schon lange verstorben ist?«

»Halt dich fest.«

Oh, jetzt machte er es spannend. »Sag schon«, sagte ich voller Ungeduld. Am liebsten hätte ich ihn an der Schulter geschüttelt, aber ich wollte keinen Unfall wegen meiner Neugier riskieren.

Nach einer gefühlten Ewigkeit hob Lasse zum Sprechen an. »Die Fläche ist an das Haus geknüpft und weil es mein Eigentum ist, gehört das Wiesenstück mir. Ich habe einen Vertrag gefunden, in dem alles haarklein beschrieben steht.«

Ich befürchtete, dass mein Mund offen stand und ich wahrscheinlich ein total dämliches Bild abgab. Das, was er mir gerade zu erklären versuchte, wollte mir nicht in den Kopf. Doch dann fiel es mir ein. Die Akte! Die Grundbuchakte. Die wäre die richtige gewesen.

»Ich habe die Baupläne geprüft. Es deutet eindeutig auf Überbauung hin. Wenn ich will, kann ich als rechtmäßiger Eigentümer dagegen angehen. Es reicht, wenn ich auf den Fehler hinweise. Die Gemeinde wird die Grenzen prüfen und alles ist hinfällig.« Lasses Kopf fuhr herum und er zeigte mir ein verwegenes Lächeln.

»Und willst du das denn?«, war der erste Gedanke, der mir durch den Kopf schoss.

Spätestens jetzt erntete ich einen fragenden Blick, begleitet von einer gerunzelten Stirn. »Natürlich. Ich mache es für dich. Weil es dir wichtig ist.«

»Das bist du mir auch«, sagte ich so voller Wärme, dass mir abermals die Tränen hochschossen und mir gleichzeitig das Herz aufging. »Aber was ist mit dir? Folgst du deinem Herzen? Ist es das, was du willst? Jahrelang habe ich das getan, was meine Eltern für mich entschieden haben, weil ich dachte, sie wüssten es besser. Ich bin ihren Ratschlägen gefolgt, um sie nicht zu enttäuschen. Bitte tue es nicht wegen mir. Du hast den Auftrag bitter nötig und viele Inselbewohner sehen das Hotel als Chance, sich weiterzuentwickeln. Wie deine Mutter auch. Es mag sich seltsam anhören, aber ich bin jetzt für das Hotel.« Meine Hände fühlten sich feucht auf meinem Schoß an. Ich hatte wirklich Angst, wie er nun reagieren würde. Immerhin war er Hunderte Kilometer gefahren, nur um mir von seinem Fund zu erzählen, den ich zwar spektakulär fand, dessen Wirkung auf mich jedoch nicht die war, die Lasse sich vielleicht vorgestellt hatte.

Es fiel ihm schwer, seinen Blick auf die Straße zu richten. Immer wieder fuhr sein Kopf in meine Richtung und seine Fingerknöchel hoben sich weiß vom Lenkrad ab. »Was? Aber das verstehe ich nicht. Die Wiese liegt dir doch so am Herzen. Du hast so gekämpft.«

»Aber allein. Einen wirklichen Anhänger habe ich nie auf meine Seite bekommen können. In meiner Verbohrtheit habe ich die Meinung anderer einfach ignoriert. Mir ist inzwischen klar geworden, dass Veränderungen sein müssen. Sie sind wichtig, damit wir uns weiterentwickeln können. Wenn wir alle immer im selben Trott gefangen wären, was wären wir denn dann? Wir würden noch immer in Höhlen leben oder mit Kutschen fahren. Das Leben entwickelt sich weiter und Sandode eben auch.«

Lasse blieb stumm. Lediglich seine Kieferknochen unter seinen unrasierten Wangen arbeiteten.

»Bist du jetzt sauer auf mich?«

»So ein Quatsch«, sagte er, aber so ganz nahm ich ihm das nicht ab, denn die restliche Fahrt verlief schweigend. Einmal mussten wir einen kurzen Tankstopp einlegen und selbst da hatte er mich bloß gefragt, ob ich auf die Toilette musste. Irgendwann standen wir am Fähranleger und er kaufte ein Ticket für die Überfahrt. Hier warteten wir eine ganze Weile, bis wir hineingewunken wurden.

Ich wusste nicht, was in seinem Kopf passierte, was er nun vorhatte und ob ich ihn in irgendeiner Weise gekränkt hatte. Seine Geste, mich mit einem Baustopp zu beeindrucken, empfand ich als einen Ausdruck seiner Liebe und ich war überzeugt, dass er meinen Sinneswandel nachvollziehen konnte und er mir deswegen nicht böse war. Es musste also einen anderen Grund geben, warum er derart schweigsam vor sich hin grübelte. Eigentlich lag es auf der Hand. Es war sein Grundstück und er musste nun die Entscheidung treffen, was damit passierte. So wie ich den Entschluss gefasst hatte zu kündigen.

Tief in Gedanken versunken, spürte ich Lasses Blick auf mir. Hatte er mit mir gesprochen? »Hm?«

»Wir sind in einer halben Stunde auf Sandode. Möchtest du auf das Deck?«

Überrascht sah ich mich um. Wir befanden uns bereits auf der Fähre neben anderen Autos, die das gleiche Reiseziel hatten. Wann war das denn passiert?

Lasse deutete meinen erschrockenen Blick wohl richtig. »Alles in Ordnung?«

»Ja«, sprudelte es sofort aus mir heraus. Er glaubte mir nicht, seine zusammengezogenen Augenbrauen verrieten ihn. Seufzend knibbelte ich an meiner Nagelhaut und schüttete ihm mein Herz aus. »Du bist so still. Ich muss mir doch keine Sorgen machen, dass zwischen uns etwas nicht in Ordnung ist?« Eigentlich hatte ich diesen Punkt bereits abgewogen, aber ich wollte auf Nummer sicher gehen und es aus seinem Mund hören.

Schmunzelnd legte er seine Stirn gegen meine und umschloss mein Gesicht mit seinen Händen. »Dass ich so still war, hat nichts mit dir zu tun. Na ja, also schon irgendwie. Du bist Teil meines Lebens und ich möchte das Beste für dich und für mich. Du sollst dich auf der Insel wohlfühlen. Es würde mir das Herz brechen, wenn du jedes Mal traurig an der Wiese vorbeigehst, die uns wieder zusammengebracht hat.«

Was Lasse da sagte, stimmte. Um das zu begreifen, brauchte ich kein Genie zu sein.

Sein Schmunzeln wurde zu einem ausgewachsenen, fetten Grinsen, dazu funkelten seine Augen spitzbübisch wie an dem Tag, als wir ins Rathaus eingebrochen waren. »Deswegen habe ich mir etwas Besonderes ausgedacht.«

Überrascht riss ich meine Augen auf. »Ich bin ganz Ohr.«

Lasse wackelte mit den Brauen. »Wenn du zehn Minuten warten kannst.«

Eigentlich nicht. Aber mir blieb wohl nichts anderes übrig.

Die restliche Zeit überbrückten wir mit zärtlichen Blicken und stürmischen Küssen.

Der Aufseher in unübersehbarer quietschgelber und mit reflektierenden Streifen versehener Warnweste winkte uns ungeduldig. Lasse startete den Wagen und rollte von der Fähre.

In gespannter Erwartungshaltung ließ ich mich von ihm zu der Mohnwiese kutschieren. Eigentlich war ich hundemüde von der langen Reise und mein Magen schleifte auf dem Boden, dennoch wollte ich wissen, was Lasse sich während der Fahrt ausgedacht hatte.

An unserem Zielort blieb er stehen und stieg aus.

Bevor er mit riesigen Schritten das Gelände abschritt, holte er Absteckhölzer aus dem Kofferraum, die er in regelmäßigen Abständen in die Erde bohrte. »Hier soll das Hotel entstehen. Es steht zum Teil auf städtischem Grund und auf meinem.« Erneut ging er mit großen Schritten weiter und steckte nebenbei die Fläche ab. »Hier die Tennisplätze.« Er machte das so lange, bis er grob auch noch den recht übersichtlichen Golfplatz vermessen hatte.

Ich folgte ihm, um ihm ein Schreien zu ersparen. Auf diese Weise gelang es mir, ein viel klareres Bild zu erhalten.

»Okay. Und nun?«, fragte ich. »Willst du deinen Streifen verkaufen? Dann ist das mit der Überbauung hinfällig. Das wäre die einfachste Lösung.«

Als hätte Lasse mit meiner Äußerung gerechnet, flackerten abermals seine Augen. »Nein. Ich werde Jan ein Angebot unterbreiten, das er nicht ablehnen kann.«

»Würdest du mir jetzt bitte deinen Plan sagen, sonst muss ich ihn irgendwie aus dir herauskitzeln.« Kichernd pikste ich ihm in die Seite, was er lachend versuchte abzuwehren.

»Okay, ich werde es dir erzählen, wenn du damit aufhörst.«

Auf der Stelle hielt ich inne.

Lasse wartete noch einen kurzen Moment, bis er sich sicher sein konnte, nicht mehr von mir attackiert zu werden. Er nahm meine Hand und führte mich auf den Streifen, der ihm gehörte. »Das Hotel zieht weiter runter und kann auch so in seiner Planung gebaut werden. Der Schwerpunkt sollte allerdings auf dem Schutz der Natur liegen, was wiederum das Aus für die Tennisplätze und den Golfplatz bedeuten würde. Stattdessen könnte hier ein Biotop entstehen. Aussichtspunkte zum Beobachten der Tiere stelle ich mir vor. Ein Barfußweg für Kinder«, zählte er weiter auf.

»Eher was für junge Familien«, murmelte ich. In meiner Vorstellung sah ich Kinder, wie sie mit leuchtenden Augen durch das Heu sprangen und Jagd auf Grashüpfer machten.

»Wie gefällt dir die Idee?« Nun wirkte Lasse gar nicht mehr selbstbewusst, sondern zurückhaltend mit einer Portion Unsicherheit in seinen Augen. Vermutlich hatte er Angst, er könnte Kritik von mir einstecken.

»Ich lieb's.«

»Ehrlich?« Er wirkte, als wäre ihm gerade eine große Last von seinen Schultern gefallen.

Ich zuckte belanglos mit den Achseln und begutachtete meine Fingernägel. »Wenn es ein Familienhotel wird, dann ist es wichtig, den Kindern Unterhaltung zu bieten, während die Eltern sich eine Auszeit gönnen. Ich könnte einen Malkurs in den Räumlichkeiten des Hotels anbieten, neben dem Yoga-Raum deiner Mutter.« Zwinkernd senkte ich meine Hände und begegnete Lasses bewunderndem Blick.

»Jetzt müssen wir es nur noch Jan vortragen.«

»Meinst du, er lässt sich darauf ein?«

Lächelnd verschränkte er seine Finger mit meinen und führte mich zurück zum Auto. »Merrit hat ihn gut im Griff.«

Mein Kopf fuhr herum. »Verstehe ich nicht.«

»Wart's bis morgen ab.«

Kapitel 23

«Verdammt«, kam es aufgebracht aus Jans Mund. Ungeduldig tigerte er durch sein Büro, während Lasse und ich unser Vorhaben erzählten. In der Hand hielt er die Urkunde, auf die er immer wieder einen Blick warf, in der Hoffnung, bei jedem neuen Hinsehen würde sich der Inhalt verändert haben. Er steckte in der Bredouille und das wusste er. Als Lasse ihm in stoischer Ruhe von der Aufteilung des Grundstücks erzählt hatte, hatte Jan zunächst große Augen bekommen und dann war er in einen Lachflash verfallen. Doch als Lasse ihm das Beweisstück unter die Nase gehalten hatte, wurde er kreidebleich.

Daraufhin hatte er einen Mitarbeiter aus dem Liegenschaftsamt angerufen, der sich um die Angelegenheit kümmern sollte. Es hatte keine Viertelstunde gedauert und Herr Schmidt bestätigte die Sachlage als amtlich.

Obwohl wir ziemlich sicher waren, dass alles seine Richtigkeit hatte, atmeten wir erleichtert aus.

»Ich wusste davon nichts, wirklich«, beteuerte Jan zum tausendsten Male.

Pff, das konnte er erzählen, wem er wollte. »Tu doch nicht so. Als ich dich im Büro besucht habe, bist du ganz nervös geworden. Du hast die Akten sogar Frau Wittlich in die Hände gedrückt, damit sie aus meinem Blickfeld verschwanden.«

Jan krauste die Stirn. »Welche meinst du denn?«

Siegessicher hob ich die Hand und zählte auf: »Drei Akten lagen auf dem Tisch. Eigentlich ja noch mehr, aber die, die ich meine, waren die vom Grundbuchamt, die vom Naturschutzbund und die vom Bodenmanagement.«

Er tat wie selbstverständlich. »Richtig, sie mussten überprüft und abgezeichnet werden, bevor sie an das Regierungspräsidium weitergeleitet werden konnten. Das war dringend und sehr wichtig. Wir haben eine Baugrunduntersuchung auf eventuelle Altlasten und der Tragfähigkeit machen lassen. Es handelt sich um einen gängigen Vorgang, den das Hotelmanagement durchführt, um vor der Umsetzung ihrer Pläne zu gewährleisten, dass keine unerwarteten Probleme oder Überraschungen auftreten.«

Mein Lächeln rutschte etwas ab. »Oh«, sagte ich irritiert, weil es irgendwie Sinn ergab, oder doch nicht? »Aber du hast das doch nur prüfen lassen, um sicherzustellen, dass die Hamsterfrage das Hotelprojekt nicht scheitern lässt.«

»Bei dieser Angelegenheit haben wir ganz zufällig entdeckt, dass es hier nie Feldhamster gegeben hat. Das habe ich dir dann auch noch mal bestätigt, Lasse. Du kannst jederzeit anbauen.«

»Ja, danke noch mal für die Info. Mittlerweile habe ich eine andere Lösung gefunden.«

Irgendwie lief mir das hier zu glatt ab. »Aber was ist denn mit den Unterlagen aus der Schublade?« Bei dieser Frage heimste ich mir von Lasse einen leichten Seitenhieb ein, die mir verdeutlichte, dass ich mich gerade um Kopf und Kragen redete.

Jans Furche zwischen seinen Augenbrauen grub sich tief in seine Haut ein, woraufhin Lasse sich räusperte.

»Wie gesagt«, bemühte er sich rasch, das Gespräch in eine andere Richtung zu lenken, damit Jan nichts Verdächtiges bemerkte und uns nicht auf die Schliche kam. »Überleg dir, ob du das Angebot annimmst. Wir stehen hinter dem Hotel, nur in einer anderen Form.«

Nun tigerte Jan wieder durch sein Büro. »So einfach ist das nicht, wie du dir das vorstellst. Das alles muss erneut durch die Ausschüsse, ein nervenaufreibender Prozess, der Wochen in Anspruch nimmt. Zudem wird es bestimmt Widerstand geben.«

»Ich bin mir sicher, dass du alle Gegner mit deinem unverbesserlichen Charme umstimmen wirst. Ansonsten bleibt die Wiese, wie sie ist. Das kannst du deinen Leuten sagen.« Demonstrativ hielt Lasse die Urkunde in die Höhe.

»Mit dem Hotelbetreiber muss ich das außerdem noch besprechen und ich bin mir unsicher, ob er zustimmen wird. Normalerweise verfolgen die einen anderen Ansatz. Golf und so.«

»Tu nicht so förmlich. Wir wissen alle, wer hinter der Hotelkette steckt. Dein Schwiegervater«, sagte Lasse und verschränkte seine Arme vor der Brust.

Das erste Mal tat mir Jan irgendwie leid. Er wirkte so hilflos und überfordert. Ich kannte den Vater seiner Freundin nicht, aber wenn er ein Geschäftsmann war, dann waren Verhandlungen sicherlich kein Zuckerschlecken.

Jan winkte ab, als wäre es ihm unangenehm. »In spe. Wir sind ja noch in der Planung.«

»Vielleicht hat der Leuchtturm bis dahin ja einen neuen Anstrich bekommen. Ein tolles Ambiente für Hochzeiten.« Ich zwinkerte Jan vielversprechend zu, was er mit einem verklärten Blick erwiderte. Er schien sehr verliebt zu sein.

Wie aufs Stichwort wurde die Tür von außen aufgeschoben und Merrit, begleitet von einem blumigen Duft, kam mit den Worten »Was ist mit Lasse? Er ist doch sonst so verlässlich« herein. Als sie unseren Pulk entdeckte, riss sie verwundert ihre strahlenden blauen Augen auf. »Waren wir hier verabredet?«, fragte sie Lasse und legte ihre kleine Handtasche, die vermutlich ein Vermögen gekostet hatte, auf den Schreibtisch. Ihr Akzent verlieh ihr etwas Niedliches, was sie ohnehin war. Bestimmt verdrehte sie allen Männern gehörig den Kopf. Warum sie sich ausgerechnet für Jan entschieden hatte, würde für mich immer ein Rätsel bleiben. Allerdings beschäftigte mich eher die Frage, weshalb sie mit Lasse verabredet war.

»Tut mir leid, Merrit. Es war nur ein Vorwand. Ich hoffe, Arne hat dich freundlich empfangen.«

»Und mich hierhergeschickt.« Ihre Verwunderung war ihr regelrecht im Gesicht abzulesen.

Opa? Der war jetzt auch noch involviert?

»Merrit ist für die Inneneinrichtung des Hotels zuständig. Wir haben uns vor ein paar Tagen über die Raumausstattung unterhalten. Daraufhin habe ich ihr dein Bild gezeigt.«

Ehe ich überhaupt zum Sprechen anheben konnte, sagte sie: »Ich liebe dieses Gemälde. Schon beim ersten Anblick war mir klar, dass sein Platz direkt über dem Empfang ist.«

»Das freut mich sehr, aber es ist unverkäuflich.«

Merrits und Lasses Lächeln froren zur selben Zeit ein.

»Was?«, fragte mein Freund verwundert.

»Zu viele Emotionen stecken darin. Es besitzt für mich einen zu tiefen ideellen Wert. Ich kann es nicht abgeben. Es tut mir leid. Wenn du magst, kann ich ein ähnliches malen, oder du fragst meinen Großvater.«

»Es wäre doch eine super Werbung für dich, wenn es im Foyer hängt«, schlug Lasse vor.

Nun meldete sich Jan zu Wort. »Moment mal. Du bist eben hierhergekommen, erpresst mich mit deinem Grundstück und ziehst jetzt auch noch Merrit mit darein?«

»Was soll das heißen?«, unterbrach sie ihren Freund fast schon herrisch. Merrits Gesichtszüge wurden ernst.

»Ja, Liebling. Du wirst es mir vielleicht nicht glauben, aber dein Schreiner und deine Künstlerin setzen mich total unter Druck.«

Auf Merrits sonst so glatten Stirn bildeten sich tiefe Falten.

Lasse reagierte auf Jans Vorwürfe mit einem genervten Augenrollen. »Ach, Jan, du bist ein Theaterschauspieler durch und durch. Ich erkläre dir, was passiert ist.«

Lasse und ich erläuterten Merrit ausführlich die Sicht der Dinge und schilderten ihr unsere Vorstellung eines erfolgreichen Hotels. Detailliert ging ich auf den von mir geleiteten Malkurs ein.

Merrit hörte mit höchstem Interesse zu und nickte, wenn ihr etwas besonders gut gefiel, und fragte nach, wenn etwas unklar war. Als wir unseren Vortrag beendet hatten, verschränkte sie ihre Arme vor der Brust und starrte eine gefühlte Ewigkeit auf den abgewetzten Filzteppich, ehe sie ihr Kinn hob. In ihrer Mimik war nichts, rein gar nichts abzulesen. »Erst einmal muss ich sagen, hat irgendjemand seinen Job nicht gemacht, Jan.«

Wie ein gescholtener Junge ließ er seine Arme hängen, den Kopf hatte er gesenkt. »Keine Ahnung, wie das passieren konnte«, rechtfertigte er sich.

Obwohl ich mit Jan eigentlich hätte Mitleid haben müssen, verkniff ich mir ein Lächeln. Mir gefiel es, wie Merrit ihn im Griff hatte.

Der ernste Ausdruck auf ihrem Gesicht verschwand allmählich und ein Strahlen breitete sich aus. Plötzlich wirkte sie ganz aufgeregt wie ein ungeduldiges Mädchen, das seine Geschenke aufreißen wollte. »Jan. Die Idee ist genial. Cleo bekommt den Malkurs und weißt du, was ich machen könnte?«

»Äh, nein.«

»Ich gebe Reitstunden. Das habe ich mir immer schon gewünscht.«

Auf Jans Gesicht zeigte sich eine Sanftheit, die nur Merrit hervorrufen konnte. Dem Anschein nach war er ihr derart ergeben, dass er uns gegenüber sogar nett sein würde. Zärtlich legte er ihr eine Strähne hinter das Ohr und lächelte sie an. »Wenn es dein Wunsch ist, bin ich der Letzte, der etwas dagegen hat. Aber zu entscheiden hat es immer noch dein Vater.«

Merrit winkte ab. »Falsch. Papa hat mir das Projekt abgegeben. Er meinte, ich soll schon mal üben, mehr Verantwortung zu übernehmen. Irgendwann wird mir schließlich mal die Firma gehören.« Zwinkernd stellte Merrit sich auf die Zehenspitzen und schlang ihre Arme um seinen Nacken.

Wir wollten die beiden nicht stören, deswegen verkrümelten wir uns in Frau Wittlichs Büro, das momentan nicht besetzt war.

Kichernd hielt ich mir die Hand vor den Mund. »Merrit gefällt mir. Sie scheint Jan ja wirklich unter Kontrolle zu haben. Er schmilzt wie Eis in der Sonne unter ihren Blicken.«

Lasse legte seine Hand in meinen Nacken und lächelte so warm, dass er einen kleinen Flächenbrand in mir auslöste. »Die Liebe stellt seltsame Dinge mit einem an«, hauchte er auf meine Lippen, die hungrig nach seinen suchten.

»Ja, man tut auf einmal Unerwartetes. Etwas, was man nie für möglich gehalten hätte.« Ich löste mich kurz von seinem wissenden Blick und bemerkte einen Kugelschreiber, auf dem *Jan Flemming – gemeinsam stark für Sandode* stand. Genau in dem Moment kam Frau Wittlich ins Büro und erwischte mich dabei, wie ich nach dem Stift griff. Erschrocken versteckte ich ihn hinter den Rücken. Ich wusste, dass es sich lediglich um ein billiges Werbegeschenk handelte, aber wie gesagt, die Liebe stellt seltsame Dinge mit einem an.

»Kann ich Ihnen helfen?«, fragte Frau Wittlich mit gerunzelter Stirn.

»Nee, nee«, sagte ich im heiteren Tonfall, nahm Lasse an die Hand und wir verließen gemeinsam das Büro.

»Haben Sie da gerade einen Kugelschreiber mitgehen lassen?«

»Was? Oh, dieser«, gab ich mich übertrieben überrascht und beäugte den Stift, als hätte ich keine Ahnung, wie er in meine Hände gekommen war.

Im nächsten Augenblick erschien Jan im Türrahmen. »Sag mal, Cleo. Was mir so gar nicht aus dem Kopf geht. Woher wusstest du von der Akte in meiner Schublade?«

Lasse und ich tauschten einen verschwörerischen Blick und rannten los.

Als wir uns in Sicherheit wägten, prusteten wir los und hielten uns vor Lachen die Bäuche. Dann trat Lasse näher, legte seine Hände sanft um mein Gesicht und küsste mich so voller Zärtlichkeit, dass ich mir sicher war, unser Geheimnis würde ewig nur uns gehören und niemals die Insel verlassen.

Kapitel 24

Sandode zwei Jahre später.

Lasse schloss den Reißverschluss an meinem Rücken und ließ extralang seine Hände auf meiner Taille ruhen. Ich spürte seinen Atem auf meinem Nacken, der mir verriet, dass er mir lieber aus dem Kleid helfen würde, statt es zu schließen.

»Besser, du beeilst dich. Wir sind ohnehin schon spät dran.« Ich drehte mich zu ihm um und tippte demonstrativ mit dem Zeigefinger auf meine Armbanduhr.

Lasse seufzte leise, ließ aber von mir ab und schlüpfte in seine Anzughose. Lächelnd stellte ich mich vor ihn und half ihm bei dem Kragen seines blütenweißen Hemdes, das er sich gerade zuknöpfte.

Heute war ein sehr aufregender Tag für mich, nicht nur, dass Opa endlich sein Werk enthüllte, was er zu malen angefangen hatte, als ich ihn zu seinem Geburtstag besucht hatte, in weniger als einer Stunde würde Jan die kleine Bilderausstellung eröffnen, die Merrit für mich und Opa am Fuße des Leuchtturms auf die Beine gestellt hatte. Sie stand zu einhundert Prozent hinter meiner Kunst und war allen meinen Werken verfallen. Sie hatte mich sogar überreden können, eines meiner Bilder im Hotelfoyer auszustellen. Letztendlich hatte ich zugestimmt, denn es war eine gute Werbung für meinen Malkurs, den ich seit diesem Sommer im Hotel anbot. Zwei Jahre waren vergangen, seitdem der Bau beschlossen worden war und nun fertiggestellt seine Pforten eröffnet hatte. Die Planung war genau so verlaufen, wie wir es vorgeschlagen hatten. Tennis- und Golfplatz mussten der Natur und den Tieren weichen. Einen kleinen Teil hatte Merrit für ihren Reitplatz bekommen. Liebevoll und mit viel Herzblut konzentrierte sie sich auf ihre gut florierende Reitschule, die besonders den Hotelgästen gewidmet war, aber auch die Bewohner der Insel hatten das Vergnügen, auf den Rücken der Pferde ihre Heimat aus einer anderen Perspektive zu sehen. Ihre positive Persönlichkeit beeinflusste Jan nachhaltig. Mit der Zeit verlor er uns gegenüber seine Überheblichkeit und mittlerweile waren wir richtig gut befreundet. Übrigens, Jan konnte uns nie nachweisen, dass wir damals in sein Büro eingebrochen waren, um das Hotelprojekt scheitern zu lassen. Er hegte lediglich einen Verdacht und mit der Zeit ließ er die Sache auf sich beruhen.

Im Nachhinein war ich froh darüber, wie sich alles entwickelt hatte und dass ich dem Fortschritt eine Chance gegeben hatte. Denn im Umkehrschluss war genau dieser Schritt nach vorn der Schlüssel zu unserer glücklichen Liebe.

Inzwischen hatte ich die Zelte in Berlin vollständig abgebrochen und wohnte bei Lasse. Es war die beste Entscheidung, die ich je getroffen hatte. Es hatte eine Weile gedauert, bis ich mein Glück gefunden hatte, aber nun konnte ich es in vollen Zügen genießen. Hinter Lasse und mir lagen glückliche Monate. Es war mir schleierhaft, wie ich eine Zeit lang ohne ihn hatte leben können.

»Wir sollten jetzt wirklich los«, drängte ich Lasse und schob ihn durch die Tür.

Die Sonne stand poliert am wolkenlosen Himmel. Ein laues Lüftchen wehte durch meine Haare und kühlte meine vor Aufregung erhitzten Wangen ab. Hand in Hand schlenderten wir über den schmalen Pfad neben dem Heidekraut entlang. Malerisch und im strahlenden Sonnenschein erhob sich der Leuchtturm vor uns. Sehnsucht durchflutete mich, den Moment mit Lasse allein zu verbringen. Doch ich musste den Wunsch zurückstellen. Mein Herz blieb fast stehen, als ich die vielen Kunstinteressierten sah, die vor jedem Bild innehielten und darüber sprachen.

»Die sind alle wegen dir hier«, raunte Lasse mir ins Ohr und zog mich weiter ins Gewühl.

»Eher wegen Opa, würde ich sagen.« Wo steckte er eigentlich?

»Das werden wir sehen.«

Als wir uns umsahen und ich einigen Gäste erklärte, warum ich mich für diese Farbwahl entschieden hatte, erklang ein zaghaftes Klopfen aus dem Mikrofon, mit dem Jan um Aufmerksamkeit buhlte. Das Gemurmel verstummte und unser Bürgermeister hielt mit ausschweifenden Worten eine Laudatio über meinen Opa und mich. Er wurde nicht müde zu betonen, wie stolz er war, dass Sandode Berühmtheiten wie uns beherbergte. Meine Ohren qualmten bei so viel Schmeichelei.

Ein tosender Applaus verriet, dass seine Rede endlich vorbei war. Plötzlich fand ich mich mit einem Glas Sekt wieder, mir wurde die Hand geschüttelt und mir beteuert, wie einzigartig mein Malstil sei.

Lasse bemerkte offenbar meine Überwältigung und manövrierte mich geschickt von den fremden Personen fort, die auf mich einwirkten, hin zu einem Gemälde, das die Romantik eines Liebesroman-Covers ausstrahlte.

Ein majestätischer Leuchtturm ragte in das Bild hinein, das in zarten Pastell- und Rosatönen gehalten war. Zwei Möwen flogen über das Meer, während am Strand ein verliebtes Paar

Hand in Hand dem Sonnenuntergang entgegenschritt. Etwas verborgen im Dünengras standen eine Staffelei und eine Malerpalette bereit, um die Schönheit einzufangen. Hier und da lagen Muscheln auf dem Sand. Im sanften Wind wogten flammende Mohnblumen.

Fasziniert ob des wunderschönen Werkes, das er nun ›Mohnblumenverliebt‹ genannt hatte, wischte ich mir eine Träne aus dem Augenwinkel. Obwohl Opa nicht wissen konnte, dass Lasse und ich irgendwann wieder ein Paar sein würden, hatte er von Anfang an an unsere Liebe geglaubt. Seine Zuversicht und sein Vertrauen in uns hatten dieses Kunstwerk geschaffen, in das alle Besucher vernarrt waren. Es war mehr als ein Gemälde. Es trug Hoffnung, Liebe und Sehnsucht in sich. Es zeigte uns.

»Es ist wunderschön und der Titel perfekt. Besser als versteckte Liebe«, raunte ich und ein Glücksgefühl strömte von meinem kleinen Zeh bis hin zu den Haarspitzen.

Lasse schlang seinen Arm um meine Hüfte und drückte mich ein klein wenig mehr an sich.

In dem Moment vermisste ich meine Eltern ganz furchtbar und wünschte mir, sie wären hier.

»Puh, gerade noch rechtzeitig«, ertönte es plötzlich neben mir. Ich fuhr herum und tatsächlich: Mama und Papa standen wahrhaftig hier und grinsten bis über beide Ohren. Mein Mund klappte auf.

»Du glaubst doch nicht, dass wir uns deine erste Ausstellung entgehen lassen.« Mama zwinkerte und ehe ich etwas sagen konnte, zog sie mich erst an ihre Brust und danach fand ich mich in Papas Armen wieder.

»Was für eine Überraschung«, brachte ich lediglich hervor.

»Da seid ihr ja«, kam es erleichtert aus Opas Mund. Endlich hatte auch er es in Begleitung von Hedda zu uns geschafft. Zwischen den beiden war zwar keine Liebe entstanden, dennoch trafen sie sich jeden Tag, um sich auszutauschen und zu kochen. Sie gingen sogar gemeinsam auf den Friedhof und zu besonderen Gelegenheiten schenkte Opa Hedda einen Blumenstrauß als Anerkennung ihrer Freundschaft.

»Die Fähre hatte Verspätung«, erklärte Mama und begrüßte Lasse herzlich mit einer Umarmung. Die Unstimmigkeiten der Vergangenheit waren mittlerweile beigelegt und niemand machte irgendjemandem einen Vorwurf, falsche Entscheidungen getroffen zu haben. Ich war froh, dass meine Eltern mich so akzeptierten, wie ich war. Obwohl sie sich nicht ändern würden, bemühten sie sich, sich nicht mehr in meine Angelegenheiten einzumischen. Und das schätzte ich sehr.

Voller Glück im Herzen ließ ich meinen Blick über die Köpfe der Gäste gleiten. Von Weitem sah ich Merrit und Jan. Ich winkte ihnen zu, damit sie uns bemerkten und sich zu uns gesellten.

Von irgendwoher bekamen auch sie Sektgläser in die Hand gedrückt. Wir stießen auf den erfolgreichen Tag an, und als Melli plötzlich mit Lian an der Hand in unsere Runde trat, richtete jeder sein Augenmerk auf den fröhlichen kleinen Jungen, sodass ich uninteressant wurde.

Lasse nahm es als Anlass, mich beiseitezuziehen. Hinter dem Leuchtturm lag das Meer vor uns und ließ leise und sacht seine Wellen an den Strand rollen, während das Dünengras im Wind wogte. Der Himmel über uns war so makellos wie die Liebe, die ich für Lasse empfand.

»Alles okay?«, fragte er und strich mir eine gelöste Strähne aus der Stirn.

»Ja. Ich bin nur etwas überwältigt von all dem Zuspruch.«

»Wenn wir einfach abhauen, wird das keiner mitbekommen.« Sein warmer Atem kitzelte an meinem Ohr.

Ich grinste verwegen. »Im Unsichtbarmachen haben wir ja unsere Erfahrung.«

Zwinkernd nahm er meine Hand und wir schauten auf das Meer. Eine Weile umgab uns die Ruhe des Augenblicks, während die Magie des Ortes uns in ihren Bann zog. Es war, als würde die Zeit stillstehen, und das Rauschen der Wellen sowie das Flüstern des Windes waren alles, was wir hörten. Es waren nicht die großen Ereignisse, die das Leben prägten und die gerade ohne uns stattfanden, sondern die kleinen, perfekten Momente, die im Gedächtnis blieben und das Herz erfüllten.

ENDE

Weitere Bücher von Janka Friedrich

Der perfekte Kuss mit dir

Die Zutaten für einen romantischen Herbst:
buntes Laub, ein Neuanfang, der gut aussehende
beste Freund des Bruders … und eine Wette.

Mit dreißig wieder ins Kinderzimmer einziehen? Schlimm genug für Arzthelferin Franzi, die durch die Trennung nicht nur die gemeinsame Wohnung verliert, sondern zugleich auch den Job in der Praxis ihres Ex.

Aber anstatt dass sie bei ihren Eltern in aller Ruhe ihre Wunden lecken kann, belegt Hannes, der langjährige beste Freund ihres Bruders, mit seiner neuen Flamme ihr Zimmer.

Damit sie schneller wieder ihre Ruhe hat, hilft sie ihm beim Umzug in die neue Wohnung und aus Wortgefechten werden seltsame Funken, die zwischen ihnen sprühen.

Dabei sind die völlig unangebracht, immerhin kennt sie ihn seit der Kindheit, außerdem ist er vergeben.

Als sie ausgerechnet in seine Nachbarwohnung zieht, sehen sie sich noch öfter und die Schmetterlinge in ihrem Bauch fliegen wie verrückt mit dem Herbstlaub um die Wette.

Gut, dass ihr neuer Job als Postbotin sie so gänzlich in Beschlag nimmt, dass sie Hannes aus ihren Gedanken vertreiben kann. Aber nur fast …

Ein herbstlicher Liebesroman von Janka Friedrich – perfekt für einen kuscheligen Tag auf der Couch.

Küss mich durch die Blume

Liebevoll gebundene Blumensträuße,
ein unverschämt gut aussehender Konkurrent
und die Chance auf einen Neuanfang.

Juli lebt ihren Traum und führt voller Herzblut und Leidenschaft einen kleinen Blumenladen. Bei ihr gibt es nicht nur farbenfrohe Sträuße, sondern auch persönliche Beratung und ein nettes Pläuschchen. Wären da nur nicht ihre Geldsorgen.

Als dann auch noch genau gegenüber die Konkurrenz einen Billig-Blumenladen eröffnet, sieht Juli schwarz. Dessen Besitzer Ben ist obendrein äußerst charmant und sieht wahnsinnig gut aus. Und auf der Hochzeit ihrer besten Freundin stellt sich dann auch noch heraus, dass Ben ein alter Freund des Bräutigams ist.

Ein herzerwärmender Sommerroman
über den wunderbaren Duft von Blumen und die
romantische Atmosphäre einer malerischen Altstadtgasse.

Meer Liebe auf den ersten Blick

**Erwachende Gefühle,
verborgene Geheimnisse und Meeresrauschen
Ein herzerwärmender Liebesroman
vor der idyllischen Kulisse der Ostseeküste**

Lilli Schäfer kann es noch immer nicht fassen, dass ihr Chef sie in ein kleines, abgelegenes Dorf an der Küste Deutschlands schickt, um über die Bestsellerautorin Sötje Johansson einen Artikel zu schreiben. Lilli soll herausfinden, aus welchem Grund Sötje seit einigen Jahren zurückgezogen lebt und keine Lesungen oder Pressetermine wahrnimmt, obwohl ihr neuester Liebesroman Platz 1 der Bestsellerliste belegt. Die neugierige Journalistin hat Glück im Unglück und bezieht für die nächste Zeit ein gemütliches, aber in die Jahre gekommenes Reetdachhaus in direkter Nachbarschaft zur Autorin. Allerdings bekommt sie immer nur den attraktiven und charmanten Sohn zu Gesicht, der ihre Gefühle ganz schön durcheinanderwirbelt. Doch Nils scheint noch mehr Geheimnisse zu verbergen als seine verschlossene Mutter …

Die Liebe kommt im feinen Zwirn

Liebe-am-See 1

Quirlig, hoffnungsvoll, romantisch:
Eine Liebe zwischen Nähmaschine und maßgeschneidertem Anzug.

»Glamour, Prunk und Protz. Es ist nicht meine Welt und
wird es nie sein. Ich bin Schneiderin. Und alleinerziehende Mutter.
Was soll er sich mit einer wie mir abgeben?
Ich wäre ein Klotz an seinem maßgeschneiderten Hosenbein.«

Katharinas bunte Nähstube im hessischen Kleinstadttrubel brummt, sie hat ihre Teenie-Tochter weitestgehend im Griff und auch die Langzeitbeziehung mit Freund Steffen plätschert so vor sich hin.

Doch als ihre betagte Oma sie vom Heim aus bittet, ein ominöses Medaillon vom Dachboden ihres malerisch gelegenen Häuschens am See zu holen, kommen die Dinge ins Rollen.

Zusätzlich zu einem wunderschönen Rubin findet Katharina auch ein altes Foto, das nicht ihren Opa zeigt.

Warum spricht Oma immer wieder von einer verlorenen Liebe?

Wieso ist das Medaillon plötzlich auf eBay?

Und aus welchem Grund taucht gerade jetzt der charismatische Max Freiherr von Schulte zu Wermeling auf und bietet ihr ein kleines Vermögen für das Schmuckstück?

Dann stößt sie nicht nur auf ein sorgsam gehütetes Familiengeheimnis, das ihre Großmutter in einem ganz anderen Licht dastehen lässt, sondern kommt auch dem adeligen Max gefährlich nah, der ständig um sie herumschwirrt und sie in eine zauberhafte Welt entführt, die so gar nichts mit ihrer gemein hat.
Interessiert sich Max doch nicht nur für das Familienerbstück?

Und kann das Medaillon ihrer Großmutter Katharina heute den Weg weisen, der damals undenkbar war?

Herzklopfen mit Aussicht auf Liebe

Liebe-am-See 2

Neuanfang, Seeromantik und die Jugendliebe

»Das Gefühl von damals war wieder da. Nein. Es war niemals weg gewesen, sondern hatte sich lediglich verändert, weil ich erwachsen geworden war – und es war noch viel stärker als je zuvor. Keine Chance, es weiter zu verdrängen.«

Alexandra ist am Ende. Nicht nur, dass ihr Freund sie gegen eine Frau ausgetauscht hat, deren Haare wie flüssiger Honig glänzen, durch die Trennung hat sie auch noch den Job als Physiotherapeutin in seiner Praxis verloren.

Sie will erst mal nur weg aus Essen. Da kommt ihr die Einladung ihrer Kindheitsfreundin Patricia gerade recht.

Zwei lange Wochen wird sie am Edersee verbringen, wo sie früher traumhafte Urlaube verlebt hat. Genügend Zeit, um sich die Wunden zu lecken und wieder Pläne für die Zukunft zu schmieden.

Denkt sie zumindest. Doch wie soll sie mit der Vergangenheit abschließen, wenn sie ständig Patricias zunächst brummigem Bruder Sebastian über den Weg läuft?

Er ist nicht nur inzwischen Witwer und Vater einer zauberhaften kleinen Tochter, er war auch ihre erste große, aber heimliche Liebe. Bei durchwachsenem Aprilwetter holen Alex längst vergraben geglaubte Gefühle wieder ein.

Warum klopft ihr Herz so schnell, wenn Sebastian wie früher Gitarre spielt? Und kann Alex die Geister ihrer Vergangenheit bezwingen und wieder Hoffnung schöpfen?

Ein frühlingshafter Liebesroman über Freundschaft, Herzklopfen und ein Kuscheltier-Kätzchen.

Einen Tourguide küsst man nicht

Liebe-am-See 3

Lagerfeuerromantik, Schmetterlinge im Bauch und Chaos im Herzen.

»Perfekte Männer gibt es nur in Liebesromanen.
Und ehrlich gesagt, wer will die schon?«

Der Betriebsausflug, den die pflichtbewusste Leni für ihre Firma organisieren soll, kommt ihr wie gerufen: drei Tage Teambuilding am idyllischen Edersee.

Sie möchte die Zeit nutzen, ihrem Kollegen, auf den sie ein Auge geworfen hat, endlich näherzukommen. Julian bringt alles mit, worauf Leni Wert legt: Ein gepflegtes Äußeres, Zielstrebigkeit und Erfolg im Beruf. Doch warum geht er nicht auf ihre Flirtversuche ein?

Noch dazu funkt ihr immer der geheimnisvolle Tourguide Nik dazwischen. Mit seinem Vollbart, den Flipflops und der lockeren Lebenseinstellung ist er zwar überhaupt nicht ihr Typ, trotzdem lässt er mit seiner sympathischen Art ihr Herz höherschlagen.

Während einer Kanutour lernen sie sich näher kennen und beim romantischen Lagerfeuer knistert es gewaltig zwischen ihnen.

Kann eine Beziehung zwischen der bodenständigen Leni und dem gemütlichen Lebenskünstler Nik überhaupt funktionieren? Doch irgendetwas scheint er vor ihr zu verbergen und als Julian ihr ein Geheimnis anvertraut, ist das Chaos in Lenis Herzen perfekt.

Das Glück ist nur eine Schneewehe entfernt

Tauche ein in eine wunderschöne winterliche Liebesgeschichte. Weihnachten ist eine ganz besondere Zeit. Und manchmal geschehen sogar Wunder.

Verlieben verboten! Das ist Ines' Motto, seitdem die Vergangenheit sie gelehrt hat, was Beziehungen anrichten können. Dennoch verbringt sie die Nacht mit einem Mann, der sie auf Anhieb mit seinen Augen verzaubert. Ein folgenschwerer Fehler. Als Ines am Montag im Büro erscheint, ist sie gleich doppelt entsetzt: Nicht nur, dass ihr Chef die Stelle, die ihr allein versprochen war, zusätzlich mit einem neuen Kollegen besetzt – es ist ausgerechnet Simon. Der Mann, dem sie sich mit falschem Namen vorgestellt hat, bevor sie eine unvergessliche Liebesnacht geteilt haben. Während sie die Mauer um sich herum immer höher bauen will, hat Simon Gefallen an Ines gefunden.

Als die beiden auf einer Geschäftsreise in einen Schneesturm geraten, kann Ines ihm nicht weiter aus dem Weg gehen. Wird Simon es schaffen, sie zu überzeugen, die Vergangenheit ruhen zu lassen und Gefühle wieder zuzulassen?

Winterzauber im Ferienhaus Talblick

Herzklopfen im Schnee, eine schicksalhafte Begegnung und die Magie der wahren Liebe.

Während ganz Schönbach im Weihnachtsfieber steckt, kämpft Sophie um das Überleben ihres Ferienhauses »Talblick«. Obwohl sie in akuten Geldnöten steckt, lehnt sie die Übernahmeangebote interessierter Hoteliers kategorisch ab. Denn ihrer Mutter hatte Sophie noch am Sterbebett versprochen, alles für das Haus zu geben, an dem das Herz der ganzen Familie hängt.

Als der Großstädter Lennart sich für eine Woche in eine ihrer Ferienwohnungen einmietet, entwickelt sich innerhalb weniger Tage und aus dem Nichts heraus eine tiefe Verbundenheit zwischen den beiden. Lennart ist nicht nur charmant und gut aussehend, er springt sogar als Weihnachtsmann ein und sorgt für ordentlich Wirbel in Sophies Herz. Sie erlebt mit ihm eine zauberhafte Vorweihnachtszeit.

Doch als sie dahinterkommt, aus welchem Grund Lennart sich tatsächlich bei ihr eingemietet hat, bricht für sie eine Welt zusammen – und plötzlich steht nicht nur die Existenz ihres Ferienhauses auf dem Spiel …

Ein weihnachtlicher Liebesroman mit gemütlichem Dorf-Flair. Stimmungsvoll. Romantisch. Unterhaltsam.

Winterwünsche im Ferienhaus Talblick

Manchmal braucht selbst ein Weihnachtswunder Zeit, um seinen Zauber zu entfalten…

Ganz Schönbach steckt im Weihnachtsfieber, und auch im Ferienhaus Talblick laufen die Vorbereitungen auf Hochtouren. Die Leitung des Krippenspiels soll Tina zusammen mit Marc, dem neuen und gut aussehenden Dorfarzt, übernehmen. Das passt Tina eigentlich überhaupt nicht in den Kram, denn für sie sind gerade ganz andere Dinge wichtig. Doch je öfter sie mit Marc zusammen ist, desto mehr beginnt sie, Gefühle für ihn zu entwickeln.

Gemeinsam verbringen sie eine wunderschöne Weihnachtszeit mit Glühwein und Weihnachtsmarktbummeln. Doch als Tina irgendwann klar wird, was sie durch eine Beziehung mit Marc aufs Spiel setzt, bleibt ihr keine andere Wahl, als gegen ihre Gefühle anzukämpfen. Und damit riskiert sie am Ende viel mehr, als sie zunächst geglaubt hat…

Ein weihnachtlicher Liebesroman mit gemütlichem Dorf-Flair. Stimmungsvoll. Romantisch. Unterhaltsam.

Danksagung

Zunächst richtet sich mein Dank an dich, liebe Leserin. Ich hoffe, du hattest eine schöne Lesezeit auf Sandode mit Cleo und Lasse. Ich würde mich sehr freuen, wenn du das Buch weiterempfehlen oder eine kleine Bewertung – zum Beispiel auf Amazon – verfassen würdest. Das wäre eine große Unterstützung für mich. Nur so kann ich als Autorin die Kritik wahrnehmen und mich weiterentwickeln.

Wie immer möchte ich auch dieses Mal meiner Familie, meinen Freunden und den vielen liebgewonnenen Menschen danken, mit denen ich im Hintergrund zusammenarbeite:

Katharina, die mir mit Rat und Tat zur Seite steht und das Manuskript zum Glänzen bringt. Sara, die der Geschichte den letzten Schliff verpasst und Constanze danke ich für das traumhafte Cover sowie Marcus für den Buchsatz.